Arena-Taschenbuch
Band 2403

Grusel & Co

Paul van Loon,
geboren 1955, wollte ursprünglich Illustrator werden und lernte an einer Kunstakademie das Zeichnen. Doch statt einzelner Bilder brachte er immer häufiger ganze Geschichten aufs Papier – so wurde er zum Schriftsteller. Er hat sich vor allem mit dem Schreiben von Gruselgeschichten einen Namen gemacht.

Weitere spannende Taschenbuch-Abenteuer mit dem Gruselbus:
Der Gruselbus 1 (TB Band 2400)
Der Gruselbus 2 (TB Band 2401)
Der Gruselbus 3 (Band 2402)

Und als broschierte Ausgabe erhältlich:
Der Gruselbus 0 (ISBN 3-401-05315-9)
Der Gruselbus 5 (ISBN 3-401-05602-6)
Alle im Arena Verlag, Würzburg

Paul van Loon

DER GRUSELBUS 4

Aus dem Niederländischen
von Eva und Hans-Jürgen Schweikart

Mit Bildern von
Camila Fialkowski

Arena

Für Hadjidja und Manisha

In neuer Rechtschreibung

1. Auflage als Arena-Taschenbuch 2004

Die Originalausgabe erschien unter dem Titel *De Griezelbus 4* bei Elzenga, Amsterdam

Aus dem Niederländischen von Eva und Hans-Jürgen Schweikart
Umschlag- und Innenillustration: Camila Fialkowski
Umschlagtypografie: knaus. büro für konzeptionelle und visuelle identitäten, Würzburg
Gesamtherstellung: Westermann Druck Zwickau GmbH
ISSN 0518-4002
ISBN 3-401-02403-5

INHALT

Sei vorsichtig, sei gaaanz vorsichtig, wenn du deinen Computer einschaltest. Denn man weiß nie, was sich hinter dem Bildschirm befindet, in dieser seltsamen Welt, der Anderen Wirklichkeit, in der Wesen lauern, die eines Tages durchaus ihre Klauen ausstrecken könnten. Mitten durch den Bildschirm. Nach dir ...

Warnhinweis der Stiftung GGG (Geister, Gerippe und anderes Gesindel) für Computerbenutzer

Herr Jakob reißt ein Streichholz an und hält die Flamme über seine Pfeife. Er hat die Pfeife neben einem Stapel Computerausdrucke auf dem Boden gefunden. Daneben lag das handgeschriebene Buch Der Gruselbus. *Ohne dass seine Schüler es merkten, hat der Lehrer es aufgehoben und in seine Manteltasche gesteckt. Warum, weiß er selbst nicht. Vielleicht findet er ja in dem Buch eine Erklärung für alles, was an diesem Tag passiert ist. Merkwürdigerweise war es, als wollte das Buch mitgenommen werden. Als hätte es ihn gezwungen, es unter den Mantel zu stecken und seinen Schülern nichts davon zu sagen. Als täte er etwas Verbotenes, etwas Gefährliches …*

Aus: *Der Gruselbus 3*

Herr Jakob

Herr Jakob liegt reglos und mit weit geöffneten Augen im Bett. Dennoch schläft er. Es ist drei Uhr nachts. Um diese Zeit, die auch die Stunde des Wolfs genannt wird, können einen alle möglichen Ängste aus dem nächtlichen Dunkel anspringen. Auf Herrn Jakobs Stirn glänzen Schweißtropfen und bilden kleine Rinnsale an seinen Schläfen. Das Kopfkissen des Lehrers ist feucht. Er starrt empor in die Dunkelheit. Vor seinem inneren Auge ziehen Bilder vorbei. Traumbilder, die lange in der Versenkung verschwunden waren, werden jetzt wieder heraufbeschworen. Lichtbündel durchschneiden die Nacht – Scheinwerfer, wie Augen eines Monsters. Ein alter Bus, der mit merkwürdigen Gestalten bemalt ist, rast durch die Finsternis. Schreiende Kinder mit fremdartigen Helmen auf den Köpfen. Ein Mann in Schwarz mit kahlem Kopf, weißem Gesicht und wölfischem Grinsen breitet die Arme aus. Sein schwarzes Cape flattert wie ein Paar Fledermausflügel. Ein Junge mit Bürstenfrisur schiebt seine Sonnenbrille hoch. Seine Augen sind rot, zwei Perlen, zwei Blutstropfen.

Herrn Jakobs Hände krallen sich in das Laken. Unruhig wirft er sich hin und her. Er will aufwachen, aber er kann nicht. In seinem Kopf wirbeln die Traumbilder im Kreis herum, wie ein außer Rand und Band geratenes Karussell. Krachend öffnet sich das Eisentor eines Friedhofs. Grabmale rasen vorbei. Aus einem offenen Grab klettert ein Skelett hervor, auf dem Schädel eine schwarze Fahrermütze. Das Gerippe streckt den Arm aus und deutet auf etwas. Ein Grabstein wird sichtbar, mit einem eingravierten Namen: P. Onnoval.

Im nächsten Augenblick zerbirst der Stein. Granitsplitter fliegen in alle Richtungen und verwandeln sich in Papier. Es sind Buchseiten, mit

Text bedruckt. Sie fallen zu Boden und fügen sich zusammen. Zu einem dicken schwarzen Buch. Wie aus dem Nichts spritzen plötzlich Tropfen auf das Buch. Rote Tropfen, Blutstropfen, die Buchstaben bilden und einen Titel auf den schwarzen Umschlag schreiben: *Der Gruselbus.*

In Herrn Jakob kommt Bewegung, obwohl er noch immer schläft. Wie ein Roboter setzt er sich auf, schwingt die Beine über den Bettrand und steht auf. Seine Hände nehmen die Brille vom Nachttisch und setzen sie auf seine Nase. Dann geht er durch die Tür in den angrenzenden Raum. Dort ist sein Arbeitszimmer. Schlafwandler finden immer mühelos den Weg. Der Lehrer drückt auf den Lichtschalter und über seinem Schreibtisch geht flackernd eine Neonröhre an. Auf dem Schreibtisch steht ein Computer, daneben liegen Stapel von Heften – Aufsätze, Diktate.

Herr Jakob steuert am Schreibtisch vorbei auf das Bücherregal zu. Seine Finger gleiten über die vielen Buchrücken, bis er gefunden hat, was er sucht: Auf dem untersten Brett steht es, verborgen hinter anderen Büchern. Schon seit zwei Jahren steht das Buch dort. Herr Jakob hat es nie mehr angefasst, seit er es unter seinem Mantel versteckt mit nach Hause genommen hat. Er hat überhaupt nicht mehr an das Buch gedacht, es eigentlich vergessen, aber jetzt findet er es auf Anhieb. Er nimmt das schwarze Buch aus dem Regal. Sogar im Schlaf durchläuft ihn ein Schaudern, als seine Hände den Umschlag mit dem Schriftzug *Der Gruselbus* berühren. Das Buch aus seinem Traum. Das unverwüstliche, handgeschriebene Exemplar. Herr Jakob setzt sich in den Lehnsessel, er schlägt das Buch auf und sein Geist beginnt das Geschriebene aufzunehmen. Im gleichen Moment geht der Computer auf dem Schreibtisch von selbst an. Auf dem dunklen Bildschirm glühen bösartig zwei rote Augen auf und fixieren den Lehrer. Herr Jakob merkt nichts. Er ist ein Schlafwandler, ein Schlafleser, der gerade die Verbindung zwischen der Wirklichkeit und der Anderen Wirklichkeit herstellt. Und er ahnt nichts davon ...

ENTER

EINUNDDREISSIG

Aufgepasst, Kinder«, sagt Herr Jakob zu Klasse sechs. »Morgen beginnt die Kinderbuchwoche und da machen wir immer etwas Besonderes. Ich habe mir etwas ausgedacht, das euch ganz bestimmt gefallen wird.«

Die Schüler warten gespannt. Herr Jakob hat oft gute Ideen. Er ist ein prima Lehrer.

»Vielleicht dürfen wir im Unterricht Computerspiele machen«, flüstert Esteban Wouter zu.

Wouter – Brille, Zahnspange, Bürstenschnitt – bohrt in der Nase und klebt das Ergebnis unter seine Tischplatte. »Oder wir machen einen Ausflug in eine Spielhalle«, sagt er. »Mit total abgefahrenen Videospielen. Wenn Herr Jakob dabei ist, dürfen wir bestimmt rein.«

Der Lehrer sieht schweigend zu Wouter und Esteban hinüber. »Seid ihr fertig? Bohrarbeiten beendet, Wouter? Dann kann ich ja weitermachen.«

»Ui, der hat wohl schlecht geschlafen heute Nacht«, flüstert Wouter. »So launisch ist er normalerweise doch nicht.«

Esteban nickt. »Er sieht auch viel blasser aus als sonst, irgendwie ein bisschen grünlich. Vielleicht hat er zu viel Erbsensuppe gegessen?«

»Während der Kinderbuchwoche beschäftigen wir uns immer mit Büchern«, fährt Herr Jakob fort. »Aber dieses Jahr habe ich mir etwas ganz Besonderes ausgedacht. Ich verfasse selbst gern Geschichten, in letzter Zeit habe ich eine ganze Reihe geschrieben. Und ihr sollt als Erste in den Genuss kommen, jetzt, während der Kinderbuchwoche, meine Geschichten zu hören. Na? Was sagt ihr dazu?« Strahlend blickt sich Herr Jakob in der Klasse um.

Esteban dreht das Schild seiner Nike-Mütze nach hinten und hebt die Hand. »Was ist denn das nun für ein schöner Plan, den Sie sich ausgedacht haben?«

Der Lehrer schaut Esteban erstaunt an. »Na, das! Dass ihr meine Geschichten hören dürft, das ist der Plan!«

»Nö, damit kriegen sie uns nicht, Herr Jakob. Ihre Geschichten sind doch immer todlangweilig. Über früher und so. Ich schlaf regelmäßig dabei ein.«

»Oh doch«, sagt Herr Jakob etwas lauter als gewöhnlich. »Damit kriege ich euch sehr wohl! Wir machen nämlich ein Spiel daraus. Ich habe einen Bus gemietet und damit gehen wir drei Tage lang auf Gruseltour. Ich bin euer Reiseleiter und jeden Tag besuchen wir verschiedene Orte, an denen ich euch dann meine Geschichten vorlese. Außerdem sind es ganz andere Geschichten, als ihr denkt.«

»Tja«, sagt Wouter. »Wer sagt denn, dass uns das gefällt?«

»Es wird euch gefallen, weil ICH das sage! VERSTANDEN!«

Das Lächeln ist aus Herrn Jakobs Gesicht verschwunden und seine Stimme klingt auf einmal schneidend. Diesen Ton kennt die Klasse nicht an ihm. Sofort sind alle mucksmäuschenstill. Was ist nur mit Herrn Jakob los? Er hat wohl eine sehr schlechte Nacht gehabt.

Nur Julia fällt nichts auf. Sie sitzt hinten in der Klasse. Halblanges, rabenschwarz gefärbtes Haar, sehr hellblaue Augen, die verträumt aus dem Fenster sehen. Sie findet Herrn Jakobs Idee super. Julia ist verrückt nach Geschichten. Am liebsten denkt sie sich selbst welche aus. In Mathe ist sie eine Niete, aber für ihre Aufsätze kassiert sie regelmäßig Einsen. In den Wolken, die am Fenster vorbeiziehen, sieht sie verschneite Berge, hinter denen sich die unglaublichsten Abenteuer abspielen.

Als Julia den Blick wieder auf Herrn Jakob richtet, erschrickt sie. Da steht plötzlich ein ganz anderer vor der Klasse! Nicht Herr Jakob mit Bart und Brille, sondern jemand mit bleichem Gesicht, kahlem Kopf und merkwürdig spitzen Ohren. Julia muss sich an der Tischplatte festhalten. Alle Geräusche um sie herum verstummen. Die Klassenkameraden werden schemenhafte Gestalten. Die Ränder der Wandtafel und die Umrisse des Raums verschwimmen. Nur den Mann mit dem bleichen Gesicht sieht sie glasklar vor sich. Er blickt sich forschend in der Klasse um.

Ich glaube, niemand sieht ihn, denkt Julia. Nur ich. Angst steigt in ihr auf. Plötzlich lacht das bleiche Gesicht ihr spöttisch zu, eine lange Zunge fährt über die auffallend scharfen Zähne. Julia bleibt die Luft weg. Das ist doch nie und nimmer der Lehrer! Aber wer dann? Und wo ist Herr Jakob hin? Julia blickt sich um. Warum sagt niemand etwas? Ihre Mitschüler schauen alle aufmerksam nach vorn. Sieht denn niemand, was sie sieht? Dass der Lehrer gar nicht der Lehrer ist!

»Julia? Julia, hörst du mich nicht?«

Eine Hand packt Julia an der Schulter und rüttelt sie.

Das bleiche Gesicht ist verschwunden. Stattdessen taucht direkt vor ihr Herrn Jakobs Gesicht auf. Seine Hand liegt auf ihrer Schulter.

»Julia, ich hab dich schon dreimal angesprochen. Ist dir nicht gut?«

Verwirrt starrt Julia den Lehrer an. Bart, Brille, alles wie immer. Hat sie etwa geträumt?

»Ja, äh, nein. Ich dachte nur . . . Ich hab . . .«

Ihre Klassenkameraden sehen sie erstaunt an.

»Julia hat bestimmt ein Gespenst gesehen«, ruft Esteban. »Genau wie letzte Woche im Fahrradschuppen.«

»Nö du, das war kein Gespenst, das war Ilse«, ruft Sonny.

Ein Mädchen mit langem hellblondem Haar und spitzem Gesicht steht auf, ohne etwas zu sagen, nimmt ihr Mäppchen und haut es Sonny auf den Kopf.

»Wusste ich's doch, dass du auf mich stehst«, grinst Sonny und fährt sich mit der Hand durchs Haar. »So deutlich brauchst du's aber denn doch nicht zu zeigen.«

Ilse streckt ihm die Zunge raus. »Blödmann.«

»Ilse, setz dich hin! Und du, Sonny, da wir gerade von Gespenstern reden, schau doch selbst mal in den Spiegel«, sagt Herr Jakob. Sonny ist lang und dünn, sein Gebiss scheint zu groß für den Mund zu sein und sein Haar steht in alle Richtungen ab.

»Hab ich heut Morgen schon gemacht«, sagt Sonny grinsend und zeigt sämtliche Zähne. »Mein Spiegelbild hat sich zu Tode erschrocken.«

Herr Jakob geht nicht darauf ein. Er wendet sich wieder Julia zu.

Schweigend starrt sie den Lehrer an.

Sie wagt nicht zu sagen, was sie gesehen hat. Es muss ihre Phantasie gewesen sein, wie bei den Wolken, die sich in eine Berglandschaft verwandelt haben. Eine zu lebhafte Phantasie, hat der Hausarzt vor ein paar Monaten gesagt, als Julia nächtelang nicht schlafen konnte, weil sie einen Mann mit einem Beil auf dem Flur sah, sobald das Licht ausgemacht wurde.

»Julia sieht Dinge, die es nicht gibt«, so hatte sich der Hausarzt ausgedrückt. Vor nicht allzu langer Zeit, kurz bevor Julia und ihre Eltern in das Neubaugebiet zogen, hat sie von einem alten Mann aus ihrer Straße eine Geschichte gehört. In ihrem Haus habe sich vor über fünfzig Jahren etwas Grauenhaftes zugetragen, sagte der Mann, der wie mindestens neunzig aussah. Ein Bewohner habe mit einem Beil seine gesamte Familie umgebracht und danach sich selbst. Eine furchtbare Geschichte.

Julia war schockiert, hatte aber ihren Eltern nichts davon gesagt. Sie konnte sich deren Reaktion lebhaft vorstellen: »Papa, Mama, ich habe vielleicht den Geist eines Mörders gesehen ... «, und innerhalb kürzester Zeit säße sie wieder beim Hausarzt oder würde womöglich zu einem Psychiater geschickt. Außerdem ist sie auch jetzt noch unsicher, ob es nicht doch nur ihre Phantasie war. Oder vielleicht hat der alte Mann gelogen, das könnte ja sein. Jedenfalls ist es manchmal besser zu schweigen. In dem neuen Haus sieht sie zum Glück keine merkwürdigen Dinge mehr, es ist ein Haus ohne Vergangenheit.

Julia schüttelt schnell den Kopf. »Es ist nichts, Herr Jakob.«

»Gut, dann bekommt ihr jetzt einen Vorgeschmack auf das, was euch nächste Woche erwartet.«

Herr Jakob nimmt einen Stapel bedruckter Blätter aus seiner Mappe und legt sie auf den Schreibtisch.

Esteban lässt sich vor seinem Stuhl auf die Knie fallen.

»Nein, bitte nicht! Erbarmen, Herr Jakob! Nicht schon heute. Quälen sie uns nicht. Lieber machen wir Bruchrechnen oder Strafarbeiten. Nur nicht wieder so eine öde Geschichte über früher, als Sie noch klein waren.«

Die anderen amüsieren sich über Estebans Auftritt. Herr Jakob lacht nicht. Er sieht Esteban unverwandt an. Seine Nasenflügel beben, die Augenbrauen heben sich und die Haut seiner Wangen wogt, als bewegte sich darunter etwas. Einen Augenblick sieht er so Furcht erregend aus, dass es in der Klasse totenstill wird. Julias Zehen krümmen sich.

»Hinsetzen!« Ein kurzer Befehl, der so drohend klingt, dass niemand mehr etwas zu sagen wagt. Esteban setzt sich rasch auf seinen Stuhl und traut sich nicht mehr den Lehrer anzusehen.

Plötzlich lächelt Herr Jakob. Sein Gesicht entspannt sich.

»Hört erst einmal zu, bevor ihr urteilt. Ich finde, es ist eine gute Geschichte, auch wenn sie von mir ist.«

Alle sehen den Lehrer schweigend an. Keiner macht mehr einen Witz.

Herr Jakob räuspert sich und nimmt das oberste Blatt vom Stapel.

Als er vorzulesen beginnt, holt Julia keuchend Luft und hält sich an der Tischplatte fest. Sieht sie doppelt? Hat Herr Jakob plötzlich vier Augen, zwei Nasen und zwei Münder? Das andere Gesicht, das unheim-

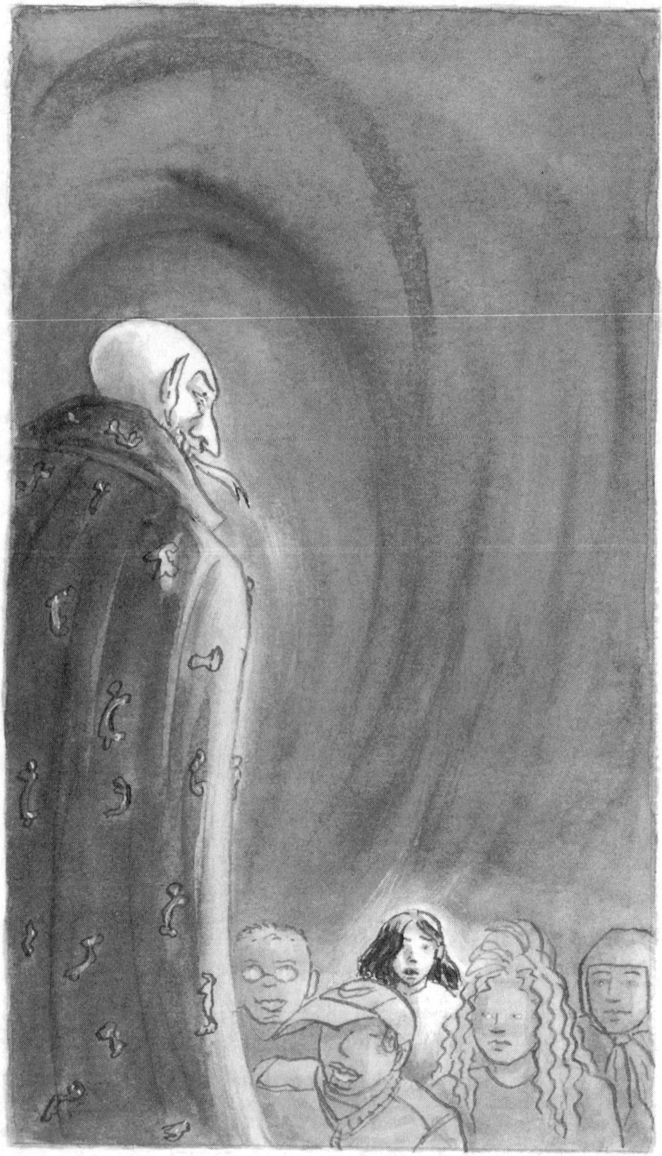

liche weiße mit dem Kahlkopf wird immer deutlicher sichtbar, wie eine Maske, die sich über den Kopf des Lehrers schiebt.

Herrn Jakobs vertraute Stimme liest den Titel der Geschichte vor. Aber die Worte kommen aus dem anderen Mund mit den schmalen Lippen. Doch niemand außer Julia scheint es zu bemerken. Niemand. Alle sitzen da und hören zu.

»Diese Geschichte heißt . . .«

Ei

Liebes Puschelchen«, flüstert Carry, »magst du was Leckeres essen?« Vorsichtig schiebt sie die Hand in ihren Rucksack, der auf dem Boden neben ihrem Tisch steht. Hoffentlich hat der Lehrer das Piepsen nicht gehört! Es ist nämlich verboten Haustiere in die Schule mitzubringen.

Aber ich kann Puschelchen doch nicht verhungern lassen, denkt Carry. Denn dann passiert etwas Schreckliches.

»Carry!«

Auweia, jetzt ist es passiert! Schnell zieht Carry die Hand aus dem Rucksack.

»Was hast du denn da, Carry? Zeig mal her«, sagt Herr Teng.

»Äh . . . gar nichts. Ich hab meinen Füller gesucht.«

Aus dem Rucksack kommt ein ungeduldiges Piepsen. Puschelchen will gefüttert werden.

»Ein piepsender Füller? Zeig mal her, Carry!«

Carry seufzt. Jetzt muss sie Puschelchen wohl oder übel aus dem Rucksack holen. Hoffentlich nimmt Herr Teng ihr das Tierchen nicht weg.

Trick siebzehn, vielleicht hilft das. Carry steckt die Hand in den Rucksack und versucht dabei unschuldig und ein bisschen flehend zu blicken, ungefähr so, wie sie ihre Mutter anschaut, wenn sie Geld für eine neue CD von den Backstreet Boys haben will.

»Das ist mein Küken, Herr Teng, ich muss ihm was zu essen geben!«

»Herzeigen!«, sagt Herr Teng.

Carry öffnet ihre Faust. Auf ihrer Handfläche liegt ein eiförmiger kleiner Apparat mit einem Mini-Bildschirm, auf dem wie in einem Zeichentrickfilm ein Küken hin- und herläuft.

Herr Teng nimmt Carry den Gegenstand aus der Hand.

»Wie oft habe ich schon gesagt, dass ich diese elektronischen Dinger in der Klasse nicht mehr sehen will? Sie stören den Unterricht mit ihrer Piepserei. Außerdem lenken sie euch ständig ab. Ihr bringt doch auch nicht euren Hund oder eure Katze mit in die Schule. Warum dann diese lächerlichen Computerviecher?«

Carry scheint überhaupt nicht zu hören, was der Lehrer sagt.

»Darf ich Puschelchen bitte füttern, Herr Teng? Hören Sie doch nur, wie es vor Hunger piepst!«

Die anderen Kinder in der Klasse grinsen und tuscheln hinter vorgehaltener Hand. Jeder kennt die Computerhaustiere, die man füttert, indem man auf Knöpfe drückt.

»Puschelchen, Puschelchen!«, schnaubt Herr Teng. »Ich hab das satt! Tut mir Leid, aber jetzt ist Schluss! Das Ding ist hiermit konfisziert!«

»Nein, bitte, Herr Teng!« Carrys Stimme überschlägt sich. »Ich muss es doch füttern, sonst . . .«

»Sonst was?« Herr Teng sieht Carry verwundert an. Er bemerkt Tränen in ihren Augen.

»Das ist schon mein fünftes Puschelchen«, sagt Carry mit weinerlicher Stimme. »Alle anderen sind gestorben, weil ich mich nicht gut um sie gekümmert habe und manchmal vergessen habe sie zu füttern. Aber das hier ist ein ganz besonderes. Es wird sehr alt. Jeden Tag wächst es ein Stück, wenn ich es gut versorge. Und das hab ich versprochen.«

»Versprochen? Wem denn?«

»Dem Mann, von dem ich Puschelchen bekommen habe. Er stand vor der Tür und hatte noch einen ganzen Koffer voll Brüderchen und Schwesterchen von Puschelchen dabei. Ich habe es nur bekommen, weil ich versprochen habe mich Tag und Nacht um es zu kümmern.«

Für Herrn Teng wird das Gespräch immer seltsamer. Carry spricht von diesem dummen Spielzeugding wie von einem Lebewesen. Er betrachtet das Küken auf dem Bildschirm. Es sieht richtig niedlich aus, das muss selbst er zugeben. Sein Schnabel geht in einem fort auf und zu, als ob es vor Hunger schreien würde. Nur ist das Geschrei ein nervtötendes elektronisches Gepiepse. Das Computerei fühlt sich in seiner Hand warm an und seltsamerweise spürt Herr Teng ein zartes Klopfen, fast wie ein Herzschlag.

Er schaut wieder Carry an. Ihre Augen sind immer noch feucht. Das Mädchen sieht bleich aus, denkt Herr Teng. Schatten unter den Augen, fahle Haut. Ob sie womöglich zu Hause Probleme hat?

»Nun denn, dieses eine Mal will ich meinem Herzen einen Stoß geben. Füttere es meinetwegen, damit diese fürchterliche Piepserei aufhört, aber dann steckst du es weg. Und in Zukunft will ich das Ding nicht mehr sehen. Wenn du es noch einmal mitbringst, bist du es los. Verstanden?«

Carry nickt, wischt sich die Tränen aus den Augen und beginnt hastig auf die Knöpfe unter dem kleinen Bildschirm zu drücken. »Ganz ruhig, mein Puschelchen«, flüstert sie. »Ich vergess dich doch nicht, hörst du? Ich lass dich doch nicht verhungern.«

Endlich hört das Piepsen auf. Carry redet noch immer mit dem Ei. Sie flüstert ihm Koseworte zu und streichelt es sogar. Herr Teng sieht sie mit zweifelndem Blick an. Dann schüttelt er den Kopf und macht mit dem Unterricht weiter.

»Mama, du musst dich um Puschelchen kümmern, während ich in der Schule bin!«

Carry wirft die Jacke über einen Stuhl, kickt ihre Schuhe von den Füßen, lässt sich aufs Sofa plumpsen und nestelt gleichzeitig Puschelchen aus dem Rucksack.

»Jacke an die Garderobe, Schuhe in den Flur. Wie oft muss ich dir das eigentlich noch sagen, Carry?«

Seufzend steht Carry auf und tut, was ihre Mutter gesagt hat. Dann geht sie in die Küche und gibt Mutter einen Kuss auf die Wange.

»Würdest du das machen, Mama?«

»Was denn?«

»Dich um Puschelchen kümmern, während ich in der Schule bin. Ihm zu essen geben, es sauber halten und mit ihm spielen. Ich darf es nicht mehr mitbringen, sonst nimmt Herr Teng es mir weg.«

Mutter schüttet aus einer Packung Katzenfutter in einen Plastiknapf und stellt ihn auf den Boden. Sofort kommt miauend ein dicker grauer Kater angelaufen.

»Du solltest dich lieber um Toby kümmern, statt ständig mit diesem Computerding rumzuspielen, Carry. Seit du dieses Ei hast, ist dir dein Kater vollkommen egal.«

Carry bückt sich und streicht Toby flüchtig über den Rücken.

»Ich spiele nicht rum, Mama. Ich muss Puschelchen zu ganz bestimmten Zeiten füttern. Das hab ich dem Mann versprochen.«

Mutter schüttelt den Kopf. »Mir kommt das Ganze reichlich seltsam vor. Was war das überhaupt für einer? Solche Typen, die gratis Spielzeug an Kinder verteilen, sind mir nicht geheuer. Wie hat er geheißen und woher ist er gekommen?«

Carry zuckt mit den Schultern. Sie streichelt mit dem Finger über den Bildschirm. »Es war ein sehr netter Mann. Er hat ein bisschen merkwürdig gesprochen, als käme er aus einem fremden Land. Irgendwie ulkig. Ich habe Puschelchen nur bekommen, weil ich versprochen habe, dass ich es immer gut versorge. Deshalb musst du mir helfen, Mama.«

»Und wenn nicht?«

Carry macht plötzlich ganz große Augen. »Du musst aber, Mama! Puschelchen muss gefüttert werden, sonst passiert etwas Schreckliches!«

»Was denn?«

»Ich . . . ich weiß nicht. Aber der Mann hat gesagt, dass dann etwas Schreckliches passieren wird.«

»Ja, das kenne ich, so wie bei deinen anderen Computerviechern! Dann stirbt es. Hör zu, Carry, ein Apparat kann nicht sterben. Er ist bereits ein toter Gegenstand.«

»Gar nicht wahr! So was darfst du nicht über Puschelchen sagen!«

Wieder stehen Tränen in Carrys Augen.

Mutter seufzt. »Jaja, schon gut! Du brauchst nicht gleich zu weinen. Ich kümmere mich darum, während du in der Schule bist. Aber das ist das letzte Mal, dass mir so ein Ei ins Haus kommt. Wenn dieses hier kaputt ist, kriegst du kein neues mehr, und wenn zehn Männer vor der Tür stehen!«

Carry fällt ihrer Mutter um den Hals. »Mama, du bist die Beste!«

»Geh heute mal früh zu Bett, du siehst in letzter Zeit so schlecht aus. Ein elfjähriges Kind mit solchen Schatten unter den Augen! Das ist doch nicht normal!«

Aus Carrys Hand kommt durchdringendes Gepiepse.

»Okay, ich versprech's dir, Mama, ich geh ganz früh schlafen. Aber jetzt muss ich mich erst um Puschelchen kümmern. Vielleicht hat es wieder Hunger. Oder es will spielen.«

Fröhlich läuft Carry aus dem Zimmer, die Treppe hinauf. Mutter schüttelt den Kopf und streichelt Tobys dickes Fell.

»Begreifst du das, Toby? Da hat sie ein solches Prachtstück von Kater wie dich und will trotzdem immer nur mit diesem Ding spielen! Sie denkt an nichts anderes mehr.«

Toby sieht Mutter an und gibt ein leises Miauen von sich. Mutter lächelt. »Mach dir nichts draus, das gibt sich schon wieder.«

Mitten in der Nacht wird Carry von lautem Piepsen geweckt. Sofort setzt sie sich auf, tastet unter ihr Kissen und holt das Ei hervor. In der nächtlichen Stille klingt das Piepsen viel lauter und aufdringlicher als tagsüber.

Carry reibt sich den Schlaf aus den Augen.

»Liebes Puschelchen, hast du denn solchen Hunger?« Sie will Licht machen, aber das ist nicht nötig. Trotz der Dunkelheit im Zimmer sind die leuchtend grünen Umrisse von Puschelchen deutlich zu erkennen. Carry sieht, wie es den Schnabel auf- und zuklappt. Seit gestern ist es ordentlich gewachsen. Der Schnabel ist länger geworden und auch die Füße sind größer.

Plötzlich landet etwas mit einem Plumps auf dem Bett. Grüne Augen glühen in der Dunkelheit. Durch die Bettdecke spürt Carry scharfe Krallen an ihrem Bein.

»Toby!«, schreit Carry und drückt den Schalter der Nachttischlampe über ihrem Bett.

Fauchend, breitbeinig, mit aufgeplustertem Schwanz und ausgefahrenen Krallen steht der Kater auf dem Bett und starrt das Ei an.

»Bist du verrückt geworden? Verschwinde!«, ruft Carry. Vor Schreck hat sie Herzklopfen. Aber Toby geht nicht weg. Aus seiner Kehle kommt ein tiefes, bedrohliches Knurren, dann macht er einen Satz nach vorn. Wieder schreit Carry auf, als Toby mit seiner Pfote ausholt.

Ungläubig betrachtet sie ihre Hand: ein mindestens fünf Zentimeter langer Kratzer, aus dem langsam hellrotes Blut hervorquillt. Puschelchen ist ihr aus der Hand gefallen und liegt auf dem Boden. Toby stürzt sich vom Bett auf das Computerei.

»Du Mistvieh, lass Puschelchen in Ruhe!« Carry packt ihr Kissen und wirft es wütend nach Toby. Miauend rennt der Kater aus dem Zimmer. Carry springt aus dem Bett, hebt Puschelchen auf und schließt die Zimmertür.

»Keine Angst, Puschelchen. Das Mistvieh kommt hier nicht mehr rein.« Carry schlüpft wieder ins Bett und presst Puschelchen mit beiden Händen an ihre Brust. Sie meint zu spüren, wie sein kleines verängstigtes Herz schlägt. Eine Weile bleibt sie so liegen und starrt an die Zimmerdecke. Warum benimmt sich Toby so komisch? Sonst ist er doch so lieb und zutraulich. Carry tut es bereits Leid, dass sie ihn Mistvieh genannt hat, aber im Grunde genommen ist es seine eigene Schuld!

»Toby ist eben eifersüchtig, Puschelchen«, flüstert sie. »Aber ich werde dich beschützen.«

Mit einem Lächeln auf dem Gesicht schläft Carry schließlich ein. Aus dem Ei auf ihrer Brust kommt ein leises Klopfen, ein schwacher Herzschlag, der immer lauter wird.

Am nächsten Morgen liegt das Ei neben Carry auf der Bettdecke. Puschelchen sieht zufrieden aus und schläft, Carry jedoch ist seltsamerweise so müde, als hätte sie die halbe Nacht nicht geschlafen. Toby geht ihr aus dem Weg, aber sie achtet nicht darauf.

»Kind, wie siehst du denn aus! Du hast ja richtig dunkle Ringe unter den Augen!« Mutter sieht sie besorgt an, als sie zusammen beim Frühstück sitzen. »Du hast mir doch versprochen früh schlafen zu gehen!«

»Hab ich auch gemacht! Ich bin nur ein einziges Mal wach geworden, als Puschelchen Hunger hatte.«

»Warum stellst du das Ding nachts nicht ab? Wenn Toby mitten in der Nacht Hunger hat, stehst du doch auch nicht extra auf. Übertreib es nicht, Carry!«

»Toby war heute Nacht in meinem Zimmer.« Sie zeigt ihrer Mutter den Kratzer an der Hand.

»Das soll Toby gewesen sein? Wie kommt er nur dazu? Er ist doch sonst ein so gutmütiges Dickerchen.« Mutter sieht sie ungläubig an.

»Wirklich, Mama! Ich glaube, er ist eifersüchtig. Ich lasse jedenfalls meine Zimmertür nachts nicht mehr offen.«

Mutter schüttelt den Kopf. »Ich finde das höchst merkwürdig. Aber gut, mach die Tür ab jetzt zu. Ich will nicht, dass Toby dich aufweckt. Du hast deinen Schlaf bitter nötig!«

Carry nickt. »Heute Abend gehe ich ganz besonders früh ins Bett, Mama.« Sie steht auf, nimmt ihren Rucksack und schaut Mutter fragend an. »Tagsüber kümmerst *du* dich um Puschelchen, ja? Du hast es mir versprochen.«

Mutter nickt. »Jetzt aber ab in die Schule, sonst kommst du noch zu spät.«

Carry kann sich nicht auf den Unterricht konzentrieren. Immerzu muss sie an Puschelchen denken. Hoffentlich sorgt Mama gut für das Tierchen. Hoffentlich vergisst sie nicht es zu füttern! Hoffentlich überhört sie das Piepsen nicht, wenn sie gerade Staub saugt! Hoffentlich . . .

»Carry!«

Erschrocken fährt Carry hoch.

»Das ist jetzt das dritte Mal, dass ich dich ermahne, Carry«, sagt Herr Teng. »Noch ein einziges Mal und du kannst heute eine Stunde nachsitzen!«

Oh nein, nur das nicht, denkt Carry. Dann muss ich Puschelchen noch länger allein lassen.

Sie gibt sich die größte Mühe besser aufzupassen. Die Minuten scheinen immer langsamer dahinzukriechen. Aber dann ist es halb vier – endlich! Carry packt ihren Rucksack und rennt aus dem Schulgebäude. Vor Aufregung klopft ihr Herz schneller. Hoffentlich ist alles gut gegangen!

Auf dem Nachhauseweg merkt Carry, dass jemand hinter ihr hergeht.

Eigentlich ist daran ja nichts Ungewöhnliches. Dennoch bleibt Carry nach einer Weile am Rand des Bürgersteigs stehen. Ein Schatten fällt auf sie. Ein Mann bleibt hinter ihr stehen. Er trägt einen langen karierten Mantel und einen Hut mit breiter Krempe. Strähniges graues Haar fällt ihm auf die Schultern, sein Gesicht scheint nur aus Falten zu bestehen. Er sieht aus wie ein Hundertjähriger. Carry atmet erleichtert auf. Sie kennt den Mann: Er war es, der ihr an der Haustür Puschelchen gegeben hat.

»Hallo, wie geht's Ihnen?«

Der Mann gibt keine Antwort. Stattdessen blickt er Carry prüfend an.

»Du gut kümmern?«

Carry versteht erst nicht. »Wie bitte?«

Der Mann nickt zufrieden.

»Es sein gut, ich sehen an dein Gesicht. Füttern sein Leben geben. Kosten Kraft und Energie. Gesund, rosig Gesicht ist schlecht Zeichen. Nicht gut. Aber du haben bleich Gesicht von Füttern.«

Carry begreift noch immer nicht, was der Mann meint. Sie sieht ihn verwundert an. »Ach so! Sie meinen natürlich Puschelchen. Ja, es geht ihm prima!«

»Du haben dabei?« Der Mann sieht sie unverwandt an, ohne eine Spur Freundlichkeit.

»Äh, nein, meine Mutter passt auf Puschelchen auf. Der Lehrer hat verboten, dass ich es mit in die Schule bringe.« Mit einem Mal hat sie ein schlechtes Gewissen, als hätte sie Puschelchen im Stich gelassen. Unsinn, das kommt nur davon, dass der Mann sie so anstarrt.

»Nicht gut. Stellen vor, Mutter vergessen Puschelchen füttern, dann passieren Erschröckliches, dann es tauschen.«

Was meint der Mann nur? Etwa, dass sie Puschelchen dann umtauschen muss?

»Nein! Ich will Puschelchen auf keinen Fall umtauschen! Mama versorgt es ganz bestimmt gut!«

Der Mann zieht seinen Hut tief ins Gesicht. »Werden sehen. Wenn nicht gut, dann es tauschen.« Grußlos verschwindet er um die Ecke.

Leicht benommen schaut Carry ihm nach. Die Hälfte von dem, was der Mann sagte, war nicht zu verstehen, aber irgendwie hat sie jetzt ein ungutes Gefühl. Nur schnell nach Hause, denkt sie.

»Wo ist Puschelchen?« Atemlos stürmt Carry ins Wohnzimmer und wirft ihren Rucksack auf den Boden. Mutter liegt auf dem Sofa und öffnet mühsam ein Auge.

»Guten Tag, Carry. Du könntest wenigstens hallo sagen, wenn du nach Hause kommst.«

Carry nickt ungeduldig. »Hallo, Mama, wo ist Puschelchen? Geht's ihm gut?«

Mutter seufzt tief. »Ihm schon, glaube ich. Mir weniger. Ich bin total geschafft. In Zukunft kümmerst du dich wieder selbst um das Ding. Dieses ständige Gepiepse macht mich ganz verrückt.«

»Wo ist Puschelchen?«

»Auf der Anrichte, glaube ich. Ich konnte es gerade noch aus Tobys Krallen retten. Wirklich, ich hab keine Ahnung, was mit diesem Kater los ist. Einen Moment hab ich nicht aufgepasst und schon hatte er es vom Sofa gemopst. Und als ich ihn ausgeschimpft habe, hat er mich ganz böse angefaucht.«

»So was Ungezogenes! Mein armes Puschelchen.« Carry geht rasch in die Küche.

»Es wächst ganz schön schnell«, ruft Mutter ihr nach. »Ein richtiges Turbo-Küken hast du da.«

Mit dem Ei in der Hand kommt Carry wieder ins Wohnzimmer.

»Mannomann, Puschelchen ist ja richtig groß geworden! Schau dir mal den Schnabel und die Füße an!«

»Mir ist das Ding zuwider. Den ganzen Nachmittag über hat es nach Futter gepiepst. Und wenn ich nicht gleich reagiert habe, hat es mich richtig böse angestarrt.«

»Puschelchen ist nicht böse! Es ist lieb!« Carry ist beleidigt. Wie kann Mama nur so etwas über Puschelchen sagen.

»Schon gut, schon gut«, sagt Mutter beschwichtigend. »Aber du musst dich wirklich selbst darum kümmern. Ich mach's nicht mehr, sonst komme ich mit dem Haushalt nicht nach. Das Ding stiehlt mir die Zeit und außerdem macht es mich todmüde. Ganz komisch, als ob es mir die Energie aussaugt.«

Carry bleibt wohl nichts anderes übrig, Mutter scheint sich nicht erweichen zu lassen.

»Mach dir nichts draus, Puschelchen«, flüstert Carry, als sie abends im Bett liegt. »Ich nehme dich einfach wieder mit in die Schule und kümmere mich dort um dich. So ist es ohnehin am besten. Das meint der Mann ja auch . . .«

Das Piepsen geht durch Mark und Bein, laut und anhaltend wie eine Sirene. Carry schreckt hoch und greift unter ihr Kissen. Auf dem Radiowecker ist es drei Uhr früh. Puschelchen schreit wie am Spieß. Hastig drückt Carry auf die verschiedenen Knöpfe, aber Puschelchen schreit ohne Unterlass weiter.

Hilflos starrt Carry den Bildschirm an. Das Küken hat den Schnabel weit aufgesperrt. Seine Augen fixieren Carry mit wildem, ausgehungertem Blick. So scheint es jedenfalls. Sein dicker Körper drückt gegen die Ränder des Bildschirms, als wäre dieser zu klein geworden.

»Sei still, Puschelchen«, fleht Carry. »Ich füttere dich doch schon!« So fest sie kann, drückt sie auf die Knöpfe. Auf ihrer Stirn bilden sich

Schweißperlen. Aber das Ei piepst ohrenbetäubend weiter. Schließlich hat Carry die Nase voll.

»Ruhe!«, schreit sie. »Undankbares Vieh! Ich kümmer mich doch gut um dich! Was schreist du denn wie besessen!«

Es hilft nichts. Das Küken piepst weiter. Carry glaubt die elektronischen Laute verstehen zu können: Hunger-Hunger-Hunger-Hunger! Ihr Trommelfell schmerzt und ihr Kopf dröhnt.

»Aufhören! Aufhören!« Carry hält es kaum mehr aus. Ist der Apparat womöglich defekt?

»Ich hab genug, Puschelchen. So kann ich nicht schlafen. Schrei so viel du willst, ich stelle jetzt den Ton ab. Deine eigene Schuld.«

Wütend drückt Carry auf einen der Knöpfe. Stille. Puschelchens Schnabel klappt weiter auf und zu, aber aus dem Apparat kommt kein Laut mehr.

»So, ungezogene Haustiere kriegen zur Strafe kein Essen! Und ich werde jetzt schlafen!«

Carry wirft noch einen Blick auf den Bildschirm: Puschelchens Schnabel klappt zu und geht nicht mehr auf. Einen Augenblick schaut das Küken sie vorwurfsvoll an. Unwillkürlich schaudert Carry. Puschelchen kann sie natürlich nicht wirklich ansehen. Das ginge ja gar nicht. Aber trotzdem meint sie seine Enttäuschung spüren zu können. Und noch etwas anderes: Hass. Glühenden Hass. Aber das muss Einbildung sein. Bestimmt ist das nur ihr schlechtes Gewissen.

Puschelchen macht die Augen zu. Zzz steht auf dem Bildschirm, was bedeutet, dass Puschelchen jetzt schläft.

Na also, denkt Carry. Ab und zu muss man eben streng zu Haustieren sein, genau wie bei Toby. Der kriegt auch nicht jedes Mal Futter, wenn er miaut.

Sie legt das Ei neben ihr Kopfkissen.

»Gute Nacht, Puschelchen. Schlaf gut.« Carry dreht sich auf die Seite.

Das Küken auf dem Bildschirm öffnet ein Auge. Aus dem Apparat ertönt das Geräusch eines schlagenden Herzens, immer lauter, bis es das ganze Zimmer erfüllt. Carry schläft und merkt nichts davon.

Carry meldet sich. »Darf ich bitte auf die Toilette, Herr Teng?«

Der Lehrer runzelt die Stirn. »Schon wieder? Du warst doch heute Morgen schon zweimal.«

»Ich kann nichts dafür, Herr Teng.« Carry sieht den Lehrer an, als würde sie sich jeden Moment in die Hose machen.

»Na gut, wenn's sein muss, aber beeil dich gefälligst.«

Carry schlüpft rasch aus dem Klassenzimmer und läuft zur Toilette. Gerade noch rechtzeitig, denn kaum hat sie die Tür hinter sich zugemacht, kommt auch schon ein gellendes Gepiepse aus ihrer Hosentasche.

Schnell holt Carry das Küken heraus. Aus seinem Schnabel hängt eine lange dünne Zunge, eine Art Rüssel, der hin- und herschwingt. Merkwürdig.

Während Carry auf die Knöpfe drückt, redet sie leise und ermahnend auf Puschelchen ein: »Pst! Du bist verwöhnt, weißt du das. Du willst viel zu oft gefüttert werden. Und was ist das für ein komischer Rüssel, den . . .«

»Ähem!«

Vor Schreck lässt Carry Puschelchen beinahe fallen. Hinter ihr steht Herr Teng in der Türöffnung. Er schaut sie streng an und streckt die Hand aus.

»Darum also musst du so oft auf die Toilette, Carry! Jetzt ist endgültig Schluss. Her mit dem Ding!«

»Nein!«

Carry drückt Puschelchen an ihre Brust.

»Ich meine es ernst, Carry. Ich zähle jetzt bis drei . . .«

Bei drei legt Carry das Ei widerwillig in Herrn Tengs Hand. Sofort piepst es wieder los.

»Das gibt's doch nicht, ich hab es doch gerade erst gefüttert«, sagt Carry mit einer Stimme, als würde sie gleich anfangen zu weinen.

»Ich stelle jetzt den Ton ab, dann kann das Ding piepsen, soviel es will«, sagt Herr Teng und drückt auf einen Knopf. Puschelchen verstummt.

»Aber so kann ich doch gar nicht hören, wenn es Hunger hat!«, ruft Carry verzweifelt.

»Das sollst du auch gar nicht, dann passt du wenigstens im Unterricht wieder auf. Außerdem kann dir das gleich sein, denn dieses Ei verschwindet in meiner Schublade und bleibt bis zum Ende des Schuljahres dort!«

»Aber . . . das dürfen Sie nicht! Ich muss mich um Puschelchen kümmern, ich hab's doch versprochen! Sonst passiert was Erschröckliches. Was Schreckliches, meine ich.«

»Du hast im Unterricht aufzupassen. Dafür bist du in der Schule. Tut mir Leid, Carry, ich hab dich oft genug gewarnt. Und jetzt ab in die Klasse!«

Carry ist den ganzen Nachmittag über völlig durcheinander. Sie kann es kaum fassen, dass Puschelchen weg ist. Und Herr Teng will nicht mehr darüber sprechen. Mit hängendem Kopf verlässt Carry um halb vier die Schule. Sie fühlt sich miserabel. Das arme Puschelchen. Wahrscheinlich liegt es jetzt in Herrn Tengs Schublade und piepst vor Hunger. Aber niemand hört es, weil der Ton abgestellt ist. Jetzt wird etwas Schreckliches passieren, denkt Carry.

Beunruhigt geht sie nach Hause.

Herrn Tengs Schritte hallen laut durch den Gang. Das Schulgebäude ist verlassen, alle sind inzwischen nach Hause gegangen. Herr Teng blickt auf die Uhr. Ach du Schreck, schon halb acht, denkt er. Er hat im Lehrerzimmer die Hausaufgaben der Kinder durchgesehen und den Unterricht für den nächsten Tag vorbereitet – und darüber die Zeit vergessen.

Und meine Frau habe ich auch nicht angerufen, fällt ihm ein. Na ja, sie weiß ja, dass ich in der Schule bin. Nur noch schnell meine Mappe aus dem Klassenzimmer holen und dann rasch nach Hause. Vielleicht ist die Suppe noch warm.

Er öffnet die Tür. Das Klassenzimmer ist dunkel, aber aus dem Gang scheint genügend Licht herein. Herr Teng steuert auf seinen Schreibtisch zu. Die Mappe liegt obenauf. Als er die Hand nach ihr ausstreckt, hört er einen harten Schlag und der Schreibtisch verrutscht um einen Zentimeter. Die Tischbeine schrammen über den Fußboden.

Vor Schreck macht Herr Teng einen Satz nach hinten. Was war denn das? Ein leichtes Erdbeben womöglich?

Wieder ein Schlag! Der Schreibtisch beginnt zu zittern und zu wackeln, immer stärker. Die Tischbeine rattern über den Boden, tacke-tacke-tacke-tack. Herrn Tengs Mappe rutscht über den Rand und fällt herunter.

Der Lehrer steht da wie angenagelt. Ungläubig starrt er seine Mappe an und dann den Schreibtisch, der mit einem Mal lebendig geworden zu sein scheint. So etwas Seltsames hat er noch nie erlebt. Eigentlich sollte er besser Licht machen, aber er kann nicht. Er steht nur da und fixiert reglos den Schreibtisch.

Plötzlich springt mit einem lauten Knall die Schublade auf. Mit weit aufgerissenen Augen schaut Herr Teng in die gähnende schwarze Öffnung. Da bewegt sich etwas! Aber was nur? In der Schublade sind doch nur Füller, Bleistifte und Hefte, außerdem noch ein paar Sachen, die er seinen Schülern abgenommen hat, eine Murmel, ein Taschenmesser und Carrys Computerei . . .

Vorsichtig beugt Herr Teng sich ein Stückchen vor. Wieder bewegt sich etwas in der dunklen Schublade! Der Lehrer weicht zurück, aber da ist es schon zu spät. Ein langer gerippter Rüssel schießt heraus und windet sich um seinen Hals. Herr Teng gibt einen erstickten Laut von sich, seine Augen quellen hervor. Er fasst sich mit beiden Händen an den Hals. Aber der Rüssel hält ihn eisern fest und hebt ihn hoch, als wäre er eine Vogelfeder.

In dem totenstillen dunklen Klassenzimmer baumelt Herr Teng machtlos im erbarmungslosen Griff des Rüssels. In Windeseile verändert sich sein Aussehen. Das Gesicht wird mager, eingefallen und färbt sich dunkelblau. Die Wangen werden nach innen gesogen, die Augen versinken in ihren Höhlen. Unter den Kleidern verschrumpelt der Körper des Lehrers wie ein Ballon, aus dem die Luft entweicht. Seine Hände werden dünn und mager wie Vogelkrallen. Die Schuhe fallen von den knochendürren Füßen und plumpsen auf den Boden. Hose und Jacke hängen weit und schlabberig um das, was von Herrn Teng noch übrig ist. Dieser klägliche Überrest wird mit einem gewaltigen Ruck in die düstere Schublade gezogen. Dann fährt sie mit einem lauten Knall zu, der in den leeren Gängen der Schule widerhallt. Aus dem Schreibtisch kommt ein durchdringendes Kichern, das irgendwie schadenfroh klingt. Dann ist es im Klassenzimmer totenstill.

»Du bist so still«, sagt Mutter, als sie mit Carry beim Abendessen sitzt. »Denkst du an Puschelchen?«

Carry nickt mit trüber Miene. »Es ist ja so gemein von Herrn Teng, dass er mir Puschelchen weggenommen hat.«

»Tja, so ist das nun mal, mein Schatz. Du gehst in die Schule, um zu lernen und nicht um zu spielen.«

Eine Träne kullert über Carrys Wange. »Aber Puschelchen gehört mir. Und außerdem passiert jetzt was Schreckliches! Ich habe heute wieder den Mann getroffen und der hat es gesagt.«

»Was hat der Mann gesagt?«

Carry zuckt mit den Schultern. »Ich hab's nicht recht verstanden. Wenn Puschelchen nicht gefüttert wird, dann tauscht es, so hat er es gesagt.«

»Tauschen?«, fragt Mutter verwundert. »Was tauschen? Wen tauschen?«

»Weiß ich doch nicht!«, sagt Carry wütend. »Ich will mein Puschelchen wiederhaben!« Sie stampft mit dem Fuß auf.

»Na, na, nun beruhige dich erst mal«, besänftigt Mutter. »Ich werde morgen mit Herrn Teng reden.«

Carry sieht plötzlich wieder das verrunzelte Gesicht des alten Mannes vor sich.

»Was Erschröckliches«, murmelt sie.

Alle Schüler sitzen bereits auf ihren Plätzen, als der Rektor das Klassenzimmer betritt. Sofort wird es mucksmäuschenstill.

Der Rektor sieht ein wenig verwirrt aus, auf seiner Stirn stehen Schweißperlen.

»Äh, Kinder, es tut mir Leid, aber heute Morgen habt ihr keinen Unterricht. Ihr dürft also wieder nach Hause gehen. Heute Mittag kommt eine Lehrerin als Vertretung, dann gilt wieder euer Stundenplan.«

»Ist Herr Teng krank?«, fragt Hanneke, die ganz vorn sitzt.

Der Rektor wischt sich mit einem Taschentuch den Schweiß von der Stirn.

»Äh . . . nein, das heißt, wir wissen es nicht. Herr Teng ist sozusagen . . . verschwunden. Er ist gestern Abend nicht nach Hause gekommen und ist auch heute Morgen nicht aufgetaucht. Das Komische ist, dass er seine Schuhe im Klassenzimmer hat stehen lassen. Wir haben sie neben seinem Schreibtisch gefunden.«

»Hihi, der Lehrer hat sich auf Socken davongemacht«, prustet Hanneke.

Der Rektor sieht sie streng an. »Da gibt es überhaupt nichts zu lachen. Wir hoffen, dass Herrn Teng nichts Schlimmes zugestoßen ist. Und jetzt geht bitte alle nach Hause.«

Die Kinder stehen auf, packen ihre Schultaschen und verlassen das Klassenzimmer. Normalerweise freuen sie sich über einen freien Vormittag, aber heute ist die Stimmung alles andere als ausgelassen. Wahrscheinlich kommt das durch den sorgenvollen Blick des Rektors. Er scheint wirklich beunruhigt zu sein, das war deutlich zu sehen.

Auch Carry ist unruhig. Was wohl mit Herrn Teng passiert ist? Sie geht als Letzte aus der Klasse. Auf der Türschwelle bleibt sie plötzlich stehen und wirft einen Blick auf den Schreibtisch des Lehrers. Der Gang ist inzwischen leer. Ihre Mitschüler sind weg und der Rektor ist in sein Zimmer zurückgegangen.

Das ist meine Chance, denkt Carry. Ich schau mal nach Puschelchen! Dann kann ich es rasch füttern, bestimmt hat es ganz fürchterlichen Hunger.

Sie geht zum Schreibtisch. Ihr Herz beginnt schneller zu schlagen. Wenn jetzt plötzlich Herr Teng in der Tür auftaucht?

Unsinn, wo sollte er denn mit einem Mal herkommen?

Plötzlich sieht Carry eine Gestalt vor dem Fenster. Draußen steht jemand. Etwa Herr Teng?, denkt sie erschrocken, aber dann erkennt sie, wer es ist. Der alte Mann mit dem runzligen Gesicht. Wie eine Geistererscheinung steht er dort. Er schaut sie durch das Glas mit düsterem Blick an und schüttelt den Kopf. Im nächsten Augenblick ist er verschwunden, als wäre er nie da gewesen.

War das nun Einbildung?, denkt Carry. Sie läuft zum Fenster, aber es ist niemand zu sehen. So schnell kann ein alter Mann doch nicht wegrennen. Merkwürdig. Offenbar spielt ihr ihre Phantasie einen Streich . . .

Carry geht zum Schreibtisch zurück. Schnell zieht sie die Schublade auf. Zwischen allerlei Schreibzeug und anderen Sachen liegt das Ei.

»Hier bin ich, Puschelchen. Ich füttere dich jetzt.«

Rasch nimmt sie das Ei heraus und stellt den Ton an. Augenblicklich ertönt gellendes Geschrei. Carrys Gesicht wird kreideweiß. Starr vor Schreck, schaut sie auf den Bildschirm. Auf einmal begreift sie, was der alte Mann gemeint hat! Puschelchen ist fort, verschwunden. Stattdessen ist auf dem Bildschirm ein Männchen zu sehen. Es rennt auf weißen Socken hin und her. Sein Mund geht ständig auf und zu. Aber das Männchen schreit nicht vor Hunger, so wie Puschelchen. Carry kann es deutlich hören: »Hilfe, Hilfe!«, schreit Herr Teng . . .

ZWEIUNDDREISSIG

Es ist totenstill in der Klasse. Alle Augen sind auf Herrn Jakob gerichtet. Esteban bleibt der Mund offen stehen, ohne dass er es merkt.

»Haben *Sie* diese Geschichte geschrieben?«

Die Frage klingt so ungläubig, dass Herr Jakob normalerweise loslachen würde. Aber er antwortet nur trocken: »Ja, natürlich. Zu Hause, auf meinem Computer, in meiner Freizeit. Ich habe entdeckt, was für ein großer Spaß es ist, Gruselgeschichten zu schreiben.«

Esteban schüttelt den Kopf, dreht das Schild seiner Mütze wieder nach vorn und lümmelt sich auf seinen Stuhl. »Das glaub ich nicht. Sie haben bestimmt aus einem Buch abgeschrieben. Solche Geschichten können Sie sich niemals ausgedacht haben.«

Herr Jakob lächelt kurz. »Ich habe mich auch über mich selbst gewundert. Die Geschichte entstand von alleine in meinem Kopf, als ich vor dem Computer saß.«

»Das können Sie Ihrer Großmutter erzählen«, sagt Esteban. »Die Geschichte ist geklaut, anders kann es gar nicht sein. Sie klingt ganz so wie eine Gruselgeschichte von . . . Wie heißt der Schriftsteller doch gleich? Ich komm nicht auf seinen Namen.«

Esteban ist blöd, denkt Ilse, während sie in ihrem Heft blättert. Der Lehrer hat heute sowieso schon miese Laune. Gleich fährt er wieder aus der Haut.

Plötzlich macht sie große Augen, erst vor Erstaunen, dann vor Wut. Jemand hat in ihr Heft ein Porträt von ihr gezeichnet. Langes strähniges Haar, ein spitzes Mausgesicht mit schiefen Zähnen und Schielaugen. »Ilse, das Gespenst« steht mit krakeligen Buchstaben darunter. Das muss

Sonny gewesen sein, oder Esteban, oder vielleicht Wouter. Jedenfalls einer von diesen Quälgeistern, die sie immerzu ärgern. Sie sieht Sonny hinter vorgehaltener Hand kichern. »Mistkerl, dich krieg ich schon noch!«, flüstert sie.

Zum Glück hat Herr Jakob sie nicht gehört. Er sieht Esteban an und legt sein Manuskript auf den Schreibtisch. »Freut mich, dass dir meine Geschichte so gut gefällt, dass du sogar glaubst, ich hätte sie abgeschrieben, Esteban. Aber dem ist nicht so. Ich habe sie tatsächlich selbst verfasst. Genau wie die anderen Geschichten, die ihr in den nächsten Tagen hören werdet. Alles Gruselgeschichten, denn die mag ich am liebsten.«

»Ist auch eine über Hunde dabei?«, fragt Clint, ein stämmiger Junge mit gutmütigem Hundeblick. »Hunde mag ich so gern.«

»Gruselgeschichten habe ich gesagt, Clint, keine Tiergeschichten.«

»Ach, schade.«

Tabita hat noch kein Wort gesagt, aber man sieht ihr an, dass sie wütend ist.

»Ich fand die Geschichte scheußlich. Die hätten Sie gern für sich behalten können! Ich hab nämlich auch so ein Computerei. Das traue ich mich nachts nicht mehr in meinem Zimmer zu haben.«

»Nimm's doch mit in die Schule«, ruft Wouter. »Leg es Herrn Jakob in die Schublade. Mit ein bisschen Glück sitzt er demnächst in dem Ding drin.«

»Wer weiß«, sagt der Lehrer mit todernster Miene.

»Ach was«, lacht Sonny. »Menschen können nicht in Computern verschwinden, so was geht gar nicht.«

Ich wollte, *du* würdest in einem Computer verschwinden, denkt Ilse, während sie die Seite mit ihrem Porträt zusammenknüllt.

Herr Jakob sieht Sonny mit glasigem Blick an. Sein Gesicht, das den ganzen Morgen über einen strengen Ausdruck gehabt hat, entspannt sich plötzlich. Er schaut, als würde er seine Klasse heute zum ersten Mal sehen.

Wie komme ich hierher?, denkt Herr Jakob. Was habe ich heute gemacht? Ich kann mich an nichts erinnern, bis zu diesem Augenblick! Ich weiß nur noch, dass es Abend war und ich ins Bett gegangen bin. Ist das jetzt ein Traum?

Doch Sonnys Worte haben Erinnerungen in seinem Geist wachgerüttelt. Alle möglichen Bilder flitzen jetzt durch Herrn Jakobs Kopf. Bilder von einem Bus und einem Mann im schwarzen Cape. Bilder von Kindern, die Helme tragen und in Sitzen festgeschnallt sind. Und da ist auch ein Junge mit Sonnenbrille. Ein Junge mit einem hinterhältigen Lachen. Er steht vor einem Computer. Der Bildschirm wölbt sich plötzlich vor, nimmt die Form einer Klaue an. Die Klaue packt den Jungen und zieht ihn hinein. Er verschwindet im Bildschirm, als würde er durch Wasser gezogen. Dann schließt sich der Schirm wieder. Der Junge ist verschwunden, aufgeschluckt.

KLANG! Eine Wand senkt sich vor Herrn Jakobs Erinnerungen und Gedanken. Etwas anderes ergreift Besitz von seinem Geist.

»Eddy C.«, murmelt der Lehrer. Die Kinder sehen ihn alle perplex an. Er sieht ihre Gesichter und stottert: »Ich . . . ich dachte gerade . . .«

Herr Jakob fängt sich rasch wieder.

»In einem Computer verschwinden? Wer weiß, Sonny. Manchmal werden Geschichten Wirklichkeit. Man kann nie sicher sein . . .«

Eine rätselhafte Antwort. Sonny schaut den Lehrer weiter an und wartet auf ein Lächeln. Aber Herrn Jakobs Gesicht bleibt ernst.

»Das war's für heute, Kinder. Das Ganze wird bestimmt eine tolle Sache. Ab morgen steht uns ein Bus zur Verfügung, der uns zu allerlei geheimnisvollen Orten bringt.«

»Muss das sein, Herr Jakob? Ich meine, das mit dem Bus?« Joyce scheint von dem Plan nicht allzu begeistert zu sein. Für Gruselgeschichten hat sie nicht viel übrig und für geheimnisvolle Busfahrten schon gar nicht.

Herr Jakob lässt den Blick durch die Klasse schweifen. Er drückt die Lehne seines Stuhls so fest, dass seine Fingerknöchel weiß hervortreten. Die Stuhllehne knarrt vernehmlich.

»Okay. Sonst noch jemand, der nicht mitwill? Wer keine Lust hat, darf hier bleiben und die ganze Woche komplizierte Divisionen machen. Plus eine Extraportion Hausaufgaben! Ich habe dieses Gemotze satt. Da lasse ich mir etwas Außergewöhnliches für euch einfallen, und was ist das Ergebnis: nichts als Gemecker!«

Wieder dieser plötzliche Stimmungsumschwung. Die Kinder zucken auf ihren Stühlen zusammen, als hätten sie einen Schlag bekommen.

Es ist ganz still in der Klasse.

»Schön, also kommen alle mit? Wir fahren zu Gebäuden, die sich wunderbar eignen, um dort Geschichten vorzulesen. Auf diese Weise werden die Geschichten viel lebendiger für euch.«

Esteban stößt Wouter an. »Na siehst du. Die Idee mit dem Bus hat er auch geklaut. Ich hab mal ein Buch gelesen, über einen Schriftsteller, der mit einem Bus voller Kinder durch die Gegend gefahren ist. Und der hat auch Gruselgeschichten erzählt.«

Wouter zuckt mit den Schultern. »Uns kann's ja egal sein, ob er die Geschichten geklaut hat. Wenn sie nur spannend sind. Und in dem Bus können wir ordentlich einen draufmachen.«

»Esteban, Wouter, ihr wisst, dass ihr euch zu benehmen habt. Ich dulde keinen Radau im Bus, sonst . . .«

Herrn Jakobs Stimme klingt drohend, die Jungen sind sofort still. So kennen sie ihren Lehrer überhaupt nicht. Heute wissen sie wirklich nicht, wie sie mit ihm dran sind. Und es scheint, als hätte er plötzlich ein superscharfes Gehör, denn sie haben doch nur ganz leise miteinander gesprochen.

»Also gut, packt eure Sachen zusammen und geht nach Hause«, sagt Herr Jakob. »Bis morgen. Und denkt daran: Dann bin ich nicht euer Lehrer, sondern euer Reiseleiter, der euch an geheimnisvollen Orten wunderschöne Geschichten erzählen wird.«

Die Kinder packen ihre Schulsachen und verlassen das Klassenzimmer.

Julia geht als Letzte. Ihrem Gesicht ist anzusehen, dass sie verwirrt ist. Herr Jakob nickt ihr zu, als sie an ihm vorbeigeht.

»Tschüss, Julia, bis morgen.«

Abwesend erwidert Julia den Gruß. Jetzt sieht Herr Jakob wieder ganz normal aus. Bart, Brille, Haare auf dem Kopf. Dennoch ist etwas an ihm merkwürdig. Die Art, wie sein Blick sie durchbohrt. Als würde sie jemand anderes durch seine Augen ansehen.

Julia schaudert und geht rasch hinaus.

DREIUNDDREISSIG

Herzlich willkommen, liebe Fahrgäste. Ich bin euer Reiseleiter und wir brechen jetzt gleich zum ersten Ziel unserer Gruseltour auf. Alles einsteigen, bitte.«

Herr Jakob steht mit einer Mappe unterm Arm am Schultor. Er trägt einen hohen schwarzen Hut und ein altmodisches schwarzes Cape. An Letzteres hat er ein Schildchen mit der Aufschrift »Reiseleiter« geheftet.

»Der geht ja völlig in seiner Rolle auf«, grinst Joris. »Für Theaterspielen hatte Herr Jakob schon immer was übrig. Jetzt kann er sich mal so richtig ausleben.«

Vor der Schule wartet der Bus mit laufendem Motor. Ein funkelnagelneuer Bus, der aussieht, als käme er direkt aus der Fabrik.

»Busreisen Fröhlich macht Ihre Traumreise wahr« steht in schwungvoller Schrift auf beiden Seiten. Es ist Mittwochmorgen und die Kinder steigen mit verschlafenen Gesichtern ein. Vornübergebeugt sitzt der Fahrer hinterm Steuer und kramt in einer Ledertasche. Die Kinder lassen sich auf die Sitze fallen. Als Letzter steigt Herr Jakob ein.

»Sind wir vollzählig? Gut. Ab jetzt sprecht ihr mich bitte mit ›Herr Reiseleiter‹ an, wenn ihr was zu fragen habt. Verstanden?«

Die Kinder nicken.

»Gut. Dann kann's losgehen.«

Jetzt richtet sich der Fahrer auf, dreht den Kopf und schaut sich im Bus um. Sanne und Anouk fangen an zu schreien. Ein gelblicher Totenkopf starrt sie unter der Fahrermütze an. Zwischen den brüchigen Zähnen klingt schauerliches Gelächter hervor.

»Also, wo soll's hingehen?«, fragt der Totenkopf mit Grabesstimme.

HIER

»Herr Jakob!«, ruft Joyce ängstlich und kneift Esteban fest in den Arm.

»Wow!«, flüstert Esteban. »Genauso war es auch in dem Buch, das ich gelesen habe. Der Fahrer war ein echtes Skelett!«

Der Reiseleiter sieht den Busfahrer an und schüttelt missbilligend den Kopf.

»Für Scherze dieser Art ist es noch ein bisschen früh. Die Fahrgäste sind noch nicht ganz wach.«

Mit ausladender Gebärde nimmt der Fahrer seine Maske ab, die aus elastischem Material ist und den Kopf vollständig umschließt. Er hat dicke Wangen und einen Schnurrbart mit hochgezwirbelten Spitzen.

»War das was oder war das nichts?« Er lacht schallend. »Ja, ich bin schon einer. Bei mir gibt's immer was zu lachen. Gutblut mein Name, aber ihr könnt ruhig Dolf zu mir sagen.«

»Ja, äh, sehr schön«, sagt Herr Jakob. »Fahren wir, Herr Gutblut? Sie kennen das erste Ziel.«

»Klaro. Auf los geht's los!« Der Fahrer schaltet, gibt Gas und der Bus setzt sich in Bewegung. Während der Fahrt sind alle ungewöhnlich still. Nur Dolf Gutblut ist gut gelaunt und schmettert lauthals einen alten Schlager von Rudi Carrell.

»Wann wird's mal wieder richtig Sommer . . .«, dröhnt er.

Einige der Kinder halten sich die Ohren zu.

»Ich finde es spannend«, sagt Ilse zu Julia. »Wo wir wohl hinfahren? Der Lehrer tut so geheimnisvoll. Ich hatte überhaupt keine Ahnung, dass er solche Geschichten schreiben kann. Du etwa?«

Ilse verstummt, als sie merkt, dass Julia ihr gar nicht zuhört. Sie starrt Herrn Jakob auf einmal mit ängstlichem Gesichtsausdruck an. Ilse tippt ihr auf den Arm.

»Julia, was ist denn?«

»Das Gesicht, äh . . .«

»Was meinst du? Welches Gesicht? Was hast du denn?«

Julias Blick wird wachsam. Fast hätte sie sich verplappert.

»Nichts, was soll ich denn haben?« Julias Antwort kommt schnell. Zu schnell.

»Na ja, ich dachte nur. Du hast Herrn Jakob so seltsam angesehen. Und gestern im Unterricht warst du auch schon so komisch.«

»Komisch? Ich bin doch ganz normal. Ich bin nicht verrückt.«

»Das hab ich doch gar nicht gesagt . . .«

In dem Moment wird es dunkel im Bus.

»Wo sind wir?«, ruft Wouter. »Fahren wir durch einen Tunnel?«

Der Bus hält abrupt. Alle werden auf ihren Sitzen nach vorn geschleudert.

»Bitte alle Fahrgäste aussteigen«, sagt Herr Jakob.

»Ha, ha, kleiner Scherz, was?« Esteban steht auf. Zur Sicherheit hält er sich an der Lehne seines Sitzes fest, denn er kann so gut wie nichts sehen. Seine Klassenkameraden sind dunkle Schatten.

»Das ist kein Scherz. Wir steigen wirklich hier aus. Vergesst euren Kram nicht. Herr Gutblut holt uns nachher wieder ab.«

»Sie können ruhig Dolf zu mir sagen«, ruft der Fahrer und drückt auf einen Knopf. Zischend öffnen sich die Türen.

»Bitte alle vorn aussteigen!«

Im Dunkeln ertasten sich die Kinder den Weg zum Ausgang. Draußen vor dem Bus wartet bereits der Reiseleiter mit einer Taschenlampe in der Hand. »Mourad, Joris, etwas Beeilung, bitte. Das gilt auch für dich, Clint.« Die Bustüren schließen sich wieder. Langsam fährt der Bus rückwärts und verschwindet in der Finsternis.

Unsicher sehen sich die Kinder um. Offenbar befinden sie sich in einer großen Halle.

»Und wohin jetzt, Herr Jakob?«, fragt Esteban.

Der Lehrer leuchtet die Gruppe an. Er sieht bleiche Gesichter und große Augen. Wouter hat natürlich wieder den Finger in der Nase. Aber sein Blick geht unruhig hin und her.

Prima, sie kommen bereits in die richtige Stimmung.

»Darf ich euch nochmals daran erinnern, dass ich jetzt nicht mehr Herr Jakob bin, sondern der Reiseleiter. Wir gehen nirgendwohin. Hier werde ich euch die erste Geschichte vorlesen. Ihr könnt euch schon mal hinsetzen.«

»Auf den Boden etwa? Der ist steinhart!«, ruft Ilse

»Vielleicht kriechen da Spinnen rum«, sagt Kevin. »Oder Ratten.«

»Dann setze ich mich auf keinen Fall auf den Boden«, sagt Joyce mit zitternder Stimme und steht gleich wieder auf.

»Stell dich nicht so an«, sagt der Reiseleiter. »Hier gibt es weder Spinnen noch Ratten. Hier ist lediglich ein ganz ausgezeichneter Ort für eine Gruselgeschichte.«

»Das stimmt.« Estebans Stimme klingt ganz mutig. »Eigentlich echt cool hier. Als wären wir in einem Burgverlies. Lesen Sie doch 'ne gute Horrorstory von Stephen King vor, Herr Ja. . . äh, Herr Reiseleiter, dann machen wir uns garantiert alle in die Hose.«

»Einstweilen lese ich nur meine eigenen Geschichten vor«, sagt Herr Jakob mit einem scharfen Unterton in der Stimme. »Es ist sehr wichtig, wo man eine Geschichte liest oder hört. Ist man in einer düsteren Umgebung, wirkt sie viel besser. Dann wird die Geschichte im Kopf lebendig. Und so soll es auch sein. Meine Geschichten müssen leben!«

»Wie meinen Sie das?«, fragt Sonny. »Sie erfinden das doch alles. Wie kann eine Geschichte dann leben?«

»Ich meine«, sagt der Reiseleiter mit zischender Stimme, sodass alle aufhorchen, »ich meine, dass meine Geschichten sich in euren Köpfen einnisten sollen. Und wenn sie in euch sind, dann leben sie doch, oder?«

»Warum?«, fragt Esteban. »Warum sollen sie das? Wozu ist das gut?«

»Um . . . um . . . darum eben! Ich bin euer Reiseleiter. Ich bin nicht dazu da, dämliche Fragen zu beantworten.«

Die Kinder sehen einander im Schein der Taschenlampe an.

Irgendwie ist Herr Jakob in letzter Zeit komisch, denkt Ilse. Er regt sich schnell auf und verträgt überhaupt keinen Spaß mehr. Früher war das anders. Und manchmal redet er total konfuses Zeug. Ob er überarbeitet ist?

»Au!« Wütend dreht Ilse sich um: Jemand hat sie in den Hals gepikst. Hinter sich hört sie Wouter im Dunkeln kichern. Oder ist es Esteban? Einer von beiden.

»Sitzen alle? Okay.« Herrn Jakobs Stimme klingt wieder ruhig. »Zunächst verrate ich noch nichts über den Ort, an dem wir uns befinden. So ist es spannender.«

»Vielleicht sind wir auf einem Friedhof«, flüstert Joris.

»Zwischen lauter Gräbern.«

»Geht doch gar nicht, du Blödmann«, sagt Sanne leise. »Wir sind in einem Gebäude, ich spüre keinen Windhauch. Außerdem ist es draußen helllichter Tag.«

»Ja, man könnte tatsächlich meinen, es sei Nacht«, sagt der Reiseleiter mit merkwürdigem Lachen. »So war es wohl früher bei den Urmenschen, wenn sie einander Geschichten erzählten. Sie saßen in ihrer finsteren Höhle an einem kleinen Lagerfeuer und draußen schlichen die wilden Tiere herum.«

Leicht beunruhigt sehen die Kinder sich um und rücken etwas dichter zusammen. An diesem Ort ist es nicht schwierig, sich einzubilden, dass in der Finsternis Wölfe herumschleichen, oder andere gefährliche Wesen, von denen man nicht einmal den Namen weiß. Es bleibt auffallend still: Alle lauschen, ob irgendwelche ungewöhnlichen Geräusche zu hören sind.

Der Reiseleiter leuchtet kurz mit seiner Taschenlampe rundum. Betonpfeiler, schräg ansteigende Mäuerchen, ein dunkler Fußboden, der in Rechtecke unterteilt ist. Aber es ist alles nur schemenhaft erkennbar.

»Zum Glück sind hier keine wilden Tiere, glaube ich zumindest ... Vielleicht findet ihr heraus, wo wir sind, wenn ich die Geschichte vorgelesen habe.« Er nimmt einen Stapel Papier aus seiner Mappe und blättert darin. »Mal sehen, ja, das hier scheint mir eine geeignete Geschichte für den Anfang. Seid ihr bereit?«

»Ja, uns bleibt ja nichts anderes übrig«, sagt Esteban leise.

Es wird totenstill in dem dunklen Raum. Herr Jakob richtet den Lichtstrahl auf das erste Blatt seiner Geschichte. Das Licht wird vom Papier zurückgeworfen und erhellt auf geisterhafte Weise sein Gesicht.

Plötzlich stößt Julia einen erstickten Laut aus und schlägt sich die Hand vor den Mund.

»Julia? Kann ich anfangen? Oder ist noch was?«

»Nein. Ich meine, ja«, piepst Julia. Sie wagt nichts mehr zu sagen. Das ist nicht Herr Jakob, der da vor ihnen sitzt, sondern wieder der kahlköpfige Mann mit dem weißen Gesicht. Julia sieht seine Zähne und seinen Ohrring blitzen. Das Furcht erregende, bleiche Gesicht ist in der Dunkelheit deutlich zu erkennen. Aber wie kann das sein? Vielleicht kommt es daher, dass der Lehrer gesagt hat, er sei heute jemand anderes. Bestimmt ist das wieder meine Phantasie, die mir einen Streich spielt, denn die anderen scheinen den Kahlköpfigen nicht zu sehen, denkt Julia. In ihrem Kopf hört sie wieder die Stimme des Arztes: »Julia sieht Dinge, die gar nicht da sind.«

Ilse beugt sich zu ihr und flüstert: »Ist dir nicht gut, Julia?«

Julia murmelt etwas Unverständliches und presst die Lippen zusammen. Nichts anmerken lassen, nur nichts anmerken lassen! Ich will nicht wieder zum Arzt, ich bin nicht verrückt! Sie drückt die Hände gegen ihre Schläfen und kneift ganz fest die Augen zu. So hört sie nur die vertraute Stimme des Lehrers. Obwohl auch diese sonderbar klingt. Irgendwie scharf, zischend. Aber das kommt bestimmt durch den geheimnisvollen Raum, in dem sie sich befinden.

Der Lehrer räuspert sich. »Die Geschichte heißt:

Parkhaus

»Da drüben ist ein Parkhaus, Kinder. Bestimmt können wir dort unser Auto abstellen.« Herr Stoop tritt auf die Bremse und biegt mit seinem Fiat Zombie in eine schmale Seitenstraße ein, die zu einem hohen quadratischen Gebäude aus grauem Stein führt.

»Das nennst du ein Parkhaus?« Frau Stoop rümpft die Nase. »Ich habe schon bessere Ruinen gesehen!«

»Ach was, die paar Risse, was macht das schon, nicht wahr, Kinder?« Herr Stoop dreht sich zu den Zwillingen Marie und Johan um, die sich auf der Rückbank lümmeln. Neben ihnen sitzt Pepijn, Johans bester Freund. Die drei betrachten schläfrig das Gebäude. Aus den Rissen in der Fassade wächst Unkraut und der ganze Bau wirkt wie mit feinem, hellgrünem Haar überzogen. Moos. Über der Einfahrt, einem verrosteten Stahltor, ist undeutlich ein großes P zu erkennen.

»Es *ist* ein Parkhaus. Stell das Auto ruhig hier ab, Paps«, sagt Marie mit matter Stimme. »Ich will raus aus diesem Treibhaus.« Sie ist müde und verschwitzt von der Fahrt. Es ist ein warmer Sommertag und im Auto herrscht glühende Hitze.

»Genau, da steht es wenigstens kühl«, sagt Johan. Pepijn nickt nur.

»Siehst du wohl, Schatz, du bist überstimmt!«, ruft Herr Stoop fröhlich. Der Schweiß rinnt ihm übers Gesicht und unter seinen Armen haben sich große Schwitzflecken gebildet. Aber Herr Stoop bleibt in allen Situationen gut gelaunt; eine Eigenschaft, die seine Kinder sehr schätzen, mit der seine Frau sich jedoch manchmal schwer tut.

Bevor sie protestieren kann, gibt er Gas und fährt auf das Tor zu.

»Wenn ihr mich fragt, ist dieses Parkhaus schon seit langem geschlossen«, sagt Frau Stoop. »Weit und breit ist kein Mensch zu sehen.«

»Hoho, wer wird denn gleich aufgeben.« Herr Stoop ist bereits ausgestiegen und geht in Richtung Tor.

»Das wird nichts«, sagt Frau Stoop. »Ich sage dir doch, das Ding ist zu, schon seit Jahren. Außerdem finde ich es unheimlich hier.«

»Oh nein«, stöhnt Marie. »Immer muss uns so was passieren. Da finden wir endlich ein Parkhaus und dann ist es geschlossen.«

In dem Moment sehen sie durch die Windschutzscheibe, dass sich das Stahltor öffnet. Man hört das Ächzen und Kreischen bis ins Auto. Strahlend setzt sich Herr Stoop wieder ans Lenkrad.

»Mann, wie hast du das hingekriegt, Paps?«, fragt Johan.

Herr Stoop lässt den Motor an. »Tja, ihr kennt doch meine magischen Kräfte. Ich habe einfach ›Sesam öffne dich‹ gesagt und dann ist das Ding von allein aufgegangen.«

»Wahrscheinlich ist da ein elektronisches Auge eingebaut«, sagt Pepijn. »Sie haben druntergestanden und da ist das Tor automatisch aufgegangen.«

Herr Stoop schaltet das Licht an und fährt hinein.

»Das Gebäude macht aber nicht den Eindruck, als wären hier elektronische Augen eingebaut«, murmelt seine Frau und sieht sich dabei um. Im Innern wirkt das Parkhaus ebenso verfallen wie von außen. Sie kommen in eine lange düstere Halle. Der Boden und die Wände aus grauem Beton sind voller Flecken und Risse. Schatten hängen wie Schleier zwischen dutzenden von Pfeilern.

Herr Stoop parkt das Auto direkt neben einem Pfeiler.

»So, alles aussteigen.« Als sie die Autotüren öffnen, strömt kühle Luft herein. Die Kinder springen als Erste aus dem Wagen.

»Endlich kühl!«, seufzt Marie. »Jetzt weiß ich, wie sich ein gekochtes Ei fühlt.«

»Das Parkhaus liegt ideal«, sagt Herr Stoop, während er das Gepäck aus dem Kofferraum holt. »Nicht mehr als fünf Gehminuten vom Hotel, schätze ich. Und hier steht das Auto viel besser als auf dem überfüllten Hotelparkplatz in der sengenden Sonne. Hier bleibt es herrlich kühl, und wenn wir einen Ausflug machen wollen, müssen wir nicht in einen Backofen einsteigen.«

Seine Frau schaut sich mit bedenklicher Miene um. »Dürfen wir hier überhaupt stehen? Und warum ist dieses Parkhaus leer, wenn es so ideal liegt?«

Herr Stoop zuckt mit den Schultern. »Die anderen, die es nicht finden, haben eben Pech gehabt und müssen in der Sonne stehen.«

Auch die anderen blicken sich jetzt um. Überall leere Parkplätze und viereckige Pfeiler, von Schatten umgeben. Nur von oben, wo ein paar kleine Fenster in den Wänden sind, kommt etwas Licht.

Marie hat sich inzwischen von der Hitze erholt und merkt nun, dass sie Gänsehaut bekommt. Sie reibt sich über die bloßen Arme. Es ist wirklich sehr kühl hier. »Gehen wir jetzt ins Hotel?«

»Moment mal!« Johan zeigt auf einen der Pfeiler. »Da steht doch noch ein Auto. Dort, hinter dem Pfeiler, etwa fünf Meter von hier. Ich kann ein Stück von der Stoßstange sehen.«

»Na prima, dann fühlt sich unser Auto wenigstens nicht so allein«, sagt Herr Stoop lächelnd. »Kommt, wir gehen. Ich muss nur rasch schauen, wo ich einen Parkschein bekomme. Johan und Pepijn, nehmt ihr bitte jeder einen Koffer.«

Aber Johan geht bereits auf das Auto zu, das er gesehen hat.

»Komm her, Johan«, ruft seine Mutter. »Ich will hier weg. Mir wird allmählich kalt.«

Johan macht ihnen ein Zeichen, dass sie einen Augenblick warten sollen. Sie sehen ihn hinter dem Pfeiler verschwinden. Dann hören sie ihn vor Verwunderung durch die Zähne pfeifen.

»Seht euch das mal an!«

»Johan, wir wollen gehen«, sagt Frau Stoop mit erhobener Stimme. »Wir wissen, wie ein Auto aussieht.«

»Kommt her, das müsst ihr euch ansehen!« Johans Stimme klingt aufgeregt. Jetzt werden die anderen doch neugierig und gehen auf den Pfeiler zu, wo Johan steht und aufgeregt auf ein Auto zeigt, das in einer dunklen Ecke steht. »Guckt doch nur, habt ihr so was schon mal gesehen?«

Pepijn lässt ebenfalls einen Pfiff ertönen: »Mann, ist das ein Schlitten!«

Der Wagen ist groß und schwarz. Nicht glänzend schwarz, sondern mattschwarz von Staub, Ruß und Auspuffgasen. Sogar die Fensterscheiben sind mit einer Schicht überzogen.

»Tja, der steht hier wohl schon länger«, sagt Herr Stoop. »Das ist ein Mercedes aus den Sechzigern, wenn ich mich nicht irre. So einen sieht man heutzutage selten.«

»Schau mal, auf dem Auto stehen lauter Namen«, sagt Marie. »Es ist so verdreckt, dass man richtig draufschreiben kann.« Während sie das Auto betrachtet, überkommt sie ein seltsames Gefühl. Die Reifen sind platt und der Wagen ist wohl in den letzten dreißig Jahren nicht mehr gefahren worden, aber trotzdem scheint es, als würde er nur schlafen, denkt Marie. Wie ein plumpes schwarzes Monster steht er da. Sie spürt, wie ihr ein kalter Schauder über den Rücken läuft. Oder kommt das von der Kälte in der Halle? Natürlich, ein Auto ist schließlich ein toter Gegenstand. Etwas, das weder schläft noch lebt.

Wie komme ich nur auf so merkwürdige Gedanken, grübelt sie. Bestimmt hab ich zu lange im heißen Auto gesessen. Mein Gehirn muss durchgebraten sein. Auch eine Art Treibhauseffekt.

Neugierig liest sie die Namen am Heck. Alles Namen von Leuten, die einmal hier gewesen sind: Pierre, Chantal, Amber, Marcel, Jean, Brigitte, Achmed, Louise … Unbekannte Namen unbekannter Leute. Manche sind kaum lesbar, andere fast ganz verschwunden. Es muss auch schon lange her sein, dass der Letzte seinen Namen auf die Karosserie geschrieben hat. Aber das wird sich jetzt ändern, denn Marie sieht, dass Johan sich vorbeugt. Sein Finger berührt schon fast den hinteren Kotflügel und auch Pepijn will gerade seinen Namen auf dem schwarzen Mercedes hinterlassen.

Nicht!, denkt Marie. Mit einem Mal überfällt sie ein unerklärliches Angstgefühl.

»Lasst das!«

Frau Stoops Stimme hallt durch das Parkhaus. »Du bist wohl verrückt, Johan! Und du auch, Pepijn! Ich will nicht, dass ihr das schmutzige Ding anfasst. Davon könnt ihr alle möglichen Krankheiten bekommen. Los, wir gehen, wir haben genug gesehen.«

»Ach, Mama, was du immer hast. Du glaubst, dass man sich überall schlimme Krankheiten holt. Ich wollte doch nur meinen Namen auf den Schlitten schreiben. Das haben schon so viele gemacht.«

»Genau. Und weißt du etwa, was mit denen passiert ist?« Frau Stoop sieht ihren Mann an. »Robert, nun sprich doch mal ein Machtwort!«

Herr Stoop legt Johan die Hand in den Nacken. »Du hast gehört, was deine Mutter gesagt hat. Wir gehen.«

Plötzlich hören sie ein Ächzen. Das große Tor senkt sich langsam, während sie darauf zugehen.

»Los, rennt!«, ruft Herr Stoop, aber genau vor ihrer Nase geht das Tor zu.

»Na prima«, sagt Frau Stoop. «Jetzt kommen wir hier nicht mehr raus.«

Ihr Mann klopft ihr beruhigend auf die Schulter.

»Natürlich kommen wir hier raus, Schatz. Parkhäuser haben immer eine Extratür für Fußgänger.«

»Tatsächlich, wo denn bitte? Ich sehe keine Tür.«

Wir sind gefangen!, schießt es Marie durch den Kopf. Trotz der Kälte wird ihr auf einmal heiß und sie fühlt sich so beengt, als ob sich eine dicke Decke über sie legt, die ihr die Luft nimmt. Plötzlich ist ihr klar: Sie müssen weg aus diesem Gebäude! Und zwar so schnell wie möglich. Warum, weiß sie nicht, aber das Gefühl ist übermächtig. Sie muss sich beherrschen, um nicht zu schreien.

»Wartet, ich schau mich mal um.« Herr Stoop lässt suchend den Blick schweifen. »Aha, da drüben ist eine Treppe, seht ihr? Und ein Schild mit einem Pfeil. Ich wette, das ist der Ausgang, und bestimmt steht dort auch ein Parkscheinautomat. Kommt mit.«

Die Steintreppe führt in einen dämmrigen Vorraum und dort befindet sich tatsächlich eine Tür mit einem kleinen Fenster darüber, durch das ein schmaler Streifen Tageslicht hereinfällt.

»Komisch, nirgends ein Automat«, murmelt Herr Stoop. »Hier braucht man wohl nichts zu bezahlen.«

»Wir erkundigen uns im Hotel danach, Robert. Vielleicht weiß man dort Genaueres. Ich will jetzt hier weg.« Frau Stoop legt die Hand auf die Türklinke.

»Moment mal, wo ist eigentlich Pepijn?«, sagt Johan. Sie schauen sich um. Pepijn ist nicht mehr bei ihnen.

»Pepijn!«, ruft Johan. «Wo steckst du? Wir gehen!«

In Maries Kopf beginnt sich alles zu drehen. Sie hat es ja geahnt, wieder läuft etwas schief! Pepijn ist verschwunden, verschluckt von den düsteren Schatten in der Halle. Jetzt scheinen sich die Schatten auch noch zu bewegen, die Wände entlangzukriechen, auf den Vorraum zu, um sie zu umzingeln.

»Johan, wo gehst du hin?«, ruft Frau Stoop entnervt. Johan ist die Treppe hinabgerannt und läuft zurück in die Halle.

»Das kann ja heiter werden! Erst ist Pepijn weg und jetzt Johan. So kommen wir nie ins Hotel. Wirklich, Robert, eine hervorragende Idee von dir hier zu parken!«

»Nun beruhige dich, Schatz, er holt doch nur seinen Freund. Das ist wahrhaftig kein Grund zur Panik.«

Marie hört zwar das Geplänkel ihrer Eltern, aber sie achtet nicht darauf. Ihr schwirrt noch immer der Kopf und sie sucht mit einer Hand Halt an der Mauer. Vom Vorraum aus späht sie in die Halle. Wo ist Johan nur? Etwa auch in diesem Gewirr aus Schatten verschwunden? Maries Augen gehen unruhig hin und her. Natürlich bewegen sich die Schatten nicht wirklich. Wie sollte das gehen? Mir ist nur schwindlig, bestimmt kommt es davon.

Marie mahnt sich selbst zur Ruhe: Stell dich nicht so an! Mach dir doch nichts vor!

Allmählich fühlt sie sich besser, auch das Schwindelgefühl lässt nach. Und tatsächlich: Die Schatten im Parkhaus bewegen sich keinen Millimeter. Aber in diesem Augenblick nimmt sie doch eine Bewegung wahr, am anderen Ende der Halle. Ganz kurz nur löst sich eine Gestalt von der Wand. Marie ringt nach Luft. Dort ist jemand!

»So, da wären wir!«

Johan tritt aus dem Halbdunkel und steigt die Treppe zum Vorraum hinauf. Hinter ihm kommt Pepijn zum Vorschein.

»Endlich!« Frau Stoop sieht Pepijn ärgerlich an. »Wo hast du gesteckt, junger Mann? Du kannst doch nicht einfach allein losgehen! Stell dir vor, wir verlieren dich und müssen ohne dich nach Hause fahren. Was sollen wir dann deinen Eltern sagen?«

»'tschuldigung«, stammelt Pepijn. »Ich . . . ich dachte, ich hätte jemanden gesehen, dahinten, bei dem schwarzen Auto. Und da wollte ich nach dem Ausgang fragen.«

Im Dämmerlicht des Vorraums wirkt Pepijns Gesicht kreidebleich.

»Und? War da jemand?«, fragt Marie. Sie merkt, dass ihre Stimme zittert.

Pepijn schüttelt den Kopf. »Nein, es war niemand da. Aber dann habe ich plötzlich eine Hand auf meiner Schulter gespürt. Ich bin fast zu Tode erschrocken.«

»Das war ich!«, feixt Johan. »Kleiner Scherz. Pepijn hat wie eine Salzsäule dagestanden und den schwarzen Mercedes angestarrt. Tja, und dann bin plötzlich ich hinter ihm aufgetaucht.«

Herr Stoop greift nach seinem Koffer. »Nun gut, jetzt sind wir ja wieder vollzählig und können endlich ins Hotel gehen. Ich hab Lust auf ein kaltes Bier.« Die Jungen nehmen ebenfalls ihre Koffer und Marie bekommt eine Reisetasche in die Hand gedrückt. Frau Stoop probiert die Türklinke.

»Ich glaube, da klemmt was.« Sie stemmt sich mit ihrem ganzen Gewicht gegen die Tür.

Ich hab's geahnt, nun kommen wir doch nicht raus, denkt Marie. Aber im nächsten Augenblick springt die Tür auf und gleißend helles Sonnenlicht fällt herein. Auf der Schwelle sieht Marie sich nochmals um. Irgendwo in der Halle hört sie ein leises Geräusch. Schritte? Einer der dunklen Schatten löst sich von der Wand und wird zu einer Gestalt. Halb im Dunkeln steht ein Junge, reglos, nur sein rechter Arm bewegt sich. Er dribbelt einen Ball, immer wieder mit der gleichen Bewegung. Sein Gesicht ist ein weißer Fleck, umgeben von schwarzem Haar und dunklen Schatten. Er schaut zu ihr herüber . . .

Marie tritt ins Freie und schubst die Tür mit dem Fuß zu. Das grelle Sonnenlicht sticht ihr in die Augen. Sie muss sich wohl getäuscht haben. Das Parkhaus war doch leer. Woher sollte der Junge gekommen sein?

»Ah, das tut gut! Die warme Sonne ist mir doch lieber als diese kalte Dunkelheit«, sagt Herr Stoop. Sie befinden sich nun an der Schmalseite des Parkhauses und vor ihnen ist die enge Gasse, durch die sie gekommen sind. Auf dem Weg zum Hotel schüttelt Marie alle ängstlichen Gefühle von sich ab. Auf was für verrückte Gedanken man manchmal kommt! Jetzt muss sie darüber lachen. Wie ein kleines Kind, das sich im Dunkeln fürchtet. Bestimmt ist es daher gekommen, dass sie aus dem warmen Auto stieg und ganz plötzlich in diesem kalten Parkhaus stand. Da streikt das Gehirn, denkt Marie. Meines jedenfalls. Schatten bewegen sich nicht. Und da war auch kein Junge, der mich angeschaut hat. Das Parkhaus war vollkommen leer, Pepijn hat ja selbst gesagt, dass da niemand war.

Allerdings fällt ihr auf, dass Pepijn sehr schweigsam ist und immer noch ziemlich bleich aussieht. Johan hat ihm wohl einen tüchtigen Schrecken eingejagt. Nicht gerade nett seinem besten Freund gegenüber.

Herr Stoop behält Recht: Das Parkhaus ist keine fünf Gehminuten vom Hotel entfernt und schon bald stehen sie vor den gläsernen Schiebetüren am Eingang. Als sie die große Empfangshalle mit ihren Spiegelwänden und dem Teppichboden betreten, hat Marie das Parkhaus bereits wieder vergessen.

»Was machen wir heute?«, fragt Johan am nächsten Tag. Sie haben im Restaurant des Hotels herrlich gefrühstückt. Auch die Zimmer sind prima, sie haben sogar Kabelfernsehen. Marie schläft bei ihren Eltern und das andere Zimmer teilen sich Johan und Pepijn. Im Moment liegen sie zu dritt auf dem Bett und sehen sich eine Sendung im Kinderkanal an. Herr Stoop hat gerade an der Rezeption eine Zeitung gekauft und lässt sich in einen Sessel fallen.

»Machen? Erst mal überhaupt nichts. Wir haben Ferien, also gibt es keinen Grund zur Hektik. Schon gar nicht bei dieser Hitze. Wir machen's uns gemütlich, ruhen aus und genießen das Nichtstun. Aber warum geht ihr nicht runter und schwimmt? Das Hotel hat einen tollen Swimmingpool, nur für Gäste.«

Die Kinder sehen einander an. »Nö, zum Schwimmen hab ich keine Lust«, sagt Johan. »Dürfen wir ein bisschen die Stadt erkunden, Paps?«

Herr Stoop schlägt die Zeitung auf. »Meinetwegen. Aber bleibt bitte in der Nähe des Hotels.«

»Okay.« Johan springt vom Bett auf. »Kommt ihr mit?«

Marie nickt, ihr Blick fällt auf Pepijn. Er ist immer noch bleich, sogar noch bleicher als gestern. Eigenartig. Ein wenig Sonne wird ihm gut tun. Er scheint mit seinen Gedanken ganz woanders zu sein. Vielleicht hat er Heimweh nach seinen Eltern, denkt Marie und nimmt sich vor ihn ein wenig aufmuntern.

»Los, komm, Pepijn, wer als Erster am Lift ist!« Sie lässt sich vom Bett rollen, während Johan bereits aus dem Zimmer flitzt.

Pepijn kommt als Letzter beim Lift an. Er wirkt noch immer nicht allzu fröhlich. Das Kontrolllämpchen leuchtet, die Lifttür geht auf und Frau Stoop kommt mit einer Tasche voller Einkäufe aus der Kabine.

»Hallo, ihr drei, wo wollt ihr denn hin?«

»Die Stadt erkunden, tschü-üss!«

»Bleibt in der Nähe des Hotels!«, ruft Frau Stoop, während die Lifttür hinter ihnen zugeht.

»Jaja, das hat Paps auch schon gesagt!«, ruft Marie, während der Lift bereits nach unten fährt. Kurz darauf stehen sie draußen vor dem Hotel.

»Welche Richtung?«, fragt Marie.

Johan sieht Pepijn an und grinst. »Zum Parkhaus natürlich. Dann können wir uns das Auto noch mal ansehen.«

Marie hat ein seltsames Gefühl im Bauch. »Ist das nicht zu weit?«

»Du spinnst wohl? Bloß fünf Minuten zu Fuß! Außerdem ist es dort so schön geheimnisvoll, was, Pepijn?«

Pepijn nickt nur.

»Aber es ist dort so dunkel.«

»Deshalb hab ich das hier mitgenommen«, sagt Johan und zieht eine flache Taschenlampe aus der hinteren Hosentasche. »Ich will mir den alten Schlitten mal genauer ansehen. Vielleicht kommen wir sogar rein.«

Marie überlegt kurz, ob sie wieder zurück ins Hotel gehen soll. Aber auf dem Zimmer ist auch nicht viel geboten und sie will kein Spielverderber sein. Warum also nicht mitgehen? Es ist ja nichts Besonderes an diesem Parkhaus. Alt und verlassen ist es, das ist alles.

»Gut, gehen wir.«

»Hör mal, Robert, hast du dich schon nach diesem Parkhaus erkundigt?«, fragt Frau Stoop, während sie ihre Einkäufe, hauptsächlich Limoflaschen, in den Kühlschrank stellt.

»Das mache ich nachher«, murmelt Herr Stoop, ohne von seiner Zeitung aufzublicken.

»Mach's bitte gleich. Ich wüsste gern, ob unser Auto dort gut untergebracht ist.«

Mit einem Seufzer legt Herr Stoop seine Zeitung beiseite. »Na gut, ich werde einmal an der Rezeption nachfragen.«

Der junge Mann am Empfang trägt ein rotes Hemd und eine rote Hose mit schwarzen Biesen, die Hoteluniform.

»Parkhaus?«, fragt er. »Ich verstehe nicht. Hier gibt es im Umkreis von fünf Kilometern kein einziges Parkhaus, leider!«

Herr Stoop lächelt. Wie ich vermutet habe: Niemand kennt es, denkt er. Deshalb haben wir jetzt einen so guten und kühlen Platz für unser Auto.

Er erklärt dem jungen Mann genau, wo er seinen Wagen abgestellt hat. »Ich glaube, dass nicht viele Leute dieses Parkhaus kennen. Es stand nur ein alter Mercedes drin und das wahrscheinlich schon seit Jahren. Wie auch immer, ich wüsste jedenfalls gern, an wen ich mich wegen der Parkgebühren werden muss.«

Der junge Mann sieht ihn einen Moment entgeistert an. »Das ... das ist kein Parkhaus, Monsieur«, stammelt er.

»Ja, und der Mercedes?«

In den Augen des Hotelangestellten ist Panik zu erkennen. »Das Auto des Teufels, Monsieur! Halten Sie sich von dort fern!«

Johan knipst seine Taschenlampe an. »Kommt, wir gucken mal, ob der Wagen noch dasteht.«

Sie gehen die Treppe hinunter, in die große Halle. Wieder hängen dunkle Schatten zwischen den Pfeilern, wahrscheinlich schon seit Jahrzehnten. Uralte Schatten, die sich nie verändern. Marie fröstelt und schaut sich leicht nervös um. Schon wieder diese sonderbaren Gedanken. Rasch geht sie hinter den Jungen her.

Pepijn hat den ganzen Weg über kein Wort gesagt. 'ne echte Stimmungskanone, der Typ, denkt Marie. Meinetwegen hätte er ruhig zu Hause bleiben können.

Der schwarze Mercedes steht noch immer an derselben Stelle. Johan leuchtet den Wagen mit der Taschenlampe ab. »Was für ein Monster von Auto! Super.«

Pepijn steht reglos da und starrt den Wagen mit stumpfem Blick an.

»Vielleicht ist er offen. Wie er wohl innen aussieht?« Johan leuchtet auf die Fenster, aber die schwarze Schmutzschicht ist so dick, dass er nur die verschwommenen Konturen der Sitze ausmachen kann. Er probiert den Türgriff. Ein trockenes Klicken, die Vordertür geht auf.

»Irre«, flüstert Johan. Er macht die Tür weit auf und lässt den Lichtstrahl durchs Wageninnere wandern. Dann bückt er sich und steigt ein.

»Johan, geh da nicht rein! Mama findet das bestimmt nicht gut.«

Johan ignoriert den Protest seiner Schwester. Er klettert bereits über den Fahrersitz auf die Rückbank. Das Licht der Taschenlampe tanzt als kleiner runder Fleck über die Scheiben. Marie ist nicht wohl bei der Sache. Man darf doch nicht einfach in fremde Autos einbrechen, auch wenn sie noch so alt aussehen. Wenn nun plötzlich der Besitzer ins

Parkhaus käme! Dann schleppt er sie womöglich schnurstracks aufs Polizeirevier.

»He, Pepijn, Marie, kommt rein. Auf der Rückbank sitzt man super.«

Marie seufzt, als Pepijn gehorsam einsteigt. Zögernd bleibt sie vor dem Auto stehen und blickt sich um. Ein Stück weiter sieht sie das vertraute Auto ihres Vaters stehen. Das große Tor ist geschlossen, die Tür zum Vorraum ebenfalls. Marie ist, als ob die seltsam geformten Schatten an den Wänden sie beobachten. Staubkörnchen flimmern in den Lichtstreifen, die durch die schmalen Fenster hereinfallen.

Hier ist ganz bestimmt keiner, sagt Marie in Gedanken zu sich selbst. Aus den Augenwinkeln sieht sie, wie ein Schatten sich von der Wand löst.

»Was ist, Marie, kommst du?«, ruft Johan. Marie wendet den Kopf. Es bewegt sich nichts an der Wand. Eine Täuschung.

Schnell steigt sie ins Auto, zieht die Tür hinter sich zu und klettert über den Fahrersitz auf die Rückbank zwischen Johan und Pepijn.

Wie in einer winzigen düsteren Kammer sitzen sie da. Ohne Johans Taschenlampe wäre es stockdunkel.

Total unheimlich, denkt Marie. Das Auto riecht merkwürdig, muffig und alt, vielleicht kommt der Geruch von den Sitzbezügen. Unter Maries Füßen knistert etwas, Geraschel von Papier.

»Leuchte mal hierher, an meinen Fuß, da liegt eine Zeitung oder so.«

Der Lichtfleck gleitet über den Boden, über Maries Füße.

»Ich hab sie.« Johan hat sich vorgebeugt und eine alte Zeitung aufgehoben.

»Ganz schön alt, von 1968, das ist über dreißig Jahre her. Warum die wohl hier liegt?«

»Darum!« Marie deutet auf die erste Seite, auf das Foto eines glänzend schwarzen Autos. Es ist das Auto, in dem sie gerade sitzen.

»Was hat es denn mit diesem Auto auf sich?«, fragt Herr Stoop. Der Mann an der Rezeption senkt den Blick, als wage er nicht so recht seine Gedanken auszusprechen.

»Vor dreißig Jahren fand hier ein Prozess statt«, sagt er mit flüsternder Stimme, als wollte er vermeiden, dass die anderen Gäste ihn hören. »Der Angeklagte in diesem Prozess war kein Mensch, sondern . . . ein Auto. Nämlich der schwarze Mercedes, den Sie gesehen haben.«

»Ein Prozess gegen ein Auto?« Herr Stoop bricht in Lachen aus.

»Lachen Sie nicht, Monsieur. Durch dieses Auto sind Kinder ums Leben gekommen.«

Herr Stoop lacht nun nicht mehr. Er sieht den jungen Mann mit großen Augen an.

»Sie machen doch sicherlich einen Scherz?«

»Ich wollte, es wäre so. Dieses Auto hat mindestens zehn verschiedene Besitzer gehabt. Und jeder von ihnen hat eines oder mehrere Kinder überfahren. Angeblich fuhr das Auto von selbst weiter, wenn der Fahrer wegen eines Kindes gebremst hat. Oder der Wagen bog nach links ab, obwohl der Fahrer nach rechts lenkte. Einer der Autobesitzer behauptete sogar, der Wagen habe ein Kind getötete, während er stand.«

»Wie denn das?«

»Ein Junge hatte sich vor seinem Freund unter dem Wagen versteckt. Der Besitzer kann gerade dazu, als das Auto sich zwischen den Rädern absenkte.«

»Furchtbar. Aber kann das nicht Zufall sein?« In Herrn Stoops Stimme schwingt Zweifel mit.

»Zufall? Dass bei zehn verschiedenen Besitzern immer wieder die gleichen Unfälle passieren?«

Der Mann an der Rezeption lacht kurz und leicht spöttisch. »Das Auto hat nicht ohne Grund so häufig den Besitzer gewechselt. Niemand wollte es behalten. Das letzte Opfer ist unter der Motorhaube gestorben, als wäre es von diesem schwarzen Monster aufgefressen worden. Ich sage Ihnen, Monsieur, dieses Auto ist ein Teufel, ein Mörderauto. Der Meinung war auch der Richter und deshalb hat er den schwarzen Mercedes zu lebenslänglich verurteilt. Das stand damals in allen Zeitungen, auf der Titelseite, mit Fotos von dem Auto und von allen Kindern, die ihm zum Opfer gefallen sind.«

Herrn Stoop überläuft es kalt, weil der Hotelangestellte über den Wagen spricht, als wäre er ein Lebewesen.

»Lebenslänglich? Was bedeutet das für ein Auto?« Herr Stoop bemüht sich ernsthaft zu bleiben, denn dieser Verrückte glaubt offenbar tatsächlich, was er da erzählt.

»Der Motor wurde herausgerissen, damit der Wagen nicht mehr fahren kann. Der letzte Besitzer hat ihn in seinem eigenen Parkhaus abgestellt. Seitdem hat niemand mehr gewagt sein Auto dort zu parken, allenfalls ab und zu ein ahnungsloser Tourist.«

Der Mann am Empfang sieht Herrn Stoop bedeutungsvoll an. »In der Zwischenzeit ist der Mann gestorben. Sie brauchen also keine Parkgebühren zu bezahlen, denn das Gebäude gehört niemandem. Aber an Ihrer Stelle würde ich mein Auto dort nicht länger stehen lassen. Auf dem Ort lastet ein Fluch. Man erzählt sich die merkwürdigsten Geschichten darüber.«

In diesem Moment klingelt das Telefon. Der junge Mann entschuldigt sich und nimmt den Hörer ab.

Nachdenklich geht Herr Stoop zum Lift. Was für eine hirnverbrannte Geschichte! Glauben die Leute hier tatsächlich so einen Unsinn? Er beschließt seiner Frau davon zu erzählen, damit sie auch was zu lachen hat.

Aber Frau Stoop lacht nicht. Kaum hat sie die Geschichte gehört, nimmt sie die Autoschlüssel. »Robert, wir holen unser Auto, jetzt gleich.«

»Aber Liebling, das ist doch alles Un. . .«

»*Jetzt gleich,* Robert!«

Marie betrachtet aufmerksam die Titelseite der Zeitung. Das Auto auf dem Foto muss dasselbe sein oder zumindest eines, das genauso aussieht. Aber was haben all die Bilder von Kindern zu bedeuten? Damals muss etwas passiert sein, aber was? Zu blöd, wenn man die Sprache des Landes, in dem man Ferien macht, nicht versteht!

Johan interessiert sich nicht für die Zeitung und Pepijn interessiert sich nach wie vor für gar nichts. Marie lässt die Zeitung fallen. Sie fühlt sich unwohl in der engen Kabine.

»Ich hab genug, ich will raus.« Sie greift über die Rücklehne des Fahrersitzes zur Tür, als Johan sie plötzlich zurückzieht.

»He, was soll . . .«

»Pst«, zischt Johan, »ich hör was.« Er macht schnell die Taschenlampe aus. Schlagartig ist es dunkel.

»Blödmann, du willst mir wohl Angst machen.« Maries Stimme zittert. Es fehlt nicht viel und sie fängt an zu heulen. Sie findet das Ganze inzwischen gar nicht mehr witzig.

»Sei doch still! Horch!«

Jetzt kann auch Marie es hören. Schlurfende Schritte, Geflüster, das wie ein Rascheln klingt. Da sind Leute in der Halle. Im Auto ist es jetzt stockfinster, doch Maries Augen haben sich inzwischen an die Dunkelheit gewöhnt. Überdies scheint es etwas heller im Parkhaus geworden zu sein, denn durch die Staubschicht auf den Scheiben zeichnen sich verschwommen dunkle Gestalten ab, die um den Wagen schleichen. Schatten. Immer mehr.

»Pst, ganz ruhig sitzen bleiben«, flüstert Johan, »dann sieht uns keiner.«

Aber Marie hält es nicht mehr aus in der düsteren Enge. Sie will weg.

Achmed
07

Sofort. Johan übertreibt mal wieder. Sie braucht doch wohl vor Leuten, die hier ihr Auto abstellen, keine Angst zu haben? Bevor Johan sie zurückhalten kann, klettert sie über den Fahrersitz, öffnet die Tür, stolpert und fällt ins Freie. Sie schlägt mit der Seite neben dem Auto auf.

»Uff!« Stöhnend fasst sich Marie an die Hüfte. Dann erst sieht sie auf. Beine. Überall um sie herum. Langsam wandert ihr Blick nach oben. Gesichter schauen sie neugierig an. Drei Jungen und zwei Mädchen, nicht viel älter als sie selbst. Auch zwei Kleinkinder sind dabei, die am Daumen lutschen und sie mit großen Augen anstarren. Einer der Jungen dribbelt einen Ball.

Das ist dieser Junge, denkt Marie, der beim letzten Mal auch hier war. Aber wo kommen die vielen Kinder her?

Aus irgendeinem Grund ist es jetzt nicht mehr so dunkel im Parkhaus. An der Wand hängen weniger Schatten, als hätten sie sich aufgelöst. Der Junge mit dem Ball sagt etwas zu ihr. Marie schaut ihn verständnislos an.

»Ich . . . ich versteh dich nicht.«

Ein Mädchen tritt vor. Sie hat halblanges blondes Haar. »Er fragt, ob du mit uns spielen willst. Hast du Lust? Mach doch mit!« Ihre Stimme klingt sehnsüchtig. Marie weiß nicht, was sie antworten soll.

»Du . . . du sprichst Holländisch?«

Das Mädchen nickt. »Ich kam auch aus Holland, genau wie ihr.«

Irgendwas stimmt nicht an dieser Antwort, aber bevor Marie eine weitere Frage stellen kann, streckt Johan den Kopf aus dem Auto. Er lässt den Lichtstrahl seiner Taschenlampe über die Gesichter der fremden Kinder gleiten. Dann steigt er aus und stellt sich neben Marie.

»Wer sind die denn? Was wollen die von uns?«

»Spielen. Sie fragen, ob wir mit ihnen spielen wollen.«

Der Junge mit dem Ball sagt nun auch etwas zu Johan.

»Was sagt der Typ? Ich versteh ihn nicht.«

Marie deutet auf das blonde Mädchen: »Sie spricht Holländisch.«

Johan schaut in die Runde. Die Kinder starren sie an, alle mit dem gleichen, sehnsüchtigen, irgendwie ausgehungerten Blick.

»Das sind vielleicht komische Vögel. Mit denen will ich nicht spielen«, sagt Johan. »Die sollen abhauen. Wir waren zuerst da.« Er wedelt mit der Hand. »Los, macht, dass ihr wegkommt!«

Keines der Kinder scheint ihn zu hören. Sie treten noch ein paar Schritte näher.

Ihre Gesichter kommen Marie irgendwie bekannt vor. Wo hab ich die nur schon mal gesehen?, denkt sie. Wohnen sie etwa im gleichen Hotel wie wir?

Während sie sich das Gehirn zermartert, kommen immer mehr Kinder dazu. Jetzt stehen schon mindestens zehn um sie herum. Woher sie kommen, ist ein Rätsel. Sie sind ganz einfach plötzlich da. Das Geflüster erregter Stimmen schwillt an.

»Kommt, spielt mit uns«, sagt das blonde Mädchen flehend zu Marie. »Schreibt eure Namen auf das Auto, dann gehört ihr zu uns.«

Schlagartig weiß Marie wieder, woher sie das Mädchen kennt: Sie hat ihr Bild auf der Titelseite der alten Zeitung gesehen! Und jetzt erkennt sie auch einige der anderen Kinder wieder.

Aber die Zeitung ist doch dreißig Jahre alt, denkt sie. Das können nie und nimmer dieselben Kinder sein.

Dann sieht sie, dass Johan wie erstarrt neben ihr steht. Er schaut an den Kindern vorbei, auf die Wand gegenüber. Sein Gesicht ist auf einmal totenbleich. Er wirkt völlig verstört.

»Sie . . . sie kommen aus der Wand!«

Marie glaubt erst, dass Johan einen Witz macht. Aber er zeigt auf die Wand. »Da! Schau doch!«

Die letzten Schatten sind jetzt fast ganz unten an der Wand angelangt. Eigentlich kriechen sie nicht, viel eher triefen sie an der Wand herab und bilden am Boden schwarze Flecke, aus denen sich langsam zwei Körper aufrichten. Erst sind es noch halb flüssige monsterartige Gestalten, aber dann bilden sich langsam Arme, Beine und Köpfe. Die pechschwarzen Wesen bekommen Gesichter, verformen und verfärben sich so lange, bis sie zu Kindern geworden sind.

Das blonde Mädchen fasst Marie am Handgelenk. Ihre Hand ist eiskalt. »Schreib deinen Namen auf das Auto, bitte. Dann können wir spielen, dann gehörst du zu uns. Wir haben so lange warten müssen, bis endlich wieder jemand gekommen ist.«

»Ihr seid Geister«, flüstert Marie. »Geister von toten Kindern. Ihr seid nicht echt.«

»Bitte!«, fleht das Mädchen. »Schreib deinen Namen auf das Auto. Es lässt uns nicht gehen, wenn niemand neu dazukommt. Für jeden neuen Namen darf einer von uns gehen.«

Schaudernd reißt sich Marie los. Sie sieht, dass Johan von mindestens fünf Jungen immer mehr in die Enge getrieben wird. Sie zwingen ihn auf den schwarzen Mercedes zuzugehen.

Ein daumenlutschendes Kleinkind versperrt ihr die Sicht. Aus seinem Mundwinkel tropft Spucke, während es mit großen flehenden Augen zu Marie aufsieht.

Der müsste jetzt eigentlich ein vierunddreißigjähriger Mann sein, denkt Marie. Sie empfindet Entsetzen und Mitleid zugleich. Es ist unfair, denkt sie. Aber ich *will* nicht an seiner Stelle sein! Auch wenn das Ganze noch so traurig ist. Ich will leben!

Marie schüttelt den Kopf. Sie merkt, dass ihr Tränen in den Augen stehen. Als der Kleine seine Hand nach ihr ausstreckt, weicht sie zurück. Auch andere Kinder kommen jetzt auf sie zu.

»Haut ab, lasst mich in Ruhe!« Die Kälte, die die Kinder ausstrahlen, dringt durch Maries Kleidung. Immer weiter rückwärts wird sie gedrängt, bis sie neben Johan vor dem schwarzen Mercedes steht. Der Kreis der

Kinder schließt sich. Jetzt haben sie nichts Flehendes mehr, viel eher wirken sie drohend. Ganz eindeutig wollen sie ihre Chance nutzen. Die Kälte wirkt lähmend auf die Zwillinge. Sie spüren, wie ihr Widerstand sich erschöpft. Marie fühlt sich immer mehr wie in einem Traum. Sie sieht, wie das blonde Mädchen ihre Hand nimmt und auf das Auto legen will.

»Schreib deinen Namen drauf, dann gehörst du zu uns«, flüstert eine Stimme wie ein eisiger Windhauch. Marie lächelt. Wenn sie dem Mädchen eine Freude machen kann, will sie gern ihren Namen auf das Auto schreiben. Die Spitze ihres Zeigefingers berührt das Heck des Mercedes. Neben ihr drückt Johan einen Finger auf den Wagen. In dem Moment sieht sie Pepijn aus dem Auto steigen.

Pepijn! Den hatte sie total vergessen! Er war die ganze Zeit über im Auto geblieben. Wahrscheinlich eingeschlafen, der Döskopf! Marie lächelt. Meinetwegen braucht er nie mehr mit uns in die Ferien, denkt sie. Mit diesem Langweiler ist nichts anzufangen.

Pepijn tritt in den Kreis. Er zieht die Hände von Johan und Marie vom Auto weg und sieht die sonderbaren Kinder an.

»Lasst sie gehen«, sagt er matt. »Sie sind meine Freunde.«

Dieser Pepijn, denkt Marie. Auf einmal wird er mutig und will uns retten. Wer hätte das gedacht.

Die Kinder murmeln leise miteinander, als würden sie etwas besprechen. Dann schütteln sie den Kopf. Das blonde Mädchen sieht Pepijn mit flammendem Blick an. »Nein! Wir lassen sie nicht gehen. Wir wollen sie haben. Wir wollen euch alle drei, dann lässt der Wagen dafür drei von uns gehen. So eine Gelegenheit hatten wir noch nie.«

In diesem Augenblick geht die Tür des Vorraums auf und Licht fällt herein. Herr und Frau Stoop kommen die Treppe herab.

»Von mir aus kann unser Auto in der prallen Sonne stehen, Robert, aber nicht mehr in diesem unheimlichen Gebäude. Ich . . .«

Frau Stoop verstummt, als sie die Kinder sieht, die sich um den schwarzen Mercedes versammelt haben.

»Robert, guck dir das an . . . «

»Marie, Johan, was habt ihr hier zu suchen?«, fragt Herr Stoop.

Die seltsamen Kinder schauen zu den Erwachsenen hinüber. Sie sind abgelenkt und die Kälte, die sie ausströmen, fließt jetzt in eine andere Richtung. Marie schreckt augenblicklich aus ihrem Dämmerzustand auf. Johan ebenso.

»Paps, Mama«, ruft Marie. Sie rennt auf ihre Eltern zu, Johan hinter ihr her. Die Geister versuchen nicht sie aufzuhalten.

»Wie schön, dass ihr schon Freunde gefunden habt«, sagt Herr Stoop lächelnd.

»Das sind keine Freunde«, keucht Marie. »Das sind Geister von toten Kindern.«

»Der schwarze Mercedes hält sie hier gefangen«, erklärt Johan aufgeregt. »Sie wollen uns haben, damit er sie freilässt. Wir müssen hier weg, Paps! Schnell!«

Herr Stoop betrachtet die Kinder genauer, während Marie und Johan ungeduldig an ihm zerren. Sie sehen wirklich merkwürdig aus. Ihre Kleidung ist alt, schon seit Jahrzehnten aus der Mode. Sie sehen mit einem Mal alle tief enttäuscht aus.

Geister? Was für ein Unsinn! Das sind bestimmt Straßenkinder, denkt Herr Stoop. Davon gibt's hier offenbar etliche.

Einige der Kinder drehen sich um und gehen auf die Wand zu.

»Komm jetzt endlich, Paps«, sagt Marie gehetzt.

Herr Stoop hört nicht zu. Mit offenem Mund starrt er die Kinder an. Er sieht, wie sie sich an das Mauerwerk drücken, sich verformen, die Wand emporkriechen und schließlich als schwarze Schatten mit den Steinen verschmelzen.

»Das . . . das gibt's doch nicht«, stottert Herr Stoop.

»Robert, wir gehen auf der Stelle«, sagt Frau Stoop streng. »Kinder, die einfach in der Wand verschwinden, sind mir nicht geheuer. Da stimmt etwas nicht.«

Gemeinsam bugsieren sie Herrn Stoop zu seinem Auto.

»Halt!«, ruft Johan plötzlich. »Pepijn muss noch mit.«

»Pepijn? Wo ist er denn?«

Pepijn steht immer noch reglos vor dem schwarzen Mercedes, neben ihm der kleine Daumenlutscher. Marie sieht, dass Pepijn das Kind an der Hand hält.

»Komm, Pepijn, wir gehen.«

Pepijn schüttelt den Kopf.

»Ich kann nicht mehr mit euch gehen.«

»Red kein dummes Zeug!«, ruft Frau Stoop mit schriller Stimme. »Natürlich kannst du mit uns gehen. Komm auf der Stelle hierher!«

Betrübt sieht Pepijn sie an. »Ich kann nicht mit, weil . . .« Er zeigt auf die Wand, an der gerade die letzten Kinder als schwarze Schatten emporkriechen. »Weil ich jetzt zu ihnen gehöre.«

»Das ist doch nicht wahr!«, ruft Marie. »Wann ist das passiert?«

Pepijn sieht sie mit traurigem Lächeln an. »Gestern.«

»Unmöglich!«, schreit Johan aufgebracht. »Du warst nur ganz kurz allein. Ich hab dich doch sofort zurückgeholt. Du hast neben dem schwarzen Mercedes gestanden und . . .« Johans Stimme versagt.

»Hast du etwa da schon . . .?«, fragt er leise.

Pepijn nickt nur.

Er hebt die Hand zu einem letzten Gruß, fährt dem kleinen Jungen über den Schopf und schlurft auf die Wand zu.

»Nein, Pepijn, nicht!«, schreit Johan mit sich überschlagender Stimme. Aber Pepijn drückt sich bereits ans Mauerwerk und wird zu einem schwarzen Schatten, der wie ein Fleck die Wand überzieht. Nur der Daumenlutscher steht noch da. Im gleichen Augenblick, als Pepijn zum

Schatten wird, beginnt der Kleine zu verschwimmen. Er verwandelt sich in eine Lichtgestalt, die sich in die Länge zieht, in einem Staubwirbel emporschießt und durch die Decke verschwindet, mit einem Freudenschrei, der Marie ins Herz schneidet.

Frau Stoop drängt ihren Mann und die Kinder in den Fiat Zombie. »Fahr los, Robert. Wir können hier nichts mehr tun.«

»Aber . . . aber Pepijn«, stammelt Herr Stoop, während er den Motor anlässt.

»Pepijn bleibt hier«, flüstert Marie. »Für immer.«

Das große Stahltor öffnet sich von selbst, als sie darauf zufahren. Aus der Wand sehen ihnen dutzende von Schattenaugen sehnsüchtig nach. Der schwarze Mercedes steht unbeweglich am gleichen Fleck. In der Schmutzschicht auf der Motorhaube steht mit kleinen Buchstaben ein neuer Name: Pepijn.

VIERUNDDREISSIG

Der Reiseleiter schweigt und auf einmal ist es totenstill. Julia öffnet vorsichtig ein Auge. Na also, es ist nichts. Vor sich sieht sie Herrn Jakob mit seinem normalen Gesicht. Er steckt die Geschichte in seine Mappe. Das Licht seiner Taschenlampe ist bereits etwas schwächer geworden.

»Wie fandet ihr es? Ihr seid so still.«

»Unheimlich!«, sagt Ilse. »Vor allem hier, in diesem dunklen Raum.«

»Da ist wieder kein Hund drin vorgekommen«, sagt Clint mit leicht enttäuschter Stimme.

»Ich fand es kein bisschen unheimlich«, sagt Esteban. »Gehen wir jetzt, Herr Jakob? Gleich ist Ihre Batterie alle und dann sitzen wir hier im Stockdustern.«

Herr Jakob wirft Esteban unter der Krempe seines schwarzen Huts hervor einen grimmigen Blick zu. »Hier ist kein Herr Jakob, sondern nur euer Reiseleiter. Merk dir das endlich!«

»Jetzt weiß ich, wo wir sind«, sagt Wouter plötzlich. »Wir sind in einem Parkhaus. Die Rechtecke hier auf dem Boden sind die eingezeichneten Parkplätze!«

Herr Jakob leuchtet mit der Taschenlampe über den Boden.

»Stimmt, du hast Recht, Wouter. Was für ein Zufall.«

»Shit, genau wie in Ihrer Geschichte«, ruft Kevin. »Vielleicht steht hier auch noch so ein alter Mercedes rum.«

Die Kinder fühlen sich allmählich etwas unbehaglich und sehen sich irritiert um.

Alles Unsinn, denkt Ilse. Eine Geschichte kann doch nicht Wirklichkeit werden. Aber hat der Lehrer neulich nicht genau das gesagt? Dass Geschichten manchmal Wirklichkeit werden können?

»Aah!«, schreit sie plötzlich.

»Was ist los?«

»Jemand hat mich an den Haaren gerissen!«, sagt Ilse mit weinerlicher Stimme.

»Nein, wie furchtbar!«, sagt Esteban. »Ich war's jedenfalls nicht.«

Hinter sich hört Ilse Sonny kichern. Also war er es. Warum muss er sie nur immerzu ärgern?

»Ich hör was!«, flüstert Anouk auf einmal. Alle halten den Atem an und lauschen. In der Dunkelheit hören sie ein leises Schnaufen.

»Was ist das?« Joyces Stimme ist nur noch ein ängstliches Flüstern.

Der Reiseleiter hält den Kopf schräg, um besser horchen zu können. Das Schnaufen wird immer lauter. Etwas kommt aus dem Dunkel auf sie zu.

»Ruhe. Bei einer Gruseltour passieren immer wieder unerwartete Dinge. Auch ich als Reiseleiter weiß nicht alles im Voraus und ich glaube, das hier . . .«

In diesem Augenblick gibt die Taschenlampe ihren Geist auf. Batterie alle. Licht aus. Stockdunkel. Die Kinder schreien erschrocken durcheinander.

»Was jetzt?«

»Shit, ich seh nichts!«

»Autsch! Mein Fuß!«

»Ich will nach Hause!« Das ist Joyce.

»Pssst, keine Panik«, zischt Herr Jakob. Das Schnaufen ist jetzt ganz deutlich zu hören. Es kommt aus der Nähe, doch aus welcher Richtung, lässt sich im Dunkeln nicht sagen.

»Vielleicht sind es Schatten«, sagt Esteban mit zitternder Stimme. »Geister von Kindern, genau wie in der Geschichte.«

»Du fandest sie also doch gruselig!«, ertönt Herrn Jakobs Stimme irgendwo hinter Esteban.

»Na ja, ein bisschen vielleicht . . .« Esteban dreht sich um, aber in der Finsternis kann er Herrn Jakob nicht erkennen. Die Kinder rücken noch näher zusammen. Die Finsternis ist wie eine Schlinge, in der sie gefangen sind und die immer weiter zugezogen wird. Nur Julia bleibt ruhig.

»Es ist nichts«, sagt sie. Aber die anderen hören nicht auf sie.

»Herr Jakob, wo sind Sie?«, fragt Joyce mit Bibberstimme.

Keine Antwort.

»Herr Jakob?«

Stille.

»Shit, wenn ihr mich fragt, hat er ihn schon am Wickel«, flüstert Mourad.

»Wer?«, ruft jemand. »Wen meinst du?«

»Na den, der da schnauft, oder vielleicht einen von den Schatten, wie in der . . .«

Plötzlich wird es gleißend hell. Alle blinzeln.

»Na, ihr Leutchen, war das was oder war das nichts?«

Die Kinder sehen das grinsende Gesicht von Herrn Gutblut vor sich. Lauthals lachend steht er da, mit einer starken Lampe, die er über dem Kopf hält.

Die Kinder starren den Busfahrer perplex an.

»Der Blödmann hält sich wohl für originell«, sagt Esteban. Dann sehen sie Herrn Jakob hinter dem Fahrer stehen. Er lächelt.

»War's gut so?«, fragt Herr Gutblut.

Herr Jakob nickt. »Prima, ich glaube, die Geschichte ist für die Kinder wirklich lebendig geworden.«

»Mann, das war gemein!«, ruft Joyce. »Warum geben Sie denn keine Antwort, wenn ich rufe?«

»Du hast nach Herrn Jakob gerufen, aber ich bin nicht Herr Jakob, ich bin euer Reiseleiter.«

Die Kinder fangen wieder an durcheinander zu schreien. »So eine Gemeinheit! Was für ein mieser Trick!«

Herr Jakob hebt die Hand. »Ruhe bitte. Wie ich bereits gesagt habe, müssen die Geschichten in euren Köpfen lebendig werden. Und ich habe eben ein wenig nachgeholfen. Das ist meine Aufgabe als Reiseleiter.«

Er klatscht in die Hände. »Jetzt bitte alle Fahrgäste zurück zum Bus. Herr Gutblut geht voran.«

Der Fahrer winkt. »Mir nach. Übrigens, ihr könnt ruhig Dolf zu mir sagen.« Während sie hinter dem Fahrer hertrotten, setzt dieser gut gelaunt zu einem Stimmungslied an: »Heute hau'n wir auf die Pauke, ja, wir machen durch bis morgen früh . . .«

»Schon wieder so 'n alter Schlager«, stöhnt Wouter. »Warum haben wir keinen Rapper als Fahrer? Oder 'nen Hardrock-Fan?«

Kurz darauf steigen die Kinder wieder in den Bus, der vor dem Eingang wartet. Kaum haben sie sich hingesetzt, fangen sie an durcheinander zu reden, denn alle sind erleichtert.

»Herr Jakob spielt seine Rolle echt gut«, sagt Ilse zu Julia. »Es ist, als ob er selbst glaubt, dass er heute jemand anderes ist. Findest du nicht auch?«

Julia nickt. »Ja, scheint mir auch so.« Am liebsten würde sie Ilse erzählen, was sie gesehen hat, aber das wagt sie nicht.

»Ich hab überhaupt keine Angst gehabt«, sagt Esteban. »Mir war klar, dass das ein Trick ist.«

»Fahren Sie los, Herr Gutblut«, sagt der Lehrer und wirft Esteban einen schrägen Blick zu. »Zu unserem nächsten Etappenziel. Oder wollt ihr vielleicht lieber in die Schule zurück? Traut ihr euch nicht mehr?«

Protestgeschrei von allen Seiten – bei Tageslicht sind alle auf einmal viel mutiger.

»Wir haben nicht wirklich Angst gehabt. Eigentlich war es so, wie wenn man sich einen Gruselfilm ansieht. Man weiß, dass es nicht echt ist, aber trotzdem ist es . . .«

»Spannend!«, ruft Wouter.

»Toll«, ruft jemand anderes.

»Cool!«

»Spitzenmäßig!«

»Abgefahren!«

Der Reiseleiter lächelt. Er wirkt zufrieden und stolz. »Na prima, offenbar haben wir hier lauter unerschrockene Zuhörer, Herr Gutblut. Bitte mit Vollgas zur nächsten Station!«

Der Fahrer tritt das Gaspedal durch, nimmt fröhlich pfeifend einem Fiat Zombie die Vorfahrt und legt dabei eine Musikkassette ein. Ein Lied über einen kleinen Werwolf dröhnt durch den Bus.

»Mein Lieblingslied«, ruft der Fahrer. »Ihr wisst sicher, warum. Alle mitsingen!«

Kurze Zeit später steuert der Bus einen Parkplatz an und hält vor einem alten Bahnhofsgebäude.

»Fahren wir mit dem Zug weiter?«, fragt Joris erstaunt.

Der Reiseleiter wirft einen Blick auf das Gebäude. »Nein, das nicht. Aber dieser Bahnhof hat eine sehenswerte alte Halle mit prachtvollen eisernen Streben und Balken. Dort setzen wir uns hin, um die nächste Geschichte anzuhören.«

»Nö, das wird nichts«, sagt Esteban. »In so 'ner Riesenhalle mit hunderten von Leuten wirkt eine Geschichte doch nicht gruselig.«

»Warte erst einmal ab, bis wir drinnen sind. Dies ist ein ganz besonderer Bahnhof. Darf ich alle Fahrgäste bitten mir zu folgen?«

Herr Jakob steigt aus dem Bus, die Kinder folgen ihm. Ilse fällt auf, dass er das Bein ein wenig nachzieht. Sie stößt Julia an. »Guck mal. Das

Bein. Gehört das auch zur Rolle? Spielt er jetzt einen hinkenden Reiseleiter?«

»Vielleicht spielt er gar nicht.«

»Wie meinst du das?«

Julia zuckt mit den Schultern. »Ach nichts. Lass mal. Manchmal gehen mir so merkwürdige Dinge durch den Kopf. Ich weiß selbst nicht recht, was ich meine.«

»Weitergehen«, sagt Esteban und schubst Ilse und Julia vorwärts.

»Viel Spaß, Kinders!« Der Busfahrer winkt der Gruppe zu, legt die Beine aufs Lenkrad und zieht sich die Mütze über die Augen. »Geht ihr man schön rumgeistern, ich träum mir hier meine eigene Gruselgeschichte zusammen.«

Die Halle ist groß, kalt, zugig, enorm hoch – und vollkommen verlassen. Kaum sind sie eingetreten, senkt sich die Stille über sie.

Tabita betrachtet erstaunt die geschlossenen Schalter, die leeren Bänke. Eine Zeitung weht über den Steinfußboden. »He, hier ist ja kein Mensch.«

»Nicht mal ein Hund«, sagt Clint.

Herr Jakob lächelt. »Stimmt haargenau. Dies ist ein Geisterbahnhof.«

»Gibt es hier Geister?«

»Einen zumindest«, sagt Sonny und zwinkert Ilse zu. Grinsend stößt er Esteban in die Seite. Ilse wirft ihm einen vernichtenden Blick zu, sagt aber nichts. Es hat ja doch keinen Sinn.

Der Reiseleiter zuckt mit den Schultern. »Wer weiß das schon? Der Bahnhof ist nicht mehr in Betrieb. Eine Stadt, in der keiner mehr wohnt, nennt man eine Geisterstadt. Und ein verlassener Bahnhof ist für mich ein Geisterbahnhof. Demnächst wird er abgebrochen.«

»Das wird den Geistern nicht gefallen«, feixt Esteban.

»Bestimmt nicht«, sagt Herr Jakob. »Wenn ihr gut aufpasst, hört ihr vielleicht das Geflüster der Geister, die hier herumspuken.«

»Quatsch, Geister gibt's doch überhaupt nicht«, sagt Wouter. »Sie wollen uns bloß Angst machen, für die nächste Geschichte.«

Plötzlich wird die Stille durch ein lautes Geräusch unterbrochen. Alle sehen erschrocken nach oben. Unter der Glaskuppel flattern weiße Tauben auf.

»Die suchen wahrscheinlich eine Ecke, wo sie's warm haben«, sagt Ilse zu Julia.

Julia antwortet nicht. Verstört sieht sie sich um. Sie hat das Flattern der Tauben gar nicht wahrgenommen, denn in ihren Ohren klingen andere Geräusche. Ein Stimmengewirr, das von den Wänden zurückgeworfen wird. Julia blickt verschreckt nach allen Seiten.

»Woher kommen auf einmal die vielen Leute?«, fragt sie.

»Welche Leute? Hier ist niemand.« Ilse sieht sie so irritiert an, dass Julia begreift, dass sie etwas Falsches gesagt hat. Sie versucht zu lächeln. »War nur ein Scherz.«

Doch während sie das sagt, sieht sie ganz deutlich Gestalten durch die Halle gehen. Männer und Frauen in ungewöhnlichen Kleidern, viel zu dünn für die Jahreszeit. Eine Art graue, verschlissene Abendkleidung, mit ausgefransten Säumen. Die Leute selbst sehen auch nicht viel besser aus. Mager, bleich, beinahe durchscheinend. Und sie gehen nicht, wie Julia jetzt bemerkt, sie schweben. Ihre Füße berühren den Boden überhaupt nicht.

Nein, ich will das nicht sehen, denkt Julia. Aus der Ferne dringt Herrn Jakobs Stimme an ihr Ohr.

»Ich glaube, meine nächste Geschichte passt sehr gut hierher.«

Als Julia zu ihm hinüberschaut, erschrickt sie. Sie stöhnt leise auf: Nicht schon wieder! Der Mann, den sie statt Herrn Jakob dastehen sieht, trägt ein langes schwarzes Cape. Um den Hals hat er eine Kette aus Zähnen. Sein kahler Kopf glänzt und auf dem bleichen Gesicht liegt ein bösartiger Ausdruck, als er sich in der Halle umschaut.

Er sieht die anderen Leute auch! Da ist sich Julia ganz sicher.

»Wer weiß, vielleicht mögen die Geister mit zuhören«, sagt der Mann mit teuflischem Grinsen, den Blick auf Julia gerichtet. Julia duckt sich unwillkürlich. Wer ist dieser Mann?, denkt sie. Warum sehe nur ich ihn? Und wie kommt es, dass er mich sehen kann?

Julia fühlt sich vollkommen hilflos. Ihre Klassenkameraden merken nichts, aufmerksam schauen sie Herrn Jakob an. Die anderen Leute in der Halle kommen näher herangeschwebt. Eine Frau mit langem grauem Haar sieht Julia an, lacht ihr zu. Ihr Mund ist ein zahnloses, von Falten umgebenes Loch.

Sie sieht mich!, denkt Julia.

Ein kalter Hauch streift ihr Ohr. »Guten Tag, mein Kind. Bis bald, vielleicht bis sehr bald, wer weiß!«

Julia empfindet würgende Angst, ihr ist, als würde ihr der Hals zugedrückt. Was soll man nur tun, wenn etwas, das es gar nicht gibt, einen entdeckt und anstarrt! Die Gestalten sind jetzt ganz nahe an die Klasse herangekommen und schweben mitten durch die Kinder hindurch, ohne dass jemand etwas bemerkt.

»Brrr, mir ist auf einmal ganz kalt«, sagt Ilse und reibt sich die Arme.

Wenn Ilse es auch spürt, muss es echt sein, denkt Julia. Dann bilde ich es mir nicht ein.

»Hast du gerade was gespürt?«, flüstert sie Ilse zu.

»Kälte. Hier zieht es, glaube ich.«

In diesem Augenblick schwebt eine Frau mit porzellanweißer, blau geäderter Haut mitten durch Ilse hindurch. Ihr Gesicht verschmilzt eine Sekunde lang mit dem von Ilse, die tief liegenden dunklen Augen werden zu Ilses Augen. »Nein!«

Julias Schrei schallt durch den Bahnhof. Alle drehen sich nach ihr um und sehen sie an, wie sie mit den Händen vor dem Mund dasteht. Die durchscheinende Frau hat Ilses Körper schon wieder verlassen, ohne dass diese etwas bemerkt hat.

»Passt dir etwas nicht, Julia?« Die Stimme gehört Herrn Jakob, aber das Gesicht zu einem anderen. Fliegen umschwirren seinen Kopf. Der Mann streckt eine lange Zunge heraus, fängt damit zwei Fliegen und isst sie genüsslich auf. Mit dem langen spitzen Nagel seines knochigen Zeigefingers kratzt er sich am Adamsapfel. Julia muss würgen.

»I-i-ist schon gut.« Sie wagt es nicht mehr Herrn Jakob anzusehen und wendet rasch den Kopf ab. Noch immer schweben ein paar Leute in der Halle umher. Die meisten haben sich inzwischen zu den Kindern gesellt. Umherschweifende Seelen, Geister auf Reisen.

»Setzt euch hin«, sagt der Reiseleiter.

Julia hört zu, aber sie traut sich nicht mehr die Augen zu heben. Wie die anderen setzt sie sich auf den Boden.

Was ist nur mit Julia los?, denkt Herr Jakob. Sie sieht mich an, als wäre ich ein Fremder. Mir scheint fast, sie fürchtet sich vor mir.

Vor sich sieht er die erwartungsvollen Gesichter der Kinder. Plötzlich taucht in seiner Erinnerung ein anderes Gesicht auf, ein bleiches Gesicht mit roten Augen. Er sieht es vor sich auf einem Computerbildschirm. Es wird immer größer und kommt immer näher. Herr Jakob hat Angst. Schweißtropfen perlen auf seiner Stirn.

KLANG! In seinem Kopf schlägt eine Tür zu – die Erinnerung verschwindet. Herr Jakob weiß nichts mehr. Er ist wieder der Reiseleiter.

»Sitzen jetzt alle? Die nächste Geschichte spielt in einem Bahnhof. Hört gut zu. Und seht auch gut hin. Vielleicht ist diese Geschichte wirklich passiert. Vielleicht in dieser Bahnhofshalle. Wer weiß?«

Der Reiseleiter beginnt vorzulesen.

Bahnhof

Lauf los, Rozanne!«, ruft Mama, als sie aus dem Taxi steigen. »Vielleicht kriegen wir den Zug noch.« Sie rennen die Treppe hoch, in die Bahnhofshalle. »Schnell, zur Rolltreppe, ich glaube, er steht noch da!«

Als sie keuchend die Rolltreppe erreichen, sehen sie unten auf den Gleisen gerade noch das hintere Ende des Zugs, der den Bahnhof verlässt.

Mama seufzt. »Jetzt heißt es also warten. Der nächste Zug geht erst in einer Dreiviertelstunde. Komm, wir setzen uns auf eine Bank.«

Sie haben genug Bänke zur Auswahl, denn die Bahnhofshalle ist vollkommen verlassen. Es ist halb zwölf, anscheinend sind so spät am Abend keine anderen Reisenden mehr unterwegs.

Mama stellt ihre Tasche neben eine Bank mitten in der Halle. Rozanne setzt sich und holt ihr Buch heraus: *Die Rache des Vampirs* von O. N. Paluva, ihrem Lieblingsschriftsteller. Die Geschichte ist irre spannend und eigentlich macht es Rozanne nichts aus, dass sie warten müssen. Hier auf der Bank kann sie genauso gut lesen wie im Zug. Sie sucht die Seite, bei der sie letztes Mal stehen geblieben ist, und beginnt zu lesen. Im Nu ist sie wieder in die Geschichte eingetaucht.

Mama setzt sich nicht, sondern geht nervös auf und ab.

»Warum schließen sie die Toiletten immer schon ab, bevor der letzte Zug weg ist?«, murmelt sie. »Ich muss furchtbar dringend. Bis der Zug kommt, hab ich mir bestimmt in die Hose gemacht.«

Rozanne hört nichts. Immer schneller kaut sie auf ihrem Kaugummi herum – daran sieht man, dass das Buch spannend sein muss. Sie blättert eine Seite um und kaut noch schneller. Richard Elzenga, die Hauptfigur der Geschichte, scheint überhaupt nicht zu merken, dass er einen

Vampir in sein Haus einlädt. Wie blöd von ihm! In Gruselbüchern rennen die Leute manchmal sehenden Auges dem Monster direkt in die Klauen. Die Trottel erkennen einen Vampir nicht mal dann, wenn er genau vor ihrer Nase steht! Mama hält es nicht mehr aus. »Rozanne, ich geh mal kurz zum Bahnsteig runter. Vielleicht ist dort noch eine Toilette offen. Bleibst du bitte hier sitzen? Ich bin gleich wieder zurück.«

Rozanne nickt abwesend. Ihre Augen fliegen über die Zeilen. Ob Richard im letzten Moment gerettet wird? Die Bücher von Paluva enden meist gut, aber nicht immer.

»Autsch!« Rozanne hat so heftig gekaut, dass sie sich dabei auf die Zunge gebissen hat. Sie schmeckt Blut. Bäh! Warum Vampire so wild darauf sind, wird sie nie verstehen.

Den Rest der Geschichte spar ich mir für den Zug auf, denkt Rozanne. Sonst hab ich die ganze Fahrt über nichts mehr zu lesen.

Sie klappt das Buch zu und wirft einen Blick in die Runde. Die Bahnhofshalle wird von Neonröhren beleuchtet. Um sich herum sieht Rozanne Säulen mit Reklameschildern, Schalter, Geschäfte und hoch über ihrem Kopf die Anzeigetafel mit den Abfahrtszeiten. Kein einziger Mensch ist in der Halle zu sehen, die Geschäfte sind geschlossen, die Schalter unbesetzt. Womöglich kommt überhaupt kein Zug mehr, denkt Rozanne erschrocken. So allein auf der Bank fühlt sie sich ganz klein und unscheinbar, wie eine Fliege an einer weißen Zimmerdecke.

Sie schaut auf ihre Armbanduhr. Wo bleibt nur Mama? Eigentlich müsste sie jeden Moment mit der Rolltreppe wieder nach oben kommen. Rozanne schaut noch einmal auf ihre Armbanduhr und rutscht unruhig auf der Bank hin und her. Ganz schön unheimlich, so eine stille, grell erleuchtete Bahnhofshalle. Ob Mama wohl versehentlich in der Toilette eingeschlossen wurde?

Was für sonderbare Dinge einem einfallen, wenn man nachts allein an einem Ort sitzt, an dem es tagsüber von Menschen nur so wimmelt.

Bestimmt kommt das von diesem Vampirbuch. Rozanne räuspert sich vernehmlich und stopft das Buch in ihre Tasche. Dann blickt sie erschrocken auf. Irgendwo in der Halle hat sich etwas bewegt – sie hat es aus den Augenwinkeln gesehen. Es war etwas Schwarzes, Schemenhaftes. Ein Schatten, der hinter der Reklamesäule dort drüben verschwunden ist. Oder doch nicht?

Wenn Mama nur endlich käme! Rozanne lässt die Säule nicht aus den Augen und lauscht angestrengt. Jetzt bewegt sich nichts mehr und neben der Säule auf dem Boden zeichnet sich auch kein Schatten ab. Wenn dort jemand stünde, müsste sie ja seinen Schatten sehen. Also Einbildung.

Rozanne hört einzig und allein das leise Summen der Rolltreppen, die sich endlos weiterbewegen, obwohl niemand damit fährt. Fast so, als würden sie Geister transportieren.

Da! Schon wieder so ein Gedanke. Ablenkung, ich brauche Ablenkung, denkt Rozanne. Also: Walkman raus, Michael-Jackson-Kassette rein und Verstand auf null. Sie setzt den Kopfhörer auf und dreht die Lautstärke hoch. Kurz darauf wiegt sie sich im Rhythmus der Musik und schließt die Augen. Musik hilft eben immer beim Entspannen. Keine merkwürdigen Gedanken mehr. Oder etwa doch? »You are not alone«, flüstert ihr Michael Jackson ins Ohr. Wohl nicht gerade der passende Text, wenn man mutterseelenallein in einer riesigen Bahnhofshalle sitzt. »You are not alone, I am here with you . . .« Wieder sieht Rozanne aus den Augenwinkeln etwas Schwarzes hinter eine Reklamesäule flitzen. Eine Jacke? Ein Mantel? Hat da nicht ein weißes Gesicht aufgeblitzt?

Ein Vampir!, denkt Rozanne, doch im gleichen Moment kommt ihr der Gedanke lächerlich vor. Hätte sie bloß nicht in diesem Buch gelesen! Gruselbücher muss man in einer sicheren Umgebung lesen. Wenn man zu Hause das Buch zumacht, sieht man die vertrauten Wände seines eigenen Zimmer vor sich. Aber hier . . .

Ruckartig wendet sie den Kopf. Da war jemand! Rozanne ist sich ganz sicher. Aber dieser Jemand hat sich so schnell bewegt, dass es schon fast wieder unmöglich erscheint.

Langsam nimmt sie den Kopfhörer ab.

»Hallo? Ist da wer?« Ihre zittrige dünne Stimme wird von den Wänden der verlassenen Halle zurückgeworfen. War da nicht eben ein leises Lachen? Ein kaum hörbares Keuchen?

Die Rolltreppe summt unaufhörlich weiter. Nichts bewegt sich in der Halle, kein huschender Schatten. Und trotzdem . . .

Rozanne steckt den Walkman wieder in die Tasche. Sie merkt, dass ihre Hände zittern. Aufstehen und Mama suchen, das ist das Beste, was ich tun kann. Wenn ich hier noch länger allein herumsitze, komme ich auf die verrücktesten Gedanken. Mama müsste doch allmählich fertig sein, auf der Toilette. Aber wahrscheinlich zieht sie sich noch die Lippen nach und bringt ihr Make-up in Ordnung, für den Fall, dass ihr ein attraktiver Mann über den Weg läuft. Mama ist endlich darüber hinweg, dass Papa sie verlassen hat. Und in letzter Zeit ist sie ganz eindeutig auf der Suche nach einem Freund, das hat Rozanne schon mitbekommen. Obwohl sie Papa immer noch lieb hat, gönnt sie Mama durchaus einen neuen Mann.

Sie lässt den Blick durch die Halle schweifen, über die Schalter, die Geschäfte und die Reklamesäulen. Wieder überkommt sie das Gefühl, dass sie nicht allein ist. Ein kalter Schauder kriecht ihr ganz langsam über den Rücken.

Da ist doch jemand, hinter dieser Säule, denkt Rozanne. Er versteckt sich und will mir Angst einjagen. Vielleicht ein Stadtstreicher oder womöglich so ein Typ, der Kinder entführt.

»Okay, Mama, ich komm schon«, sagt Rozanne ganz laut, damit der geheimnisvolle Jemand merkt, dass ihre Mutter in der Nähe ist.

Keine Bewegung hinter der Säule.

Und doch steht er da, denkt Rozanne.

Ich geh hin!, beschließt sie plötzlich. Ich muss ihn sehen. Es ist viel unheimlicher, wenn man nicht weiß, wovor man Angst hat. Zögernd geht sie auf die Säule zu. Das Herz schlägt ihr bis zum Hals. Immer noch keine Bewegung, kein Geräusch.

»Komm vor, ich hab dich gesehen!« Rozanne geht um die Säule herum. Da ist niemand. Nichts. Wo ist er hin? Er kann sich hinter jeder Säule versteckt haben. Das heißt, falls ich es mir nicht doch einbilde.

Die große, stille, erleuchtete Halle wirkt immer bedrohlicher. Keine Minute länger will Rozanne hier bleiben. Sie rennt zur Rolltreppe. Irgendwo unten auf dem Bahnsteig muss Mama sein. Vielleicht ist sie mit jemandem ins Gespräch gekommen und erwartet, dass ich von selbst nachkomme. Wenn Mama mal am Schwatzen ist, vergisst sie alles.

Rozanne betritt die Rolltreppe, die nach unten führt. Sie schaut auf den Bahnsteig hinunter – ihr Herz setzt aus und es verschlägt ihr den Atem. Da unten steht jemand! Ein Mann in einem schwarzen Anzug. Er sieht sie an und betritt dann die Rolltreppe, die nach oben führt.

Shit!, denkt Rozanne. Das ist er! Sie will sich umdrehen, davonrennen. Aber ihre Füße scheinen an der Rolltreppe festgewachsen zu sein. Langsam fährt sie nach unten, während der Mann, reglos wie eine Statue, nach oben gleitet, ihr entgegenkommt. Rozanne sieht sein pechschwarz glänzendes Haar und darunter ein weißes Gesicht. Ein brutales Gesicht. Die Augen sind starr auf sie gerichtet. Grausamkeit liegt in seinem Blick, dem Blick eines Killers. Die schmalen, fest zusammengepressten Lippen bilden einen roten Strich in dem weißen Gesicht. Natürlich, dahinter verbirgt er seine grässlichen Eckzähne!

Gleich treffen wir einander, denkt Rozanne. Dann springt er über den Handlauf, streckt seine Klauen nach mir aus und . . . Da kommt er! Rozanne ist unfähig sich zu rühren. Ihre Knie sind butterweich, ihre Kiefer vollkommen steif.

Etwa auf halber Höhe der Rolltreppe fahren Rozanne und der Mann aneinander vorbei. Er schaut sie nicht einmal an. Er trägt ein schwarzes Sakko und darunter einen grünen Rollkragenpulli. Seine sportliche Sonnenbrille hat er über die Stirn hochgeschoben.

Rozanne folgt dem Mann mit dem Blick, als er an ihr vorbeigleitet. Keine Killeraugen, keine Klauen. Der Mann ist noch ziemlich jung und hat ein anziehendes freundliches Gesicht.

Rozanne sieht ihm nach. Ein Seufzer der Erleichterung entschlüpft ihr. Wie unglaublich dumm von mir!, denkt sie. Wie kann man sich nur selbst solche Angst einjagen! Aus einer Mücke einen Elefanten machen, aus einem Pudelchen einen Pitbull, aus einem unbekannten gut aussehenden Mann einen Vampir. Eigentlich ist sie genauso blöd wie Richard Elzenga, der einen Vampir nicht mal dann erkennt, wenn er drüberstolpert. Das kommt alles nur von diesem Buch von O. N. Paluva. Fürs Erste lese ich seine Bücher nicht mehr, denkt Rozanne.

Im Grunde genommen schämt sie sich, als sie dem Mann nachschaut. Er ist inzwischen beinahe oben angekommen. Im letzten Augenblick dreht er sich um, als würde er ihren Blick im Rücken spüren. Er nickt kurz und lächelt, ein bezauberndes Lächeln. Rozanne kann die Augen nicht von ihm wenden. Dann ist er verschwunden.

Rozanne seufzt tief. Wahrscheinlich war das ein richtig netter Typ. Und gut sah der aus! Vielleicht wäre das ein neuer Freund für Mama gewesen. Schade, jetzt ist es zu spät. Er ist weg und Mama hat keine Gelegenheit mehr ihm zu begegnen.

Rozanne ist unten angekommen und verlässt die Rolltreppe. Ihre Beine zittern noch ein wenig, als sie über den Bahnsteig geht. Unglaublich, wie meine Phantasie mit mir durchgegangen ist, denkt sie. Ich werde Mama nichts davon erzählen, sonst lacht sie mich nur aus.

Gott sei Dank, dort hinten kommt Mama gerade aus der Toilette. Rozanne rennt auf sie zu.

»Warum bist du so lange weggeblieben? Ich hab mir Sorgen gemacht und ganz merkwürdige Sachen gedacht. Ich hab solche Angst gehabt, allein in der großen Halle.« Rozanne kann den Ärger in ihrer Stimme nicht unterdrücken.

Mama lächelt matt. Aha, sie hat sich das Gesicht gepudert und die Lippen nachgezogen. Aber in der Toilette war wohl kein Spiegel, denn ihr Gesicht wirkt fast weiß und die Lippen viel zu rot.

»Es hat eben ein wenig gedauert, Liebes. Und dann kam dieser attraktive Mann . . .«

»Attraktiver Mann? Welcher denn? Ich hab solche Angst gehabt!«, sagt Rozanne wütend. »Ich hab gedacht . . .« Ihre Stimme versagt. Vor ihrem inneren Auge erscheint plötzlich das Bild des Mannes auf der Rolltreppe. Erst jetzt fällt ihr auf, wie ungewöhnlich bleich ihre Mutter ist, wie blutrot ihre Lippen sind und wie die weißen Eckzähne blinken.

Rozanne weicht zurück. Die Tasche gleitet ihr aus der Hand. Das Buch *Die Rache des Vampirs* fällt heraus. Rozannes Beine sind weich wie Pudding, sie sinkt zu Boden.

»Ganz ruhig, mein Liebes«, sagt ihre Mutter und beugt sich über sie. »Deine Mama ist bei dir. Da ist nichts, wovor du Angst haben musst . . .«

FÜNFUNDDREISSIG

Nichts, wovor du Angst haben musst . . .« Herrn Jakobs Stimme hallt in Julias Kopf nach. Sie macht die Augen wieder auf. Der Reiseleiter kratzt sich den Bart. Gott sei Dank, kein Kahlkopf, kein weißes Gesicht. Zwar ein Hut und ein Cape, aber ansonsten Herr Jakob, nur eben in seiner Verkleidung als Reiseleiter. Da ist nichts, wovor ich Angst haben muss, denkt Julia. Ihre Augen huschen hin und her: Was ist mit den durchsichtigen Leuten? Den erfundenen Geistern, die mit zugehört haben? Auch weg. Natürlich, denn sie existieren ja nicht. Die Halle ist leer.

Die Geschichte hat ihre Wirkung nicht verfehlt: Alle Kinder sehen sich leicht verunsichert um. Herr Jakob betrachtet sie mit zufriedenem Blick.

»Alles läuft prima«, sagt eine Stimme in seinem Kopf. Wer hat das gesagt?, denkt der Lehrer erstaunt. Und warum bin ich mit meiner Klasse hier, in dieser Bahnhofshalle? Wir müssten doch in der Schule sein. Einen Moment lang fühlt er sich völlig durcheinander. Als wäre er gerade aus einem tagelangen Schlaf aufgewacht. Dann tauchen Erinnerungsfetzen in seinem Kopf auf. Sein Arbeitszimmer, der Computer. Er sieht sich selbst nachts aus dem Bett steigen und in sein Arbeitszimmer schlurfen. Dort steuert er auf das Regal zu und greift nach einem dicken Buch, das ganz unten steht. Sogar den Titel kann er lesen: Der Gruselbus. *Er sieht, wie er sich in einem Lehnsessel niederlässt, das Buch aufschlägt und liest. Die ganze Nacht. Und danach setzt er sich an den Computer und tippt. Was hat das alles zu bedeuten?*

Ein wummerndes Geräusch aus der Ferne wird immer lauter, kommt immer näher. Dröhnende Kopfschmerzen, die Bilder verschwinden, seine Erinnerungen entgleiten ihm und werden in einem Winkel seines Geistes weggesperrt.

»Nichts da, Schulmeisterlein, du entkommst mir nicht. Wir sind noch lange nicht fertig miteinander«, ist das Letzte, was er hört.

Ilse sieht den Lehrer nachdenklich an. Eigentlich hat sie bei der Geschichte gar nicht richtig zugehört. Sie hat mehr auf den Lehrer, nein, den Reiseleiter, geachtet und ab und zu auf Julia. Irgendetwas Seltsames ist da im Gange. Jedes Mal, kurz bevor Herr Jakob mit dem Vorlesen beginnt, benimmt Julia sich ganz merkwürdig. Sie verkrampft sich und auf ihrem Gesicht malt sich eine unerklärliche Angst. Es scheint dann, als hätte sie fürchterliche Angst vor Herrn Jakob. Ilse hat auch gemerkt, dass Julia sich manchmal verstohlen umsieht . . . Wenn sie nur wüsste, wonach. Und auch Herr Jakob verhält sich anders als gewöhnlich. Es sind unscheinbare Kleinigkeiten, aber dennoch fallen sie Ilse immer wieder auf. Es ist sein Blick und manchmal könnte man sogar meinen, seine Augen hätten eine andere Farbe als früher. Auch seine Stimme verändert sich zwischendurch, ganz kurz nur. Und dann sein Bein. Ilse hat extra darauf geachtet, seit sie die Bahnhofshalle betreten haben. Herr Jakob zieht jetzt dauernd das linke Bein nach. Das hat er am Anfang nicht getan.

Ilse reibt sich die Augen. Je länger sie darüber nachdenkt, desto rätselhafter erscheint ihr das Ganze. Vielleicht kommt alles nur daher, dass der Lehrer seine Rolle als Reiseleiter so ernst nimmt.

»So, liebe Fahrgäste. Das war's für heute«, sagt Herr Jakob. »Jetzt wollen wir aber rasch zum Bus gehen. Zumal man nie weiß, ob sich hier im Bahnhof nicht irgendwo ein Vampir versteckt hat.«

Niemand protestiert, alle wollen so schnell wie möglich weg, zum Ausgang, ins Tageslicht. Vampire gibt es nicht. Natürlich nicht. Aber trotzdem . . . Julia sieht sich noch einmal um, als die anderen bereits auf den Bus zugehen. Hinter einem der großen Fenster bemerkt sie eine schattenhafte Gestalt.

»Komm, Julia, was gibt's denn noch zu gucken? Die anderen sitzen schon im Bus.« Ilse greift nach Julias Arm und zieht sie mit sich.

Julia deutet auf das Fenster. »Ich glaube, da steht einer.«

»Wo? Ich sehe niemanden. Los, komm jetzt.« Ilse bugsiert Julia in den Bus.

Herr Gutblut wacht gerade aus seinem Mittagsschläfchen auf, beginnt sofort laut zu singen und lässt, noch während die Kinder einsteigen, den Motor an.

Julia lehnt sich auf ihrem Sitz zurück und starrt vor sich hin. Sie ist todmüde vom Grübeln.

»Morgen machen wir wieder eine Gruseltour«, sagt Herr Jakob. »Verlasst euch nur auf euren Reiseleiter, dann wird alles gut.«

»Die kleine Kneipe in unserer Straße«, röhrt Herr Gutblut, »da wo das Leben noch lebenswert ist . . .«

»Kann den mal bitte jemand knebeln«, stöhnt Wouter.

»Ich weiß was Besseres«, flüstert Sonny. Dann stimmt er lautstark »Verpiss dich« an. Bald rappen alle im Bus mit. Außer Julia. Ich muss damit aufhören, denkt sie. Allen macht es Spaß, nur mir nicht. Ich bilde mir Dinge ein, die gar nicht da sind. Lächerlich! Als wäre Herr Jakob zwei verschiedene Personen, eine Art Dr. Jekyll und Mr. Hyde! Und eine Bahnhofshalle voller durchsichtiger Leute ist noch viel idiotischer. Aber wie kommt es dann, dass auch Ilse etwas gespürt hat?

»Ich habe eine Idee«, sagt Herr Jakob unvermittelt. »Wir sollten den Bus ein wenig aufpeppen. Bestimmt wird es noch schöner, wenn wir morgen den Bus mit Gruselutensilien dekorieren. Geht das, Herr

Gutblut? Es würde hervorragend zu unserer Gruselgeschichten-Tour passen.«

»Sie können ruhig Dolf zu mir sagen. Von mir aus dürft ihr alles. Hängt nur Skelette, Fledermäuse und Spinnen auf, so viel ihr wollt. Und wenn ihr noch 'n Gespenst braucht, bring ich meine Alte mit, haha, war 'n Scherz.«

Julia lacht los. Die Wirklichkeit, das ist Herr Gutblut mit seinen albernen Witzen. Alles andere ist Unsinn. Als der Bus anfährt, schaut sie zur Seite, aus dem Fenster – und sieht einen Schatten, der sich bewegt. Die durchsichtige Frau mit dem zahnlosen Mund lacht hinter der Scheibe und winkt ihr zu. Rasch wendet Julia das Gesicht ab. »Ich hab nichts gesehen«, murmelt sie. »Ich seh keine Gespenster!«

»Gespenster?«, fragt Ilse. »Siehst du wieder seltsame Dinge, Julia?«

Julia schüttelt den Kopf. Die Frau hinter dem Fenster ist schon wieder verschwunden. Vielleicht war sie nie da.

Kurz darauf gleitet der Bahnhof aus ihrem Blickfeld und sie sind auf dem Nachhauseweg.

SECHSUNDDREISSIG

Am nächsten Morgen wartet der Bus vom Busunternehmen Fröhlich schon mit leise tuckerndem Motor vor der Schule.

Esteban und Wouter tauchen als Erste auf.

»Der Reiseleiter ist noch nicht da«, sagt Wouter. »Was machen wir inzwischen?«

»Wir gehen schon mal rein. Ich hab 'ne Überraschung für den Fahrer.« Esteban öffnet seine Hand. Darin hat er eine ziemlich große lebendige Kreuzspinne.

Herr Gutblut sitzt hinterm Steuer und winkt ihnen zu. »Immer herein, Kinders. Wer zuerst kommt, kriegt den besten Platz.«

Esteban sieht Wouter an und zwinkert.

»Guten Morgen, Herr Gutblut.« Er streckt seine Hand aus.

»Kannst ruhig Dolf zu mir sagen.« Grinsend ergreift Herr Gutblut Estebans Hand. Esteban versucht ein harmloses Gesicht zu machen, als er dem Fahrer kräftig die Hand drückt. Die Hand fühlt sich seltsam kalt an. Auf Herrn Gutbluts Gesicht malt sich Entsetzen. Er starrt seine Hand an und stößt einen Schrei aus. Esteban beginnt zu lachen, aber das Lachen bleibt ihm im Halse stecken, als er sieht, was passiert ist. Immer noch hält er Herrn Gutbluts rechte Hand fest, doch diese befindet sich nicht mehr am Arm des Fahrers. Aus seinem Ärmel ragt ein blutiger Armstumpf. Inzwischen sind Sonny und Kevin herangekommen.

»Meine Hand! Was hast du getan!«, stöhnt der Fahrer. »Hast mir die Hand abgerissen! Wie soll ich jetzt fahren?«

»Was ist denn hier los?«, fragt Kevin.

Zu Tode erschrocken, lässt Esteban Herrn Gutbluts Hand los. Wie eine rosa Riesenspinne poltert sie übers Trittbrett auf den Boden. Die Kinder schreien entsetzt auf und weichen zurück. Esteban steht mit leichenblassem Gesicht oben am Einstieg. Erst allmählich merkt er, dass der Fahrer nicht mehr stöhnt, sondern vor Lachen gluckst.

»Bauchweh! Bauchweh hab ich! War das was oder war das nichts?« Der Fahrer zieht mit der linken Hand den blutigen Armstumpf aus seinem Ärmel und seine rechte Hand kommt zum Vorschein. Der Stumpf ist aus Plastik und mit roter Farbe beschmiert. Sonny bückt sich und hebt die Hand auf. »Gummi. Sieht aber aus wie echt.«

»Das war 'ne Gemeinheit!« Esteban ist feuerrot angelaufen. Alle Schüler von Klasse sechs stehen inzwischen am Bus. Feixend betrachten sie die Gummihand.

»Soll ich dir beim Einsteigen zur Hand gehen, Esteban?«, ruft Mourad.

»Halt die Klappe«, knurrt Esteban, »sonst rutscht mir die Hand aus.«

»Kleiner Scherz, Kinders, kleiner Scherz«, beschwichtigt Herr Gutblut. »Euer Reiseleiter hat doch gesagt, dass wir den Bus richtig schön gruselig machen sollen. Jetzt steigt man alle schnell ein und hängt eure Sachen auf.«

Lachend steigen die Kinder in den Bus. Ganze Taschen voller Gruselutensilien werden ausgepackt. Kurz darauf hängen Plastikfledermäuse an der Decke, kleben Miniskelette an den Fenstern und hocken Käfer und Spinnen auf Arm- und Rückenlehnen der Sitze. Clint hat einen Plastikhund mitgebracht, einen kleinen Pudel.

»Der ist doch nicht gruselig«, sagt Sanne und lacht, dass ihre Zahnspange in der Morgensonne glitzert.

»Und ob, das ist nämlich ein Werwolf«, sagt Clint mit unbewegter Miene.

Esteban ist noch immer sauer, dass Herr Gutblut ihn reingelegt hat. Er sitzt ganz hinten im Bus und starrt wütend vor sich hin. Ilse hat kein

Mitleid mit ihm. Selber schuld, denkt sie. Vielleicht merkt er jetzt mal, wie es ist, geärgert zu werden.

Herr Gutblut hat weiter gute Laune, er zwinkert Esteban zu und steckt sich eine dicke Zigarre an. »So, eingerichtet wären wir. Wo steckt der Reiseleiter?«

»Da kommt er!«, ruft Wouter. Die Kinder sehen Herrn Jakob über den Schulhof eilen. Er geht vornübergebeugt, weil er auf dem Rücken ein großes schwarzes Paket trägt, und unter den Arm hat er eine Schachtel geklemmt.

»Guckt doch mal, Jakob Hinkebein«, lacht Wouter.

»Blödes Getue«, sagt Esteban mit mürrischer Miene.

Es sieht tatsächlich so aus, als wäre das Hinken schlimmer geworden, denkt Ilse, als Herr Jakob sich dem Bus nähert. Der ist wirklich konsequent.

»Uff, da wäre ich«, schnauft er. »Ich habe auch noch ein paar Sachen für die Gruseldekoration mitgebracht.«

Erst als er das Paket und die Schachtel auf den Boden stellt, sehen die Kinder, dass etwas an ihm anders ist.

»Herr Jakob, wo ist denn Ihr Bart geblieben?«, ruft Joris.

Herr Jakob fährt sich über das nackte Kinn. »Der Bart gehört zu eurem Lehrer. Der Reiseleiter hat keinen Bart. So vertut ihr euch wenigstens nicht mehr!«

»Ganz schön gewöhnungsbedürftig«, flüstert Ilse Julia zu. »Ohne Bart sieht er total anders aus.«

Julia nickt und betrachtet den Lehrer mit gerunzelter Stirn. Warum hat er das getan? Herr Jakob sieht wirklich aus, als wäre er ein ganz anderer Mensch. Julia ist dadurch umso verwirrter. Die anderen haben offenbar kein Problem damit. Auf diese Weise fällt es ihnen viel leichter, in Herrn Jakob den Reiseleiter zu sehen.

»Was ist in dem Paket, Herr Reiseleiter?«, ruft Wouter.

»Eine Überraschung. Aber du musst dich noch etwas gedulden. Ihr habt eine Menge witziger Sachen mitgebracht, wie ich sehe. Tja, und ich habe eben auch etwas dabei.«

Herr Jakob macht die kleinere Schachtel auf und nimmt eine Rolle schwarze Plastikfolie heraus.

»Damit kleben wir die Fenster ab. Dann wird es ganz dunkel hier drin, genau die richtige Atmosphäre für einen Gruselbus.«

Esteban fährt hoch und stößt Wouter an. Seine schlechte Laune hat er ganz vergessen. »Gruselbus! So hieß das Buch, das ich gelesen habe. Wusste ich's doch! Aus dem hat er die Geschichten abgeschrieben, garantiert! Und jetzt will er auch noch selbst einen Gruselbus machen.«

Herr Gutblut gibt Gas und der Bus fährt los. Währenddessen geht Herr Jakob durch den Mittelgang und rollt die Plastikfolie aus. »Die Fahrgäste werden freundlich gebeten ein wenig mitzuhelfen.« Er verteilt Klebeband, mit dem sie die schwarze Folie an die Fenster kleben.

»Das wird aber sehr dunkel«, sagt Joyce. »Mir gefällt das nicht.«

Herr Jakob wendet ihr den Kopf zu, während er das Deckenfenster mit einem Stück Plastik abklebt. »Wer im Gruselbus mitfährt, hat nicht zu jammern. Angsthasen und Hosenscheißer haben hier nichts zu suchen. Legen Sie einen Zahn zu, Herr Gutblut.« Seine Stimme klingt schroff. Herr Gutblut wirft einen kurzen Blick in den Rückspiegel und zieht erstaunt eine Augenbraue hoch. Aber er sagt nichts. Fassungslos starrt Joyce Herrn Jakob an. Meint er das ernst? Nur mit Mühe kann sie die Tränen zurückhalten.

Herr Jakob dreht sich um und legt ihr die Hand auf den Kopf. »Kleiner Scherz, Joyce. Es macht doch Spaß diesen Bus in einen echten Gruselbus zu verwandeln, oder? Es ist doch nur ein Spiel!«

Joyce schnieft vernehmlich und versucht dann zu lächeln. Aber gleichzeitig schaudert sie. Herrn Jakobs Hand ist eiskalt.

»Siehst du!« Esteban schaut Wouter an. »Jetzt nennt er diesen Bus schon Gruselbus. Und er tut gerade so, als hätte er sich das selbst ausgedacht, genau wie die Geschichten.«

Wouter zuckt mit den Schultern. »Ach komm, ist doch nur ein Spiel, was soll's.«

Ilse lehnt den Kopf ans Fenster und grübelt. Es mag ja stimmen, dass alles nur ein Spiel ist. Aber manchmal ist es geradezu unheimlich, wie Herr Jakob in seiner Rolle aufgeht.

Julia sitzt mit angezogenen Beinen neben ihr. Zwischen ihren Knien hindurch späht sie zum Reiseleiter hinüber.

Wie ein ängstliches Mäuschen, denkt Ilse. Ich glaube, Herrn Jakobs Spiel gefällt ihr überhaupt nicht. Wahrscheinlich spukt inzwischen alles Mögliche in ihrem Kopf herum. Julia hat einfach zu viel Phantasie, glaube ich.

Die Fahrt dauert nicht lange. Nach etwa einer Viertelstunde biegen sie in eine schmale Gasse ein. Eine Sackgasse, an deren Ende sich ein bleigraues Tor befindet, vor dem der Bus stehen bleibt.

Die Bustüren gehen auf.

»Aussteigen, Kinders!«, ruft Herr Gutblut in sein Mikrofon.

»Herr Reiseleiter, was ist denn nun in Ihrem schwarzen Paket?«, fragt Esteban, als er zum Ausgang geht.

»Tja, das ist, wie gesagt, eine Überraschung. Die heben wir uns für später auf. Jetzt rasch ausgestiegen.«

Als alle draußen sind, beugt sich Herr Gutblut über das schwarze Paket. Vorsichtig beginnt er die Schnur aufzuknoten.

Die Gasse ist verlassen. Unsicher sehen die Kinder sich um. Wo sind sie hier eigentlich gelandet? Ein paar Abfallcontainer stehen herum und eine Katze huscht miauend davon. Ein Stück weiter sehen sie eine schmuddelige Imbissbude und eine Kneipe mit verblichenen Holzläden vor den Fenstern.

Joyce schaudert. »Puh, was für 'ne üble Gegend.« Viel Zeit sich umzusehen bleibt ihnen nicht, denn der Reiseleiter lotst sie rasch durch das Tor. Bevor er es wieder zumacht, wirft er noch schnell einen Blick die Gasse entlang. Er drückt sich den Hut fester auf den Kopf und zieht das Cape um die Schultern. Ein hinterlistiges Lächeln liegt auf seinem Gesicht.

Sie gehen durch einen schmalen Gang mit fadenscheinigem rotem Teppichboden. An den Wänden hängen eingerahmte Schwarzweißfotos. Offenbar sind sie uralt.

»He, das ist ja Dracula«, sagt Esteban. »Und dort hängt Frankensteins Monster.«

»Stark«, sagt Wouter. »Und der Kerl mit dem haarigen Gesicht ist bestimmt ein Werwolf.«

»Sieht genauso aus wie Herr Jakob, als er noch 'nen Bart hatte«, grinst Esteban. Nachdenklich kratzt er sich an der Wange und betrachtet dabei die Fotos. »Ich glaube, ich weiß, wo wir sind. Muss mal eben den Reiseleiter fragen, ob's stimmt.«

Er zieht Herrn Jakob am Ärmel. »Wir sind in einem alten Kino, nicht wahr? Bloß sind wir durch den Hintereingang reingegangen.«

»Pst, schrei nicht so. Sonst hören sie uns.« Der Reiseleiter legt den Finger an die Lippen und nickt dann. »Aber du hast Recht, Esteban, sieh mal . . .«

Herr Jakob bleibt vor einer Tür stehen und macht sie auf. »Bitte einzutreten, in diesen altehrwürdigen Kinosaal, verehrte Reisegäste.«

Hinter der Tür dehnt sich ein dunkler Raum voller Klappsessel aus, ganz vorn sehen sie ein Podium und eine weiße Leinwand. Herr Jakob drückt auf einen Schalter neben der Tür und an den Wänden gehen langsam Lichter an, sodass der Saal gedämpft beleuchtet wird. Über der Tür, durch die sie gekommen sind, steht in Leuchtbuchstaben: NOTAUSGANG.

HOTEL
LUX

Eine seltsame Art und Weise ins Kino zu gehen, denkt Ilse. Ob wir hier überhaupt sein dürfen? Hat Herr Jakob nicht eben zu Esteban gesagt, er solle nicht so schreien?

»Sucht euch einen Platz, aber macht bitte keinen Radau«, flüstert der Reiseleiter.

Die Kinder machen es sich auf den mit Samt bezogenen Sitzen bequem. Esteban legt sofort die Füße auf die Rückenlehne des Platzes vor ihm.

»Echt gut hier, schauen wir uns jetzt einen Film an?«

»Ja, aber nicht auf der Leinwand. Der Film wird in eurem Kopf ablaufen, während ich meine nächste Geschichte erzähle. Es geht nichts über die Bilder, die man sich selbst zu meinen Geschichten macht.«

»Ihre Geschichten? Aber die Geschichten sind doch von Herrn Jakob, unserem Lehrer«, sagt Esteban herausfordernd.

»Oh nein! Es sind *meine* Geschichten!« Der Reiseleiter macht plötzlich ein Gesicht, dass man Angst bekommen könnte. Seine Augen unter der Hutkrempe scheinen zu glühen. Vielleicht reflektieren seine Brillengläser das Licht der Lampen, aber einen kurzen Augenblick, Sekundenbruchteile nur, starrt ein vollkommen fremdes Gesicht die Kinder zornig an.

»Wenn er sich doch bloß nicht den Bart abrasiert hätte«, flüstert Ilse. »Es ist so komisch. Ich weiß, dass es ein Spiel ist, dass er nur eine Rolle spielt, aber für mich ist er wirklich nicht mehr Herr Jakob, sondern ein anderer. Der Reiseleiter. Manchmal sieht er richtig unheimlich aus.«

Julia nickt. »Sogar unheimlicher, als du denkst.« Sie schaut zu Herrn Jakob hinüber und wieder sieht sie das totenbleiche Gesicht. Aber weil Herr Jakob keinen Bart mehr hat, wirkt er diesmal nicht allzu stark verändert. Im Grunde genommen wird Herr Jakob dem unheimlichen Gesicht immer ähnlicher. Schnell macht Julia die Augen zu.

»Was meinst du damit?«, fragt Ilse.

»Nun . . . er sieht manchmal so merkwürdig aus. Immer merkwürdiger eigentlich. Aber vielleicht ist das Absicht.«

»Bestimmt. Herr Jakob spielt gern Theater.«

Der Reiseleiter beginnt leise zu lachen. »Euer Lehrer, Herr Jakob, existiert in diesem Augenblick nicht. Ich bin der Reiseleiter und erzähle euch meine Geschichten. So einfach ist das. Und wir sitzen hier, weil in der nächsten Geschichte ein Kino vorkommt. Kinos haben etwas Geheimnisvolles an sich, findet ihr nicht?«

Bevor jemand antworten kann, fährt Herr Jakob fort: »In dem Kino, in dem wir uns hier befinden, wird nur ein einziges Mal im Monat ein Film gezeigt. Und zwar jedes Mal ein Gruselfilm. Stellt euch vor, ihr sitzt hier im dunklen Saal unter lauter Unbekannten und seht euch einen schaurigen Film an. Woher wollt ihr wissen, dass all die anderen Zuschauer gewöhnliche Menschen sind? Ihr kennt sie überhaupt nicht. Wer sind sie? Woher kommen sie? Vielleicht sind Zombies unter ihnen, womöglich sitzt hinter euch ein Werwolf oder ein Vampir.«

»Aber so was gibt's doch gar nicht«, sagt Sonny leise.

Der Reiseleiter lacht leise und Julia bekommt am ganzen Körper Gänsehaut. Noch immer kneift sie die Augen fest zu und wagt nicht sich umzusehen.

»Nein? Vielleicht nicht, vielleicht doch«, sagt Herr Jakob. »Denkt mal darüber nach, wenn ihr nächstes Mal im Kino seid. Das heißt, falls ihr nach der Geschichte überhaupt noch jemals ins Kino geht . . .«

»Wie meint er das?«, flüstert Julia.

»Keine Ahnung«, sagt Ilse. »Er redet ständig so komisches Zeug daher. Wahrscheinlich gehört das zu seiner Rolle.«

Der Reiseleiter zieht einen Stapel Blätter unter seinem Cape hervor. »Jedenfalls geht es in der nächsten Geschichte um ein Kino und deshalb sind wir hier. Macht die Augen zu und seht euch euren eigenen Film an. Die Geschichte heißt:

Kino

»Popcorn?«

Eric setzt sich auf seinen Platz und hält Janke eine weiße Tüte unter die Nase.

»Nein danke, Popcorn mag ich nicht. Aber es ist echt nett von dir, dass du mich ins Kino mitgenommen hast.«

»Schon gut.« Eric stopft sich eine Hand voll Popcorn in den Mund.

»Wirklich, du! Ich wohne hier schon drei Monate und habe überhaupt noch keine Freunde. Da sind so ein paar Jungen, die mich immerzu ärgern. Warum, weiß ich auch nicht.«

Eric grinst. »Ich bin anders als andere Jungen. Ganz anders.«

»Wie bitte?«

Er lacht wieder. »Den Satz hab ich aus 'nem alten Videoclip von Michael Jackson. Kennst du den nicht? ›Thriller‹ heißt er.«

Janke schüttelt den Kopf.

»Total irre, der Clip. Michael sitzt mit einem Mädchen im Kino und die beiden schauen sich einen Werwolffilm an. Als sie wieder rausgehen, sagt er: ›Ich bin anders als andere Jungen.‹ Und gleich darauf verwandelt er sich in einen Werwolf. Echt cool!«

Janke wirft Eric einen raschen Seitenblick zu. Seine Augen sind auf die Leinwand gerichtet, er bewegt den Kopf im Rhythmus eines Werbesongs und zwischendurch mampft er Popcorn.

»Was für einen Film sehen wir uns eigentlich an?«, will Janke wissen.

»Falsche Zähne.«

»Doch nicht etwa einen Werwolffilm? Ich . . . ich mag solche Filme nicht besonders.«

Eric lacht los. »Hab ich schon vermutet. Aber keine Angst: *Falsche Zähne* ist 'ne Komödie über einen kurzsichtigen Zahnarzt, der immerzu verkehrte Gebisse macht. Wenn du trotzdem Angst kriegst, kannst du ruhig meine Hand halten.«

Janke seufzt und schüttelt den Kopf. »Ist nicht nötig. Komödien machen mir nichts aus.«

»Na prima.«

Das Licht geht aus und der Film beginnt. Eric futtert weiter sein Popcorn und späht ab und zu aus den Augenwinkeln zu Janke hin. Anscheinend gefällt ihr der Film. Er lächelt im Dunkeln.

»Mama, ich war mit Eric im Kino.« Janke wirft ihre Jacke über die Garderobe und betritt die Küche. Ihre Mutter ist gerade dabei, Beefsteak fürs Abendessen vorzubereiten. Klein Tommy krabbelt mit seinem Schnuller im Mund über den Küchenfußboden und sabbert.

»Schön. Wer ist denn dieser Eric?«

Janke streicht ihrem eineinhalbjährigen Brüderchen über den Schopf. Als er nach ihrem Finger schnappt, zieht sie rasch die Hand weg. Für Tommy sind Finger und Schnuller dasselbe.

»Ein Junge aus der Parallelklasse. Er ist der Erste, der richtig nett zu mir ist. Die anderen Jungen ärgern mich immer. Sie schneiden Grimassen oder stellen mir ein Bein. Aber ich gehe ihnen aus dem Weg, damit's keinen Ärger gibt.«

Mutter nickt. »Da hast du Recht, Liebes. Ärger können wir nicht gebrauchen. Bring diesen Eric doch mal mit, damit wir ihn testen können.«

»Ach was«, lacht Janke. »Das kann ich schon selbst. Morgen nimmt er mich mit in den Zoo. Nett von ihm, nicht wahr?«

»Wer ist nett?« Großmutter kommt mit ihren karierten Pantoffeln in die Küche geschlurft. Auf dem Kopf hat sie eine kunterbunte Sammlung

Lockenwickler und sie trägt eine Schürze mit Mickymaus-Motiv. Trotz ihrer superdicken Brillengläser rammt sie erst einen Stuhl und dann den Tisch, bevor sie die Anrichte findet.

»Eric«, sagt Janke. »Ein Schulfreund.«

Großmutter nickt. Ihr dreifaches Doppelkinn zittert. Dann nimmt sie ihr Gebiss aus dem Mund und legt es in eine Tasse.

»Mutter, das ist mein Tee«, sagt Jankes Mutter.

»Oh, na ja, macht nichts. Der wird meinem Gebiss schon nicht schaden.«

Großmutter schnappt sich ein Stück Beefsteak vom Brett und stopft es sich in den Mund. Schmatzend schlurft sie wieder zur Tür und stolpert dabei über Klein Tommy, der unter den Tisch rollt.

»Bring ihn doch mal mit, damit wir ihn testen können«, murmelt sie im Hinausgehen.

»Nun fängst du auch noch an«, sagt Janke. »Ich bin wirklich alt genug mir meine Freunde selbst auszusuchen!«

»Oma meint es nur gut, Janke. Wir wollen lediglich, dass dir niemand etwas Böses antut, das weißt du doch. Sonst müssen wir eingreifen.«

Tommy kommt unter dem Tisch hervorgekrochen. Er hat einen Pantoffel von Oma im Mund und grinst breit.

Janke muss lachen. »Das würde Eric nie tun, Mama, da bin ich mir ganz sicher.«

In der großen Pause steht Janke auf dem Schulhof und schaut den Kindern zu, die miteinander spielen. Wie immer ist sie allein – die anderen lassen sie einfach links liegen. Plötzlich kullert ein Ball auf Janke zu. Sie kann ihn gerade noch mit dem Fuß aufhalten, bevor er unter dem Zaun durchrollt. Sie bückt sich und hebt den Ball auf, dann schaut sie in die Runde. Wem gehört er wohl?

Ein Junge kommt gelaufen. Schwarze Schirmmütze, weite Hosen,

Basketballschuhe. Janke lacht ihn an und reicht ihm mit beiden Händen den Ball.

»Hier, bitte. Er wäre fast unterm Zaun durchgerollt, aber ich hab ihn noch gekriegt.«

Der Junge reißt ihr den Ball aus den Händen. »Hab ich dich etwa drum gebeten, du Scheusal? Lass bloß deine grässlichen Pfoten von meinem Ball!«

Das Lachen verschwindet aus Jankes Gesicht. »Aber . . . aber ich wollte doch nur helfen.«

»Ich brauch keine Hilfe von so 'ner Gruselhexe wie dir. Warum bist du eigentlich nicht auf 'ner Sonderschule, mit deinem unmöglichen Zinken und dem Wasserkopf?«

Janke fühlt sich, als hätte sie einen Schlag ins Gesicht bekommen. Jetzt fängt alles wieder von vorn an. Schon viermal sind sie umgezogen, weil auf jeder Schule die Kinder nach einer Weile angefangen haben Janke hässlich zu beschimpfen. Mit Tränen in den Augen betrachtet sie ihre Hände. Sie hat kurze Stummelfinger, das stimmt. Na und? Kann ich etwa was dafür?, denkt Janke. Abrupt dreht sie sich um und rennt ins Schulgebäude. Sie will sich verstecken, in eine dunkle Ecke verkriechen, damit niemand mehr etwas Hässliches zu ihr sagen kann.

Janke läuft in die Mädchentoilette und wirft die Tür hinter sich zu. Keuchend bleibt sie vor dem Waschbecken stehen. Minutenlang betrachtet sie im Spiegel das Gesicht, das sie schon tausendmal gesehen hat. Die langen flachsartigen Haare und die abstehenden Ohren. Die weit vorgewölbte Stirn, die in gerader Linie in die Nase übergeht. Keine auffallende, nach vorn ragende Nase wie bei den meisten anderen Kindern, sondern ein flaches Riechorgan, das man von der Seite kaum erkennt. Ihre Nasenlöcher liegen so eng beieinander, dass sie fast wie ein einziges wohlgeformtes Nasenloch wirken. Kurz gesagt, ein völlig normales Gesicht, wie das von Mama, Oma und Klein Tommy. Mama hat ihr schon öfter erklärt. dass manche Leute andere, die hübscher sind als sie selbst, beneiden. Und dann sagen sie Gemeinheiten.

Zum Glück ist Eric nicht so. Er hat trotz seines Aussehens keine Minderwertigkeitskomplexe und verhält sich deshalb ihr gegenüber ganz normal. Er ist ein echter Freund. Heute Nachmittag gehen wir zusammen in den Zoo, denkt Janke und hat ihren Kummer schon fast wieder vergessen.

»Guck mal, die Paviane«, sagt Janke. »Hast du gewusst, dass sie manchmal urplötzlich auf einen Felsen flüchten und dann tagelang nicht mehr von dort weggehen? Warum sie das tun, weiß man nicht genau. Sie scheinen Gefahr zu wittern. Oder eine Katastrophe oder so was Ähnliches.«

»Hab ich schon mal gelesen«, sagt Eric. Er schaut zu den Pavianen hinüber, die reglos auf einer Sandfläche im Gehege sitzen. Dann betrachtet er Janke. Sein Gesicht verzieht sich einen Moment lang zu einer Grimasse. In Gedanken sieht er Janke auf dem Affenfelsen sitzen. Da würde sie gar nicht schlecht hinpassen. Bloß nicht loslachen, denkt er, nichts anmerken lassen.

Mitten im Gehege liegt der Affenfelsen, ein großer Haufen aufeinander gestapelter Felsblöcke. Das Leittier, ein riesiger Pavian mit mächtigen Reißzähnen, wendet den Kopf in ihre Richtung.

»Als würde er einen anschauen«, sagt Eric und starrt zurück, zu dem großen Affen hinüber. Dieser stößt urplötzlich einen Schrei aus, dreht sich um und rennt zum Felsen. Laut kreischend folgen ihm die anderen Paviane. Gleich darauf hockt die ganze Gruppe dicht gedrängt auf einem Haufen. Die Affen trampeln auf den Steinen herum und lärmen dabei ununterbrochen weiter.

Janke hält sich die Ohren zu. »Was für ein Radau! Komm, wir gehen weiter. Mir ist das unheimlich.« Sie fasst Eric am Arm.

Eric lächelt. »Vielleicht wittert er Gefahr. Aber du brauchst wirklich keine Angst zu haben. Ich bin doch da. Dir kann nichts passieren.«

Sie gehen weiter, zu den Elefanten und den Schimpansen. Manche Besucher bleiben kurz stehen, als die Kinder an ihnen vorbeikommen, und einige starren Janke irritiert an. Aber das macht nichts. Janke ist solche Blicke gewöhnt und Eric tut, als würde er es nicht merken.

»Du zitterst ja! Ist dir kalt? Hier hast du meine Mütze«, sagt er. Janke wird innerlich ganz warm, als sie sich Erics Mütze über die Ohren zieht.

Bei den Wölfen bleibt Eric stehen. Er presst sein Gesicht an die Gitterstäbe. Janke steht ein paar Schritte hinter ihm, mit den Händen in den Manteltaschen.

Insgesamt vier Wölfe sind in dem Gehege. Drei liegen da und schlafen, der vierte läuft unruhig hin und her. Kaum hat er Eric und Janke bemerkt, bleibt er stocksteif stehen. Er stellt die Ohren auf und aus seiner Kehle kommt ein tiefes Knurren. Die anderen drei werden gleichzeitig wach und springen auf. Zu viert stehen die Wölfe reglos nebeneinander, die Köpfe dicht am Boden und die Augen auf Eric und Janke gerichtet.

»Ich bin verrückt nach Wölfen«, sagt Eric. Er knurrt und bleckt die Zähne. »Ich fühle mich mit ihnen verwandt. Ich glaube, meine Vorfahren waren Wölfe.«

»Tatsächlich?«, fragt Janke.

Eric kichert. Diese dumme Kuh glaubt auch alles. Na, die wird sich am Samstagabend wundern.

Noch immer starren die Wölfe die Kinder an.

»Komm, wir gehen«, sagt Janke leise. »Die Wölfe machen mich nervös. Es ist, als würden sie durch uns hindurchschauen.«

»Vielleicht tun sie genau das«, sagt Eric. »Vielleicht sehen sie, wer wir wirklich sind. Was wir wirklich sind«, fügt er geheimnisvoll hinzu.

»Wollen wir mal wieder ins Kino gehen?«, fragt Janke, als sie den Zoo verlassen.

»Ich wollte dich gerade dasselbe fragen. Wie wär's mit Samstagabend?«

»Ja, gern.«

»Da läuft ein echt guter Film, *American Werewolf*. Der ist gruselig und lustig. Wollen wir uns den anschauen?«

Janke zögert kurz. Sie sieht Erics flehenden Blick.

»Na gut«, sagt sie. »Ich mach mir zwar nichts aus solchen Filmen, aber du bist so nett zu mir.«

Eric lächelt und hebt den Blick zum Himmel. Demnächst ist Vollmond: Am Samstag ist es so weit. Noch immer lächelnd, verabschiedet er sich von Janke an der Straßenecke in der Nähe ihres Hauses.

»Bis Samstag. Wir treffen uns vor dem Kino.«

»Bis Samstag, Eric.«

Erst als Eric verschwunden ist, bemerkt Janke, dass sie seine Mütze noch aufhat. Was jetzt? Sie könnte sie ihm morgen in der Schule zurückgeben. Nein, sie will nicht, dass Eric den ganzen Abend mit kalten Ohren herumlaufen muss. Er ist doch so nett zu ihr.

Bestimmt kann ich ihn noch einholen, denkt sie und rennt hinter Eric her. Schon ein paar Straßen weiter entdeckt sie ihn in der Ferne. Er ist nicht allein – ein paar Jungen gehen neben ihm her. Wahrscheinlich Freunde von ihm. An einem Laternenpfahl bleiben sie stehen. Janke schleicht näher heran, hält sich aber im Schatten der geparkten Autos. Ich will lieber allein mit Eric sprechen, denkt sie. Vielleicht ist es ihm peinlich, wenn ich ihm die Mütze zurückgebe, während seine Freunde dabei sind.

Janke beschließt zu warten und kauert sich hinter einen gelben Fiat Zombie. Der Wind trägt die Stimmen der Jungen zu ihr herüber.

»Ich lach mich kaputt, Leute, die dumme Ziege fällt echt drauf rein!«

He, das ist ja Erics Stimme. Über wen spricht er denn da?

»Gut gemacht, Eric, das muss ich zugeben. Sie vertraut dir blind.«

»Wartet nur bis Samstag«, sagt Eric angeberisch. »Die sehen wir anschließend nie wieder. Da bin ich sicher. Ihr könnt den Schein ruhig schon mal rausrücken.«

»Nichts da. Erst mal abwarten, ob's am Samstag klappt. Wer dafür sorgt, dass dieses Scheusal für immer von unserer Schule verschwindet, kriegt fünfundzwanzig Gulden. So war's abgemacht.«

»Okay, okay, macht euch nicht ins Hemd«, sagt Eric. »Am Montag kommt die nicht mehr in die Schule. Aber dann ist Zahltag!«

Janke wird es eiskalt, als sie die Jungen so reden hört. Ihr ist, als wäre sie steif gefroren – sie ist unfähig sich zu rühren. Als die Jungen laut lachend weitergehen, hockt sie noch immer reglos hinter dem Auto.

Tränen schießen ihr in die Augen. Ausgerechnet Eric, den sie so nett findet, hat sie verraten! Er hat ihr etwas vorgemacht! Janke lässt ihren Tränen freien Lauf. Aber dann verwandelt sich ihr Kummer allmählich in Wut. Stinkwütend ist sie, auf Eric, aber auch auf sich selbst. Hätte sie doch nur auf Mama und Oma gehört und Eric erst mal von ihnen testen lassen. Oma und Mama können andere durchschauen, die beiden merken sofort, ob man jemandem vertrauen kann oder nicht. Aber sie wollte es ja besser wissen. Sie hat Eric vollkommen vertraut. Zu Unrecht, wie sich gezeigt hat.

Ich werde Mama alles erzählen, denkt Janke. Sie wird sich bestimmt furchtbar aufregen.

»Na, Kleine, hast du was verloren?« Ein Mann beugt sich über sie und legt ihr die Hand auf die Schulter. Als Janke aufschaut, prallt er zurück. Die Wut blitzt ihr noch immer aus den Augen. Der Mann schlägt sich die Hand vor den Mund und rennt davon.

Mama ist zwar ärgerlich, aber zugleich tut Janke ihr Leid.

»Ich hoffe, du lässt dir das eine Lehre sein. In Zukunft bringst du deine Freunde zuerst mit nach Hause, damit wir sie testen können.«

Janke nickt und schnieft.

»Und jetzt, Mama?«

»Und jetzt? Alles läuft wie vorgesehen. Du gehst mit diesem Eric ins Kino, wie ihr das abgemacht habt.«

»Ja . . . aber er hat bestimmt irgendeine Gemeinheit vor.«

»Keine Sorge, Oma und ich regeln das schon.«

»Macht dir das auch nichts aus, Mama? Der Film läuft am Samstagabend.«

Mama kratzt sich am Ohr und lächelt. »Samstagabend passt doch ausgezeichnet.«

Janke schaut auf den Kalender. »Ach ja, stimmt. Das hatte ich ganz vergessen.«

Mama fährt Janke über den Schopf. »Es wird alles gut, mein Kind.«

Am Samstagabend wartet Eric vor dem Kino. Wo bleibt diese hässliche Kuh nur, denkt er. Ich hab keine Lust mir wegen der hier in der Kälte die Beine in den Bauch zu stehen.

Eric hebt den Blick. Rund wie eine Billardkugel, hängt der Mond zwischen den Wolken. Er lacht in sich hinein: Ob sie das weiß, mit dem Vollmond? Na ja, wenn nicht, dann wird sie es wohl während des Films kapieren. Darin wird alles ganz genau gezeigt. Und dann . . .

Schnell setzt Eric eine harmlose Miene auf, denn da kommt Janke um die Ecke.

»Hallo«, sagt er.

»Hallo, wollen wir gleich reingehen? Es ist so kalt.«

Eric nickt. »Stimmt. Und außerdem haben wir Vollmond«, sagt er bedeutungsvoll.

Janke schaut zum Himmel und lächelt. »Ja und? Das ist doch jeden Monat so.«

»Du hast Recht. Komm, wir gehen rein.«

Im Kino ist es nicht allzu voll. Gerade ist der Vorfilm zu Ende und der Hauptfilm beginnt. Eric dreht sich um. In den Sitzreihen hinter sich sieht er undeutlich ein paar Leute. Verrückt, in was für 'nem Aufzug manche ins Kino gehen. Dahinten sitzt doch tatsächlich eine korpulente alte Frau mit Lockenwicklern. Offenbar hat sie superdicke Brillengläser, die im Licht von der Leinwand glänzen. Wetten, dass sie die Hälfte des Films gar nicht sieht? Daneben sitzt eine Frau mit einem Baby auf dem Schoß. Die ist wohl auch nicht ganz bei Trost. Wer nimmt schon ein Baby mit in einen Gruselfilm!

Janke stößt Eric an. »Nun schau doch hin. Der Film hat bereits angefangen. Du wolltest ihn doch so gern sehen.«

Eric stutzt und schaut Janke an. Hat er sich geirrt oder klingt ihre Stimme tatsächlich anders als sonst? Irgendwie schroff. Ob sie etwas ahnt? Nein, gewiss nicht. Sie kann unmöglich wissen, was ihr bevorsteht.

Den ganzen Film über gibt Janke keinen Mucks von sich. Eric ist sichtlich enttäuscht. Er hat erwartet, dass sie in einem fort vor Schreck oder Entsetzen aufschreien würde. In dem Film kommen nämlich ein paar recht blutige Szenen vor. Aber Janke sitzt reglos da und starrt die Leinwand an.

Warte nur, bis wir draußen sind, denkt Eric. Dann wirst du dein blaues Wunder erleben.

»Hast du das mit dem Vollmond gewusst?«, flüstert er ihr ins Ohr, als der Film schließlich zu Ende ist. »Hast du gewusst, dass Werwölfe dann ihre wahre Gestalt annehmen?« Janke nickt abwesend, als würde sie gar nicht richtig zuhören, und steht auf. Eric geht hinter ihr aus dem Kinosaal. Die zwei Frauen mit dem Kleinkind, die weiter hinten gesessen haben, sind bereits weg, stellt er fest. Kein Wunder, die Spießer haben wahrscheinlich schon nach zehn Minuten gemerkt, dass sie im falschen Film sind.

»Wollen wir mal auf einem anderen Weg zurück nach Hause gehen?«, fragt Janke, als sie draußen sind. Sie zeigt auf eine dunkle baumbestandene Straße, auf der weit und breit kein Mensch zu sehen ist.

Zu schön, um wahr zu sein, denkt Eric. Dort ist es totenstill. Sie tappt geradewegs in die Falle.

»Findest du die Straße denn nicht unheimlich?«, fragt er. »Sie wirkt so düster.«

Janke lächelt. »Mir kann ja nichts geschehen. Du bist doch bei mir!«

»Stimmt.« Eric versucht sich nichts anmerken zu lassen. Mann, ist die in mich verknallt!, denkt er. Wahrscheinlich glaubt sie, ich würde sie im Dunkeln küssen. Aber da hat sie sich geschnitten. Nie im Leben würde ich die küssen und wenn sie das letzte Mädchen auf der ganzen Welt wäre. Mit der hab ich was ganz anderes vor!

Eric schaut nach oben – der Vollmond scheint zu glühen. Eine Zeit lang gehen sie schweigend unter den Bäumen entlang. Wieder hebt Eric den Blick. »Guck mal, wie schön der Vollmond aussieht, genau wie in dem Film.«

Janke nickt. »Mit einem anderen Jungen würde ich mich nie trauen hier entlangzugehen.«

Eric grinst. »Janke, ich muss dir was gestehen.«

Sie sieht ihn fragend an.

»Ich bin nicht so wie andere Jungen«, raunt er mit düsterem Lächeln. »Ich bin anders. Gaaanz anders.«

Und dann beugt Eric sich vor, zieht sich die Jacke über den Kopf und beginnt leise zu knurren. Einen Moment lang bleibt er so stehen, wie ein Buckliger ohne Kopf, dann reißt er seine Jacke auf.

REWOLVES
BY O.N. PALUVA

Ein haariger Wolfskopf starrt Janke aus glühenden Augen an. Spucke tropft aus seinem Maul und die Reißzähne glitzern im Mondlicht.

»Gaaanz anders«, knurrt Eric.

Janke fängt nicht an zu schreien. Stattdessen lacht sie spöttisch.

»Du bist überhaupt nicht anders. Du bist genau wie alle anderen!«

Sie packt die Ohren des Wolfs und zerrt Eric mit einem kräftigen Ruck die Maske vom Kopf. Seine Haare sind zerzaust und er starrt Janke ungläubig an. Die Wolfsmaske, die tolle Maske, die so unglaublich gruselig aussieht, baumelt wie ein nasser Lappen in ihren Händen.

»Du bist nicht nur genau wie alle anderen, du bist noch viel schlimmer«, sagt Janke. Eric sieht sie einen Moment verblüfft an. Dieses blöde Weib! Sie hat's gewusst! Sie hat ihm seinen schönen Plan verdorben. Ihn total blamiert. Jetzt ist sein Geld flöten. Es sei denn . . .

»Gib die Maske her, du Missgeburt«, flüstert er mit rauer Stimme. »Wenn ich du wäre, würde ich hier wegziehen. Wenn du noch einmal deine hässliche Fratze auf dem Schulhof sehen lässt, werd ich dir das Leben zur Hölle machen!«

»Soso.« Jankes Stimme klingt spöttisch, sogar ein wenig mitleidig. »Ich kann dich verstehen. Du bist neidisch, genau wie die anderen. Ihr seid alle neidisch, weil ihr so hässlich seid. Aber mich hat das nie gestört. Ich achte nicht auf Äußerlichkeiten, Eric. Ich hab dich gern gehabt. Ich dachte, du wärst wirklich nett.«

»Ich hab noch nie so was Hässliches gesehen wie dich!«, schnaubt Eric. »Du hast an unserer Schule nichts zu suchen. Verschwinde!«

»Tob dich nur aus«, sagt Janke mit eisiger Stimme. »Ich weiß, dass ich hübsch bin. Das hat mir meine Mama gesagt. Aber du . . .«

»Halt die Klappe!«, brüllt Eric. Er spannt die Muskeln an. »Ich werde dich . . .«

Er verstummt, als er hinter sich Schritte hört. Schnell dreht er sich um. Im Mondlicht nähern sich drei Schatten, ein breiter, ein schmaler und ein kleiner.

Shit, da kommen Leute!, denkt er. Jetzt kann Janke davonrennen, ohne dass ich sie aufhalten kann. Aber Janke rennt nicht davon. Sie bleibt vor Eric stehen und sieht ihn spöttisch an.

»Du hättest mich nicht verraten dürfen, Eric. Mama und Oma finden das nicht gut. Und Klein Tommy auch nicht.«

Janke lächelt an Eric vorbei den Gestalten zu, die jetzt allmählich näher kommen. Diese lassen sich in dem Moment nach vorn fallen und laufen auf allen vieren weiter. Unheil verkündendes Knurren klingt durch die Dunkelheit. Erics Blut wird zu Eiswasser. Schreckensstarr sieht er drei haarige Wesen aus dem Schatten hervorkommen. Er weiß genug über Werwölfe, um sie zu erkennen. Der dicke Werwolf sperrt das Maul auf und zeigt seine fürchterlichen Zähne. Er knurrt gefährlich und schüttelt den Kopf. Etwas zu wild, denn im nächsten Moment fällt ihm das Gebiss heraus. Ein Werwolf mit falschen Zähnen! Zum Totlachen, denkt Eric, aber ihm ist nicht nach Lachen zu Mute. Die beiden anderen Werwölfe haben nämlich eindeutig keine falsche Zähne und sie kommen immer näher.

»Was . . . wer ist das?«

»Mama, Oma und Klein Tommy«, sagt Janke. Ihre Augen scheinen schmal und lang zu werden. Die Pupillen verengen sich und werden ockergelb. Eric spürt einen Druck auf der Blase, den er nicht mehr aushalten kann. Etwas läuft warm und feucht an seinem Hosenbein entlang. Wie im Traum sieht er auf Jankes Wangen Fellhaare sprießen. Ihre Nase verlängert sich zu einer schwarzen Schnauze, der Mund klafft auseinander und scharfe Zähne werden sichtbar.

»Über den Vollmond brauchst *du* mir nichts zu erzählen, du Rotznase.«

Eric kann kaum glauben, dass dieses unmenschliche Knurren aus Jankes Mund kommt. Er kann kaum mehr einen Gedanken fassen. Nur eines weiß er noch: Er muss hier weg! Janke streckt den Arm nach ihm aus. Aus ihren Stummelfingern sind mächtige Pranken mit glänzenden Nägeln geworden.

»Nein!« Eric weicht zurück. Zu spät. Das kleinste der drei Ungeheuer hat sich bereits in seinem Knöchel festgebissen. Eric fällt hin. Einen Moment lang sieht er den Mond zwischen den Bäumen hin- und herspringen. Dann hört man nur noch drohendes Knurren und Keuchen und ein Knäuel aus haarigen Ohren, Pfoten und zuschnappenden Kiefern verdunkelt den Mond.

Am Montag darauf können Erics Freunde ihr Geld behalten. Janke erscheint wie gewöhnlich auf dem Schulhof. Eric nicht . . .

SIEBENUNDDREISSIG

Was für eine gemeine Geschichte!« Ilse macht die Augen auf und merkt, dass sie Gänsehaut hat. »Ich habe alles genau vor mir gesehen. Ein richtiges Ekel, dieser Eric!«

»Ein mieser, hinterhältiger Typ«, sagt Joyce. »Selber schuld, dass er . . . dass er, nun ja, dass es ein solches Ende mit ihm genommen hat!«

»Genau!«, sagt Anouk.

Der Reiseleiter lauscht den Kommentaren der Kinder. Niemand hat ein gutes Wort für Eric übrig.

»Ihr findet also, dass er bekommen hat, was er verdient? Schön, dass ihr blutdurstig genug seid diese Geschichte zu schätzen. Ihr selbst seid natürlich nicht so. Ihr ärgert nie jemanden, oder?«

Einen Augenblick ist es still. Ilse wirft Esteban und Sonny einen Blick zu und sieht, dass Sonny rot anläuft.

»Ja, aber das ist doch eine Geschichte!«, sagt Esteban. »In einer Geschichte muss das Böse bestraft werden. In Wirklichkeit wünscht man natürlich niemandem, dass er von Werwölfen zerrissen wird.«

Hm, denkt Ilse. Manchmal . . .

»Tja, wahrscheinlich hast du Recht«, sagt Herr Jakob. »Aber wenn eine Geschichte oft genug erzählt wird, beginnt sie zu leben. Erst nur in den Köpfen der Zuhörer. Aber später kann sie Wirklichkeit werden.« Herr Jakob grinst Esteban an. Ein hinterhältiges Grinsen. »Und was dann? Gelten dann auf einmal andere Gesetze? Muss das Böse dann nicht mehr bestraft werden? Für mich sind meine Geschichtenfiguren durchaus lebendig. Ich sehe sie dort sitzen, auf den Plätzen hinter euch.«

»Quatsch«, sagt Esteban. »Eine Geschichte ist etwas Erfundenes. Schwindel. Geschichtenfiguren existieren in Wirklichkeit nicht!«

Der Reiseleiter lacht geheimnisvoll. »Dessen wäre ich mir an deiner Stelle nicht so sicher.«

Ich glaube ihm kein Wort!, denkt Julia. Esteban hat Recht. Eine Geschichte ist etwas Erfundenes, und wenn ich mich jetzt umdrehe, sehe ich nur leere Sitze. Sie zählt bis drei und dreht sich dann um. Auf einmal verstummen alle Geräusche. Es ist so still, als säße Julia ganz allein im Saal. Allein? Nein, doch nicht. Ein paar Reihen hinter ihr sitzen drei Gestalten. Eine Oma mit Lockenwicklern und eine Mutter mit einem kleinen Jungen. Und Julia sieht noch mehr: einen Mann mit gebrochenem Genick in einem schmuddeligen Unterhemd. Auf seinen Knien liegt ein Beil. Daneben eine alte Frau, die mit zitternden Händen ein Fleischermesser umklammert. Langsam füllen sich die leeren Plätze. Immer mehr Gestalten tauchen aus dem Nichts auf. Ein Wesen, das Julia aus toten Augen anstarrt. Ein Zombie mit Haaren wie ein Fadengewirr. Neben ihm eine Frau im Arztkittel. Ihr Gesicht ist zu einer schwarzen Maske verbrannt, aber ihre Augen sind blendend weiß. »Doktor Dorian« steht auf dem Namensschild an ihrem Kittel.

»Alle Figuren, die ich mir ausgedacht habe, sind bei uns«, klingt die Stimme des Reiseleiters wie aus weiter Ferne. Es ist, als käme sie aus einem anderen Raum, aus einer anderen Wirklichkeit als der, die Julia in diesem Moment sieht.

»Ich weiß, ihr könnt sie nicht sehen, aber für mich existieren sie wirklich«, fährt die Stimme des Reiseleiters fort.

Für mich auch!, denkt Julia. Aber ich will das nicht! Außerdem verstehe ich jetzt gar nichts mehr. Ich hab doch noch nie andere Geschichten von Herrn Jakob gehört oder gelesen. Ich kenne diese Gestalten überhaupt nicht. Wie kommt es dann, dass ich sie trotzdem sehe?

Julia will den Kopf abwenden, die Augen schließen, damit die Bilder endlich verschwinden, aber es geht nicht. Sie kann ihren Hals nicht bewegen und ihre Augen scheinen von winzigen Stöckchen offen gehalten zu werden. Sie muss weiter hinsehen. Sie ist sich nicht sicher, ob etwas sie dazu zwingt oder ob es ihre eigene Neugier ist, die sie in dieser Stellung festhält. Jetzt kommt eine Gestalt durch den Gang getrottet, eine Art Pirat mit schwarzem Hut und Schaftstiefeln, aus denen Wasser schwappt. Auf dem Boden bilden sich Pfützen. Der Pirat trägt eine hölzerne Galionsfigur auf den Schultern. Einen winzigen Moment lang scheint er Julia in die Augen zu schauen und Julia kommt es vor, als könnte er sie sehen. Sie fixiert das Furcht erregende Gesicht: die verweste Nase, eine leere Augenhöhle. Aus der anderen fällt gerade das Auge und gleitet die Wange entlang.

»Was glotzt du denn so!«, brüllt der Pirat Julia an. Sie wird schreckensbleich. Niemand außer ihr hört die Stimme, das weiß sie genau.

Der Pirat fängt das Auge auf und wirft es zu Julia herüber. Es kommt direkt auf sie zugeflogen, ein blutunterlaufenes, schleimiges Auge. Immer größer wird es, dann scheint es zu explodieren.

»AAAH!« Julia springt auf, die Hände an die Schläfen gepresst. Ein paar Sekunden bleibt sie so stehen. Dann erkennt sie die Gesichter ihrer Klassenkameraden. Alle sehen sie total erstaunt an. Julia blinzelt unsicher: Die hinteren Reihen sind leer. Außer dem Reiseleiter und den Schülern von Klasse sechs sind keine anderen Leute im Kino. Besorgt fasst Ilse Julia am Arm. »Was hast du denn?«

»Vielleicht hat Julia wieder Gespenster gesehen«, sagt Sonny und lacht.

»Nein! Keine Gespenster! Ich sehe nie Gespenster. Ich . . . hab mich so in die Geschichte hineinversetzt. Und da . . .«

»Ich verstehe«, sagt Herr Jakob. »Julia wollte dazu beitragen, dass meine Geschichte lebendig wird, nicht wahr, mein Kind?«

Er sieht sie fragend an. Aber es ist nicht Herrn Jakobs Gesicht, es ist der kahlköpfige, bleiche Mann mit dem Ohrring. Während er spricht, verformt sich das Gesicht und wird wieder zu dem von Herrn Jakob.

»Äh . . . ja, genauso war's«, sagt Julia mit heiserer Stimme. »Der Reiseleiter hat ja gesagt, die Geschichten müssten leben. Da wollte ich eben ein bisschen mithelfen.«

Sie lügt!, denkt Ilse. Sie lügt wie gedruckt. Da ist irgendwas anderes, aber sie traut sich nicht es zu sagen. Was hat sie gesehen? Wo hat sie hingeschaut?

Ilse dreht sich um und sieht hinter sich die leeren Sitzreihen. Einen Moment lang meint sie Gestalten wahrzunehmen. Schemen, Schatten, Flecke – wie ein Nachbild auf der Netzhaut, nachdem man etwas im hellen Sonnenlicht gesehen hat. Aber natürlich sind die Plätze leer. Da ist niemand. Dennoch läuft Ilse ein kalter Schauder über den Rücken.

Das kommt von Herrn Jakobs Geschichten, denkt sie. Irgendwie packen sie einen. Ich versetze mich einfach zu sehr in sie hinein. Und Julia noch viel mehr.

»Herr Reiseleiter«, flüstert Joyce plötzlich. »Was ist das dort?«

Durch den Gang kommt etwas auf sie zu. Funkelnde Augen im Finstern, unruhiges Keuchen und Knurren. Dann taucht plötzlich ein Kopf auf, über einer der letzten Sitzreihen. Spitze, behaarte Ohren, eine faltige Schnauze, in der die weißen Zähne deutlich hervorblitzen.

»Ein Werwolf!«, schreit Tabita.

Sekundenlang halten alle den Atem an: Dann bricht Panik aus. Manche Kinder hechten kopflos über die Sitze und wollen davonrennen.

»Das ist kein Werwolf, das ist ein Hund«, sagt Clint auf einmal, »ein Schäferhund.« In dem Moment klingt auch schon lautes Hundegebell durch den Saal.

»Sitz, Balthasar!«, kommandiert ein dicker Mann, der nun im Gang auftaucht. Er trägt eine dunkelblaue Uniform und in der Hand hält er eine Hundeleine. Er zieht kräftig daran, sodass der Hund zu jaulen beginnt und sich gehorsam hinsetzt.

»Was habt ihr hier zu suchen?«, fragt der Mann mit lauter Stimme. »Das Kino ist heute geschlossen.«

»Geht schon mal vor«, sagt der Reiseleiter zu seiner Gruppe. »Ich kläre das hier.« Er geht dem Wachmann entgegen. »Es ist nichts, mein Bester. Wir haben hier lediglich unseren eigenen Film ›inszeniert‹. Dieser Saal schien mir die ideale Umgebung dafür. Und es hat funktioniert, denn meine Schüler haben Ihren Hund tatsächlich für einen Werwolf gehalten.«

Der Schäferhund knurrt, als Herr Jakob näher kommt.

»Dummes Zeug! Macht, dass ihr fortkommt, aber ein bisschen dalli«, sagt der Mann. »Ich kann den Hund nicht mehr lange halten. Der ist darauf trainiert, Einbrecher zu stellen. Und ihr seid Einbrecher.« Der Hund knurrt immer lauter und zerrt an der Leine. Die Kinder verschwinden schnell durch den Notausgang.

Der Reiseleiter beugt sich ein Stück vor und blickt dem Hund direkt in die Augen, bis das Knurren des Tiers in ein angstvolles Jaulen übergeht. Es klemmt den Schwanz zwischen die Hinterbeine und verkriecht sich hinter seinem Herrchen. Der Wachmann starrt Herrn Jakob ungläubig an. Dieser sagt kein Wort. Reglos steht er da. Seine Gesichtshaut zittert und wellt sich. Die Nase wird spitzer, der Mund verformt sich. Der Wachmann wird zusehends blasser. Mit offenem Mund steht er da, das Gesicht zu einer Maske der Angst verzogen. Er kann nicht fassen, was er da vor sich sieht.

Langsam dreht Herr Jakob sich um und folgt seinen Schülern. Der Wachmann steht noch immer in der gleichen Haltung im Gang, auf seinem Gesicht malt sich Entsetzen. Der Hund drückt sich jetzt flach auf den Boden und zittert am ganzen Körper. Herr Jakob geht durch die Tür und den Gang entlang. Er zieht das linke Bein auffällig nach. Unter seiner Hutkrempe, hinter den Brillengläsern, schwelt eine feuerrote Glut, die langsam verlischt.

Joyce steigt als Erste in den Bus. Mit einem Schrei prallt sie zurück, stolpert rückwärts die Stufen hinab und reißt dabei Esteban und Sonny mit. Alle drei landen auf dem Boden.

»Shit! Bist du jetzt komplett ver. . .« Esteban verstummt, als er Joyces kreidebleiches Gesicht sieht.

»Ein Skelett!«, schreit sie. »Hinterm Steuer!«

»Wie? Meinst du Herrn Gutblut?«, fragt Sonny. »So dürr ist der nun auch wieder nicht.« Er rappelt sich auf und klettert hinter Esteban in den Bus.

»Herzlich willkommen«, sagt eine Grabesstimme. Ein Totenkopf starrt sie an. Er hat Herrn Gutbluts Mütze auf und eine brennende Zigarre zwischen die Zähne geklemmt. Ansonsten hat das Gerippe am Lenkrad nicht die geringste Ähnlichkeit mit dem Fahrer. Sonny dreht sich um und springt mit einem Schrei aus dem Bus. Esteban ist stehen geblieben, er glaubt seinen Augen nicht zu trauen. Sein Blick gleitet über die matt glänzenden Knochen, die Rippen und die knochigen Finger, die das Steuer umschließen.

»Wow, ein echter Skelettfahrer, genau wie in dem Buch«, flüstert er. »Können Geschichten denn tatsächlich lebendig werden? Oder hat Herr Gutblut 'ne Abmagerungskur gemacht?« Sein Erstaunen ist so groß, dass er wie angenagelt stehen bleibt.

»Was ist los?«, meldet sich der Reiseleiter hinter Esteban.

Im gleichen Augenblick hebt das Skelett die Hand.

»Hallo, Herr Reiseleiter.«

Einen Moment lang scheint Herr Jakob sprachlos.

Dann kommt Herr Gutblut hinter dem Fahrersitz hervor. Mit einer

Hand hält er den Ellbogen des Skeletts. Er bewegt ihn auf und ab, sodass das Skelett winkt.

»Haha, war das was oder war das nichts?« Der Fahrer bricht vor Lachen fast zusammen. »Bauchweh hab ich! Bauchweh! Ich kann nicht mehr! Eure Gesichter, zum Schießen!«

Der Reiseleiter hüstelt. »Äh, ja. Sehr hübsch. Ich sehe, Sie haben meine Überraschung bereits ausgepackt, Herr Gutblut.«

»Sie können ruhig Dolf zu mir sagen. Ich hab gedacht, ich bring den Kindern mal so richtig das Gruseln bei. Stört Sie doch nicht, oder?« Wieder bricht der Fahrer in Gelächter aus. »Krieg ich meine Mütze wieder, Kollege?« Er nimmt dem Totenschädel die Mütze ab und setzt sie auf.

»Und meine Zigarre?«

Die Kinder haben sich mittlerweile von dem Schrecken erholt und steigen nacheinander ein.

»In Ihrem Paket war also das Gerippe hier«, sagt Wouter.

Herr Jakob nickt. »Ich habe es von einem Arzt geliehen. Ein passendes Maskottchen für unsere Gruseltour, findet ihr nicht?«

Herr Gutblut verfrachtet das Skelett auf einen Sitz ganz vorn im Bus und setzt sich selbst ans Steuer. Der Totenkopf wackelt leicht hin und her, als der Bus losfährt.

»Ist doch spitze, diese Fahrt«, sagt Sonny begeistert. »Viel spannender jedenfalls als ein normaler Schultag.«

Anouk nickt. »Ich find's auch toll. Bin gespannt, wo es jetzt hingeht.«

Nicht alle sind dieser Meinung. Manche Schüler starren stumm vor sich hin, ihre Gedanken weilen bei Werwölfen. Joyce ist noch immer bleich. Nach dem Scherz von Herrn Gutblut macht ihr das Ganze erst recht keinen Spaß mehr. Am liebsten ginge sie nach Hause, aber das ist jetzt ja nicht möglich. Der Bus hält nun auf dem Parkplatz vor dem

Historischen Museum, einem riesigen Gebäude mit ausladender Freitreppe.

»Hier sind wir richtig«, sagt Herr Jakob zufrieden.

»Geh'n wir etwa ins Museum?« Esteban zieht eine Grimasse, die darauf schließen lässt, dass der Begriff Museum für ihn gleichbedeutend ist mit alt, verstaubt und langweilig.

»Wartet nur ab, oft ist ein Museum spannender, als man denkt!«, sagt der Reiseleiter mit einem Grinsen. »Vor allem in Verbindung mit einer Geschichte.«

»Geht man nur, ich bleib hier, mit meinem neuen Freund«, sagt Herr Gutblut. Er zündet eine neue Zigarre an und klemmt sie dem Gerippe zwischen die Zähne.

Die Kinder folgen Herrn Jakob ins Museum.

»Wir gehen in die Ägyptische Abteilung«, sagt Herr Jakob.

»Aha, Mumien! Super!« Estebans Miene hellt sich sofort auf.

»Genau, zu den Mumien.«

In der Ägyptischen Abteilung herrscht feierliche Stille. Alle gehen schweigend hinter dem Reiseleiter her. Er führt die Schüler in den Raum, in dem die Mumien für die Ewigkeit aufbewahrt werden.

»Unvorstellbar, dass diese Menschen vor Jahrtausenden gelebt haben«, flüstert Ilse.

»Echt gruselig, die Gesichter«, sagt Joyce. »Als ob sie uns anschauen würden.«

Esteban drückt sich am Glas der Vitrine die Nase platt und betrachtet mit schrägem Blick eine Ägypterin. »Pfff, was soll denn daran gruselig sein? Die sind doch alle längst tot. Die hier hat nicht mal mehr 'ne Nase.«

»Kann schon sein, aber trotzdem würde ich für kein Geld der Welt nachts hierher kommen wollen.«

»Ich schon«, sagt Esteban.

MUS

»Tatsächlich?« Der Reiseleiter wendet sich zu Esteban um.

»Ich bin gespannt, ob du das auch noch sagst, wenn du die nächste Geschichte gehört hast.« Seine Augen hinter den Brillengläsern verengen sich zu Schlitzen. Ilse beobachtet Julia genau. Da, schon wieder! Julia krümmt sich zusammen, als ihr Blick auf Herrn Jakob fällt.

»Die Geschichte spielt nämlich in einem Museum«, fährt der Reiseleiter fort. »Und es geht darin um Mumien. Hört zu.«

»Die hat er bestimmt auch wieder aus dem Buch geklaut«, murmelt Esteban.

Der Reiseleiter wirft Esteban einen raschen Blick zu. Einen grimmigen, hasserfüllten Blick. Aber Herr Jakob sagt kein Wort. Er beginnt vorzulesen.

Museum

Das mach ich. Das ist echt irre«, sagt Karin.

»Was ist denn so irre?« Karins Vater nimmt die Teller aus der Geschirrspülmaschine und stellt sie auf die Anrichte.

»Das hier.« Karin hält ihrem Vater die Zeitung vors Gesicht. Mit wachsendem Staunen betrachtet er die Seite.

»Bauchtänzerinnen für Nachtklub gesucht«, liest er. »Bist du jetzt total übergeschnappt, Karin?«

Karin lacht los. »Quatschkopf! Ich meine doch die Anzeige darunter.«

»Oh, Gott sei Dank, ich hab mich ganz schön erschrocken.« Karins Vater faltet die Zeitung auf halbe Größe und liest die Kleinanzeige unten in der Ecke:

> **ÜBERNACHTEN BEI DEN MUMIEN**
> Willst du einmal im Mumiensaal des Ägyptischen Museums übernachten? Dann melde dich, wenn du nicht älter als achtzehn Jahre bist.
> Näheres unter Telefon . . .

Vater liest nicht weiter. Er lässt die Zeitung sinken und sieht Karin an.

»Das soll wohl ein Scherz sein? Das meinst du doch nicht ernst, oder?«

»Doch«, sagt Karin. »Und ich bin mir sicher, dass Iman auf jeden Fall mitmacht.«

»Na ja, ich weiß nicht«, wendet Vater ein.

»Ich werd sie gleich mal anrufen.«

Karin nimmt den Hörer und wählt die Nummer von Iman, ihrer besten Freundin. Fünf Minuten später legt sie wieder auf.

»Na siehst du. Iman will mit. Und ihr Vater erlaubt es!«

»Hm. Vielleicht solltest du erst mal beim Museum anrufen und fragen, was es damit auf sich hat.«

Sofort nimmt Karin die Zeitung, sucht die Nummer und drückt auf die Telefontasten. Ihr Vater schenkt sich Kaffee ein und steht abwartend dabei, während Karin telefoniert.

»Hallo? Guten Tag! Ich möchte gern mit meiner Freundin bei den Mumien übernachten. Geht das?«

Vater rührt seinen Kaffee um und versucht sich aus Karins Reaktionen ein Bild zu machen.

»Oh, ist das nötig?«, sagt sie. »Und was noch? – Ja, ist gut. – Wie spät, sagen Sie? – Ja, hab ich verstanden. – Nein, ich hab mir alles gemerkt. – Vielen Dank. – Wiederhören.«

Karin legt mit Schwung den Hörer auf und ballt die Faust.

»Yes, Sir! Wir dürfen schon heute Abend kommen, um acht Uhr.«

»Heute Abend? Das geht aber schnell«, sagt Vater. »Wir haben schon fast sechs. Draußen ist es eiskalt und im Wetterbericht haben sie Schnee angesagt. Kein Wetter, um noch rauszugehen.«

Karin springt auf. »Ich zieh mich ganz warm an. Wintermantel, Mütze, Schal und dicke Socken. Außerdem bleibt die Heizung im Museum an, weil wir kommen. Nur unsere Schlafsäcke sollen wir mitbringen, weil sie dort keine Betten haben.«

Vater sieht schnell ein, dass nicht einmal ein Blizzard Karin von ihrem Vorhaben abhalten könnte. Sie glüht regelrecht vor Aufregung.

»Irre! Ich ruf rasch noch mal Iman an und sag ihr, was sie alles mitnehmen muss.«

»Moment, was kostet der Spaß überhaupt?«

»Nichts.«

»Nichts?«

Karin nickt. »Weil wir die Ersten sind, ist es für uns umsonst. Der Mann am Telefon hat sich sogar gefreut. Er hat die ganze Zeit über gekichert.«

Vater schüttelt den Kopf. »Das Museum läuft wohl nicht besonders, wenn sie auf diese Art Leute anlocken müssen.«

»Ach was, die wollen eben Jugendlichen etwas bieten. Auf ungewöhnliche Weise das Museum kennen lernen. Ist doch gut. Oder etwa nicht?«

»Hoffen wir's«, murmelt Vater. »Dann hole ich dir jetzt deinen Schlafsack vom Speicher. Und du rufst Iman an und sagst ihr, dass wir sie um halb acht abholen. Später muss ich dann nur noch Mama beibringen, dass du heute Nacht bei den Mumien schläfst.«

Genau zwei Minuten vor acht hält Vaters roter Fiat Zombie vor dem Museum. Die breiten Stufen vor dem Portal sind schneebedeckt. Vor einer halben Stunde hat es angefangen zu schneien und noch immer schwirren Millionen Schneeflocken durch die Luft. Karin und Iman steigen aus, beide haben dicke Wintermäntel an: Karin einen roten, Iman einen grasgrünen. Der Wind bläst ihnen den Schnee um den Kopf, aber zum Glück haben sie Mützen auf und dicke Schals umgebunden. Wie moderne Mumien sehen sie aus.

»Soll ich nicht noch mit reinkommen?«, fragt Vater, als er ihnen die Schlafsäcke reicht.

Karin schüttelt den Kopf. »Fahr ruhig nach Hause, Papa. Dort hast du's schön warm. Wir kommen schon zurecht.«

»Okay, und wenn was ist, ruft bitte an. Bis morgen früh dann. Um acht Uhr stehe ich wieder hier.«

Karin schlägt die Autotür zu, winkt noch einmal und geht dann mit Iman die Treppe hinauf. Ihre Fußspuren sind die ersten im frischen

Schnee. Vater wartet noch, bis die beiden Mädchen durch die Eingangstür gegangen sind. Dann fährt er langsam weg.

Zögernd betreten Karin und Iman die große Halle. Die hohe Decke wird von Säulen getragen, die mit ägyptischen Symbolen, Augen, Schlangen, Skorpionen, Vögeln, Fröschen und Affen verziert sind. Gigantische Malereien von ägyptischen Gottheiten schmücken die Wände. Die Mädchen schütteln den Schnee ab und knöpfen ihre Mäntel auf.

»Imposant, was?« Iman zeigt auf eine riesige Skulptur von Anubis, dem Gott mit dem Schakalkopf. Er steht mitten in der Halle und scheint die Besucher willkommen zu heißen.

Karin nickt. »Aber am neugierigsten bin ich auf den Mumiensaal. Wo müssen wir uns eigentlich melden?«

Sie schauen sich um und steuern dann auf den Schalter an der Längsseite der großen Halle zu. Dort stehen Ständer mit Ansichtskarten von Pyramiden und Mumien, Prospekten und Lageplänen des Museums. Aber weit und breit ist kein Mensch zu sehen.

»Wollen wir nach oben gehen? Vielleicht sind sie gerade dabei, im Mumiensaal noch was vorzubereiten«, sagt Iman.

»Was sollen sie denn vorbereiten? Wir brauchen doch bloß unsere Schlafsäcke auszulegen und dann reinzukriechen, das ist alles«, sagt Karin. »Das hier ist kein Fünf-Sterne-Hotel, wo man uns die Kopfkissen aufschüttelt.«

»Aha, da sind die Damen ja, hihi.«

An dem Kichern erkennt Karin die Stimme sofort: Es ist der Mann, mit dem sie am Telefon gesprochen hat. Die Mädchen drehen sich gleichzeitig um – und stoßen einen Schreckensschrei aus. Hinter dem Schalter steht jetzt ein Mann, ganz und gar in Leinenbinden gewickelt.

»Oh, Verzeihung. Mein Name ist Arnie. Ich bin der Museumswärter, der für die Mumien zuständig ist. Ich wollte euch nur stilecht begrüßen; es war nicht meine Absicht, euch Angst einzujagen, hihi.«

Karin und Iman haben den Schrecken bereits überwunden und fangen an zu lachen.

»Ich hätte es ahnen können«, sagt Karin. »Für einen Mumienabend muss natürlich auch das Personal stilecht gekleidet sein.«

Arnie nickt und kichert. »Das dachten wir auch. Außerdem ist es ein kleiner Test für die Besucher. Wer will, kann aus dem Vorhaben noch aussteigen. Also, falls ihr es euch anders überlegt habt . . .«

»Nein, bestimmt nicht«, sagt Karin schnell. »Wir finden es total spannend. Und vielleicht können wir in der Schule mal ein Referat über Mumien halten.«

»Sehr schön, hihi. Wollen wir dann euer . . . äh . . . Gästezimmer aufsuchen?«

Karin und Iman können sich nur mit Mühe das Lachen verbeißen, als sie hinter dem in Binden gewickelten Mann die Treppe hochgehen. Denn der hat offenbar Schwierigkeiten beim Treppensteigen: Vor jeder Stufe muss er mit Schwung das Bein heben.

»Haben sich noch mehr Gäste angemeldet?«, fragt Karin.

»Nein«, keucht Arnie. »Wahrscheinlich wegen des Wetters. Den meisten Leuten ist es offenbar viel zu kalt, um abends noch mal rauszugehen, hihi.«

»Umso besser«, sagt Iman. »Dann haben wir die Mumien ja für uns allein.«

Endlich sind sie oben angelangt, wo Arnie erst einmal verschnaufen muss. Der muss ja tierisch schwitzen in seiner Verpackung, denkt Karin. Sie spürt, wie ihr Herz schneller schlägt, als sie den eindrucksvollen großen Raum mit den Glasvitrinen betreten. Arnie zeigt ihnen die verschiedenen Mumien, die stumm in ihren gläsernen Särgen liegen. Manche sind vollständig mit Binden umwickelt, so wie Arnie. Aber es sind auch verschrumpelte, knochendürre Gestalten darunter, seit Jahrtausenden in ein und derselben Haltung erstarrt, mit nichts als ein paar verschlissenen Fetzen am Körper. Diese Mumien wirken am unheimlichsten, weil man ihre Gesichter mit den leeren Augenhöhlen sehen kann. Manche haben die Hände zu Klauen gekrümmt und die Beine angezogen, andere scheinen ganz entspannt dazuliegen. Es sind Mumien dabei, die nicht größer sind als dreijährige Kinder. Und in einer kleinen Vitrine stehen sogar zwei Katzenmumien.

Iman bleibt vor einer Vitrine stehen, in der eine weibliche Mumie liegt. Ein Mädchen. »Prinzessin aus der siebzehnten Dynastie« steht auf dem Schild. »Vermutlich im Alter von etwa zwölf Jahren gestorben.« Neben ihr liegen Schmuckstücke, Döschen, Dolche und ein kleines Boot aus Lehm.

»Ein Jammer«, sagt Iman. »So jung gestorben und doch uralt.«

»Hier liegt noch so eine Mädchenmumie«, sagt Karin. »Aber ohne Schmuck und all solche Sachen.«

»Daran kann man sehen, ob jemand eine bedeutende Persönlichkeit war«, erklärt Arnie. »Wenn die Toten zur königlichen Familie gehörten, gab man ihnen allerlei Kostbarkeiten mit ins Grab. Wenn sie aus einfachem Hause stammten, bekamen sie allenfalls einen Teller mit Essen darauf und vielleicht noch Besteck dazu, hihi.«

»Dann hat sie zwischendurch bestimmt Hunger gehabt«, sagt Karin, »denn auf ihrem Teller liegt nichts mehr.«

»Aber, aber, hast du heimlich von den Keksen genascht?«, lacht Iman und droht der Mädchenmumie in der Vitrine mit dem Finger.

Arnie wirft ihr einen Blick zu. Sie sieht seine dunklen Augen zwischen den Binden um seinen Kopf. »Etwas mehr Respekt ist durchaus angebracht. Du solltest dich über unsere Mumien nicht lustig machen«, sagt er mit gemessener Stimme.

»War doch nur ein Scherz«, beschwichtigt ihn Karin.

Arnie nickt, soweit das mit dem Kopfverband überhaupt möglich ist. »Ist schon klar. Aber wenn man so lange im Museum ist wie ich, betrachtet man die Mumien fast als Familie, versteht ihr, hihi?«

Dieses Gekichere geht mir allmählich auf die Nerven, denkt Karin. Meinetwegen kann er sich jetzt verziehen. Sie hält sich die Hand vor den Mund und gähnt übertrieben.

»Oh, wie dumm von mir. Ihr wollt natürlich schlafen gehen, hihi«, sagt Arnie. »Deswegen seid ihr ja hier. Rollt schon mal eure Schlafsäcke aus und macht es euch gemütlich, ich bin gleich wieder zurück.« Arnie schleppt sich aus dem Zimmer.

»Was macht er denn jetzt?«, fragt Iman. »Komischer Kauz, mit seinem Gekicher.«

»Wahrscheinlich geht er mal kurz an die frische Luft, er wird ganz schön schwitzen, in diesem Aufzug. Bin gespannt, wie er ohne all die Lappen aussieht. Vielleicht ist unser Arnie ja ein ganz toller Bursche.«

»Ich halte ihn eher für einen spindeldürren Beamtentyp mit Schnauzbart«, sagt Iman. Die Mädchen sehen sich an und müssen dann beide gleichzeitig losprusten. Im gleichen Moment kommt Arnie wieder herein. Er schiebt einen Servierwagen vor sich her, auf dem eine Teekanne, Tassen und eine Schale mit kleinen, runden Keksen stehen.

»Vielleicht haben die jungen Damen vor dem Schlafengehen noch Lust auf Tee und etwas Süßes, hihi.«

»Super, Arnie, vielen Dank«, sagt Karin. Sie hat plötzlich ein schlechtes Gewissen, weil sie eben noch über Arnie gelacht haben.

»Äh, Arnie, dieser Kopfverband steht Ihnen nicht besonders. Sie können ihn ruhig abnehmen. Uns gefällt's hier auch so.« Karin möchte ihr Verhalten ein wenig gutmachen.

»Nett von dir, aber . . .« Arnie klingt etwas betrübt. »Es ist nun einmal so vereinbart, dass wir den Besuchern heute Nacht stilecht zu Diensten stehen. Daher muss ich vorläufig so eingepackt bleiben. Aber macht euch nichts draus, hihi«, fährt er in munterem Ton fort. »Ein paar Stunden halte ich das schon noch aus.« Er geht zur Tür. »Ich wünsche euch eine angenehme Nacht im Mumiensaal. Um zehn Uhr geht das große Licht aus, aber der Spot über der Tür bleibt an. Solltet ihr mich brauchen, ich bin die ganze Nacht im Museum.«

Als Arnies schlurfende Schritte verklungen sind, begutachten die Mädchen den Servierwagen. Der Tee riecht süßlich. Kanne und Tassen sind mit ägyptischen Figuren bemalt.

»Möchten Sie Tee, gnädige Frau?«, fragt Karin.

»Ja, gern, gnädige Frau«, antwortet Iman. »Und einen von Ihren herrlichen Keksen, wenn Sie gestatten.«

Während Karin vorsichtig einen Schluck Tee nimmt, steckt Iman einen Keks in den Mund. Sie zerkaut ihn und schluckt. Plötzlich bekommt sie einen Hustenanfall und ihr Gesicht läuft rot an. Sie spuckt ein paar Keksstücke aus, greift sich an den Hals und stößt ein Gurgeln aus.

»Was ist los? Was hast du?« Erschrocken sieht Karin ihre Freundin an.

Iman spuckt noch ein Stück Keks aus. »Pfui Teufel! Das ist der ekligste Keks, den ich jemals gegessen habe. Verschimmelte Pappe ist eine Delikatesse dagegen.«

»Sonderbar«, sagt Karin. »Vielleicht hat Arnie danebengegriffen? Womöglich hat die Packung schon jahrelang hier in der Küche gestanden und das Haltbarkeitsdatum war längst abgelaufen.«

»Am Ende stammen die Kekse aus dieser Vitrine«, sagt Iman. »Vielleicht sind es Mumienkekse und Arnie hat sie heimlich geklaut.«

Karin ist froh, dass Iman schon wieder Witze macht.

»Tja, dann müssen wir wohl leider ohne diese superleckeren Mumienkekse im Bauch schlafen gehen. Damit füttern wir Arnie morgen zum Frühstück, damit er sich's merkt.«

Bevor sie in die Schlafsäcke kriechen, machen sie dann noch eine Runde an den Vitrinen entlang und wünschen den Mumien eine gute Nacht.

»Schlaf gut, Prinzessin aus der siebzehnten Dynastie«, sagt Karin.

»Schlaf gut, Mädchen ohne Namen«, sagt Iman und klopft an die Glasscheibe. »Und danke für die Kekse, aber uns schmecken sie nicht.«

Mit einem spitzen Schrei springt sie zurück.

»Was ist los?«, fragt Karin.

»Die . . . die Mumie hat sich bewegt! Glaub ich jedenfalls. Sie hat mich angeschaut!«

Karin fängt an zu lachen. »Ja, ganz bestimmt. Und meine hier hat eben die Zunge rausgestreckt.«

»Echt?«

»Nun mach mal halblang! Mumien bewegen sich doch nicht. Und anschauen können sie einen erst recht nicht. Die haben doch gar keine richtigen Augen.«

Iman späht noch einmal in die Vitrine. Die Mumie starrt mit ihren toten Augen an die Decke. »Nein, natürlich nicht. Du hast Recht.«

»Ja zum . . .«, sagt Karin plötzlich.

»Was?«

»Meine hat mir gerade den Vogel gezeigt!«

Iman sieht Karin einen Moment fassungslos an. Dann merkt sie, dass ihre Freundin sie auf die Schippe nehmen will.

Kichernd schlüpfen die Mädchen in ihre Schlafsäcke. Es ist noch nicht zehn Uhr, denn die Hauptbeleuchtung ist noch an. Im Museum ist es totenstill.

»Wie wir daliegen«, sagt Karin. »Wenn hier jemand reinkäme, würde er glauben, wir seien auch zwei Mumien, in unseren Schlafsäcken.«

Iman nickt. »Wenn man sich's recht überlegt, ist es doch ziemlich gruselig hier. Diese jahrtausendealten Mumien um uns herum. Stell dir vor, eine davon fängt mitten in der Nacht an zu schnarchen! Ich würde glatt 'nen Herzkasper kriegen!«

Karin bekommt vor lauter Lachen Schluckauf. »Solange du selbst nicht schnarchst, ist alles okay. Und morgen in der Schule können wir dann erzählen, dass wir bei den Mumien geschlafen haben. Wetten, das glaubt uns keiner?«

Karin gähnt so ausgiebig, dass ihr Kiefer knackt. »Ich muss jetzt wirklich pennen.«

Mit einem Mal geht das große Licht aus. Zehn Uhr. Jetzt ist es fast dunkel im Saal, nur über der Tür brennt ein kleiner Spot. Karin fallen die Augen zu. Iman sitzt noch eine Weile aufrecht da. Sie hat auf einmal ein komisches Gefühl im Bauch. Bestimmt kommt das von dem verdorbenen Keks, denkt sie. Na ja, wird schon wieder vorbeigehen. Sie kriecht tief in den Schlafsack und rollt sich auf die Seite.

Schlaftrunken öffnet Iman die Augen. Sekundenlang weiß sie nicht, wo sie ist. Dann erinnert sie sich wieder. Wovon ist sie eigentlich aufgewacht? Geräusche. Ja, genau. Seltsame Geräusche, die bis in ihren Traum gedrungen sind, in dem sie gerade mit den Mumien getanzt hat. Es müssen Schritte gewesen sein, oder etwas Ähnliches. Und ein Klopfen. Was war das wohl? Das komische Gefühl im Bauch ist immer noch da. Und ihre Arme und Beine sind unendlich schwer.

Wenn ich nur nicht krank werde, denkt Iman. Sie stützt sich auf den Ellbogen ab und lässt den Blick durch den Raum schweifen. Im schwachen Licht des Spots erkennt sie die Vitrinen. Hinter den Glasscheiben liegen die Mumien. Es ist mucksmäuschenstill. Karin schläft, eingemummelt in ihrem Schlafsack. Sie hat nichts gehört.

Vielleicht waren da gar keine Geräusche, denkt Iman. Wahrscheinlich habe ich sie nur geträumt. Oder sie sind von unten gekommen, von

Arnie. Sie lauscht angestrengt. Die Stille rauscht in ihren Ohren. Plötzlich hört sie ein kurzes Klopfen, gefolgt von leisem Gekicher.

»Arnie?«

Keine Antwort. Iman überlegt ein paar Sekunden, dann stößt sie Karin an.

»Pssst, Karin!«

Karin murmelt etwas und schläft weiter. Iman legt ihr die Hand auf die Schulter und rüttelt sie wach.

»Was soll das?«, stöhnt Karin mit noch halb geschlossenen Augen.

»Mir ist nicht gut. Und außerdem habe ich was gehört«, sagt Iman leise. »Ein Klopfen und ein Kichern.«

Karin reibt sich die Augen. »Das war bestimmt Arnie, der seine Runde macht. Oder glaubst du etwa, eine der Mumien leidet unter Schlaflosigkeit?«

»Meinst du wirklich, dass es Arnie war?«

»Aber klar, ich werde ihn mal eben rufen, damit du ruhig schlafen kannst. Dass dir nicht gut ist, liegt bestimmt an der ungewohnten Umgebung. Vielleicht ist's dir ja zu aufregend, mit all den Mumien hier.«

»Nein, lass nur«, sagt Iman, aber Karin ruft schon: »Arnie! Arnie!«

Es dauert ein Weilchen, aber dann hören sie das bekannte Schlurfen auf dem Gang. Arnie kommt herein. Die Binden hängen ihm zum Teil lose vom Kopf, als hätte er sie für seinen Auftritt in aller Eile neu gewickelt.

»Die jungen Damen haben gerufen, hihi. Könnt ihr nicht schlafen?«

Iman wird ein wenig rot. Zu dumm, jetzt sieht es so aus, als würde sie sich nicht trauen im Mumiensaal zu schlafen.

»Doch, wir können prima schlafen«, sagt Karin. »Aber wir haben ein merkwürdiges Geräusch gehört. Wir sind beide davon aufgewacht.«

Iman wirft ihrer Freundin einen dankbaren Blick zu. Wenigstens ist sie jetzt nicht als Einzige blamiert.

»Nun ja, in einem alten Gebäude wie diesem hört man ständig Geräusche«, sagt Arnie. »Die Heizungsrohre zum Beispiel. Auch Mäuse laufen hier manchmal herum. Das ist alles nicht ungewöhnlich. Oder dachten die Damen, dass die Mumien wach geworden sind?«

»Nein, das nicht«, sagt Karin. »Wir wollten nur mal kontrollieren, ob Sie gut aufpassen.«

»Seid unbesorgt. Ich passe schon gut auf euch auf.«

»Okay. Gute Nacht, Arnie.«

»Angenehme Nachtruhe, meine Damen.« Kichernd verschwindet Arnie aus dem Mumiensaal.

»Ich glaube, der lacht uns insgeheim aus«, sagt Iman.

»Na und? Lass ihn doch lachen. Der hat eben einen Kichertick. Geht's dir jetzt besser?«

»Ich denke schon.«

»Okay, dann schlafe ich jetzt weiter. Gute Nacht.«

»Nacht, Karin.«

Karin schläft fast sofort wieder ein und bald darauf kommt auch aus Imans Schlafsack ein leises Schnarchen.

Stunden später ist es Karin, die aufwacht. Sie fühlt sich hellwach und putzmunter. Als sie auf den Beleuchtungsknopf ihrer Armbanduhr drückt, sieht sie, dass es sieben Uhr ist. Also schon Morgen. Iman liegt reglos neben ihr, sie hat sich den Schlafsack über den Kopf gezogen. Arme Iman, denkt Karin. Ich glaube, sie hat heute Nacht doch ein wenig Angst gehabt. Hoffentlich hat sie nicht allzu lange wach gelegen.

Karin blickt zu den Vitrinen hinüber.

Ich könnte mich mal ein wenig umschauen, denkt sie. In einer Stunde

holt Papa uns schon wieder ab. Also kriecht sie aus dem Schlafsack und geht zu den Vitrinen.

Irgendwie komisch, denkt Karin. Als die Mumien noch lebten, vor tausenden von Jahren, hatten sie keine Ahnung, dass sie eines Tages im Museum ausgestellt werden. Wenn man sich so was vorstellt . . . dass uns in zwei- oder dreitausend Jahren die Menschen der Zukunft besichtigen. Seltsamer Gedanke!

Plötzlich bleibt Karin wie angenagelt stehen und starrt ungläubig auf die Vitrine des Mumienmädchens mit der Keksschale: Die Mumie ist weg! Verschwunden!

Das gibt's doch nicht, schießt es ihr durch den Kopf. Arnie muss die Mumie weggenommen haben. Aber warum?

Karin bekommt Herzklopfen. Sie findet den Anblick der leeren Vitrine beunruhigender als den Anblick aller anderen Mumien zusammen. Auf dem Boden liegen Schnipsel. Karin bückt sich und hebt einen davon auf: Es ist ein Stück Stoff. Altes vergilbtes Leinen, das zwischen ihren Fingern zu Staub zerfällt. Der Stoff, in den die Mumie eingewickelt war!

Karin dreht sich um, rennt zu den Schlafsäcken hinüber und beugt sich über Iman.

»Iman, wach auf! Schnell!« Iman reagiert nicht, sie bleibt bewegungslos liegen. »Los, wach auf! Auch wenn du wenig geschlafen hast«, ruft Karin. »Hier stimmt was nicht!« Sie zieht den Reißverschluss von Imans Schlafsack auf. Mit einem Schrei weicht sie zurück. Ein völlig ausgetrocknetes Gesicht starrt sie aus dem Schlafsack an: die Mumie, die aus der Vitrine verschwunden ist! Wie ist die nur in Imans Schlafsack gekommen? Und wo ist Iman geblieben? Karin sieht sich erschrocken um. Wieder schreit sie auf, als verschrumpelte knochige Finger sich um ihr Handgelenk schließen. Die Mumie macht den Schlafsack weiter auf und kriecht langsam heraus.

Panisch reißt Karin sich los.

»Arnie!«, schreit sie und rennt an den Vitrinen vorbei aus dem Saal. Keuchend hastet sie durch den Gang auf die Treppe zu. Das ist zu viel! Das ist Wahnsinn! Karin weint fast, als sie die Treppe hinunterrennt. »Arnie!«

Arnie steht hinter dem Schalter. Karin sieht schon von weitem, dass er dabei ist, sich die lächerlichen Binden vom Körper zu schälen. Wahrscheinlich darf er das jetzt, weil es Morgen ist. Keuchend und stolpernd rennt sie an der Anubis-Statue vorbei.

»Arnie, meine Freundin ist verschwunden! In ihrem Schlafsack liegt eine Mumie!«

Arnie steht vornübergebeugt und wickelt mit beiden Händen eine lange weiße Binde von seinem Hals. »Kaum zu glauben, meine Dame, hihi.« Arnie kann das Vergnügen in seiner Stimme kaum unterdrücken, als wäre das alles ein Riesenspaß.

Natürlich!, denkt Karin. Jetzt wird mir alles klar. Die Mumie im Schlafsack gehört mit zur Vorstellung! Die hat sich gar nicht bewegt. Das habe ich mir nur eingebildet, vor lauter Schreck. Arnie hat Iman natürlich gefragt, ob sie mitmacht. Bestimmt steht sie hinter einer der Säulen und lacht sich kaputt, weil sie mich so hinters Licht geführt haben.

»Iman«, ruft sie. »Wo bist du?«

Arnie hat in der Zwischenzeit die Binden vom Kopf abgewickelt. Er richtet sich auf und sieht Karin grinsend an. Für einen Augenblick verliert Karin die Fassung. Arnie ist kein gut aussehender junger Mann, aber auch kein spindeldürrer Beamtentyp mit Schnauzbart. Sein Gesicht sieht aus wie zerknittertes Papier. Er hat nur ein Ohr, seine Augen sind leere Höhlen und die Nase ist ein dreieckiges Loch. Arnie ist eine Mumie! Eine echte, eine lebendige!

»Tut mir wirklich Leid, junge Dame, hihi!«

Karin glaubt noch immer an einen Scherz, als Arnie langsam über den Schalter klettert und seine verkrümmten Krallenfinger nach ihr ausstreckt. Erst dann dreht sie sich schreiend um.

Hinter der Anubis-Statue kommt Iman zum Vorschein. Stumm und völlig ausdruckslos schaut sie Karin an.

»Iman, Iman, wir müssen hier fort!«, schreit sie. »Arnie ist . . .« Karin bleibt die Stimme weg, als sie ihre Freundin ansieht. Iman steht reglos da, die Arme hängen schlaff am Körper herunter. Ihr starrer Blick macht Karin Todesangst.

»Sie gehört jetzt zu uns, hihi«, ertönt Arnies Stimme hinter ihr. »Und du auch gleich.«

Karin spürt seinen uralten Atem in ihrem Nacken. Seine Hand packt ihre Schulter. Sie kann sich nicht zur Wehr setzen, sie hat keine Kraft mehr, ihre Knie sind butterweich und sie kann sich nur mit Mühe auf den Beinen halten.

»Wie . . . wie ist das möglich?« Karins Stimme ist kaum hörbar, vor Entsetzen kann sie nur noch flüstern. Iman hebt den Arm und macht die Hand auf. Karin erkennt die kleinen, runden Dinger sofort. »Die Kekse«, flüstert sie. Die Mumienkekse. Iman hat gestern Abend davon gegessen. »Aber . . . warum?«

Arnie kichert wieder. »Wir brauchten mal wieder frische Mumien«, sagt er. »Zwei Mädchen für die nächsten zweitausend Jahre.«

Karin begreift nicht. In diesem Augenblick erscheinen oben an der Treppe zwei Gestalten. Die Prinzessin und das Mumienmädchen mit den Keksen. Mit vorsichtigen Schritten kommen sie die Treppe herunter. Beide tragen dicke Wintermäntel – die Mäntel von Karin und Iman.

»Siehst du, hihi«, kichert Arnie. »Unsere Mädchen wollen nach zweitausend Jahren mal wieder zurück ins Leben. Sie sind so jung und haben erst so wenig gesehen.«

Die Mumien gehen jetzt durch die Halle. Langsam stülpen sie sich Mützen auf die Köpfe – die Mützen von Karin und Iman.

»Das bedeutet, dass zwei Plätze frei werden«, fährt Arnie fort. Sein magerer Arm schließt sich um Karins Hals.

»Deshalb haben wir die Anzeige geschaltet. Ganz einfach. Ein Telefonat mit der Zeitung und die Sache war klar. Und dann seid ihr gekommen: zwei Mädchen. Besser konnte es gar nicht laufen.«

»Nein, danke!«, ruft Karin, als Iman ihr die Kekse vor den Mund hält. Sie presst die Lippen fest aufeinander.

»Nun mach schon«, sagt Arnie. »Gleich kommt das Museumspersonal und dann muss alles geregelt sein. Mund auf!«

Flehend sieht Karin ihre Freundin an. Iman starrt zurück, ohne ein Zeichen des Erkennens.

»Bitte, Iman, ich bin doch deine beste Freundin. Hilf . . .« Bevor Karin weitersprechen kann, stopft Iman ihr eine Hand voll Kekse in den Mund. Sofort hält Arnie Karin den Mund zu.

Zu spät, denkt Karin. Zu spät. Sie spürt, wie die Kekse ihren Hals hinabgleiten, und sieht gleichzeitig aus den Augenwinkeln die beiden Mumien zum Ausgang gehen. Karin hat ein komisches Gefühl im Bauch. Ihr wird schwindlig. Es ist zu verrückt, denkt sie. Als ob Iman und ich es wären . . .

Ihre Gedanken versinken in einem tiefen schwarzen Loch. Das Letzte, was sie hört, ist Arnies Kichern.

Karins Vater parkt seinen Fiat Zombie vor dem Museum. Es ist acht Uhr morgens. Wie am Abend zuvor schneit es heftig. Als er aussteigt, bleiben Schneeflocken in seinem Haar hängen.

Ich hoffe nur, sie kommen bald, denkt er und schaut zur Eingangstreppe des Museums hinüber. Ich bin gespannt, wie es ihnen ergangen ist, ob es ihnen gefallen hat. Ah, da sind sie ja schon.

Durch den dichten Schneevorhang stapfen zwei Gestalten die Treppe herunter, eine in einem roten, die andere in einem grasgrünem Wintermantel.

»Steigt rasch ein, ihr zwei«, ruft Vater. Er öffnet den Kofferraum und verstaut die Schlafsäcke. Gehorsam steigen die beiden ein und setzen sich auf die Rückbank. Ihre Mützen sind voller Schnee und auch an den Schals, die ihre Gesichter halb verdecken, hängen Schneeflocken. Karins Vater macht den Kofferraum zu und lässt sich auf den Fahrersitz fallen.

»Brrr, richtig winterlich. Aber hier drin ist es schön warm.«

Er sieht in den Rückspiegel. »Nun bin ich aber gespannt. War's nett bei den Mumien? Habt ihr Spaß gehabt oder kein Auge zubekommen?«

Die beiden auf der Rückbank haben noch immer ihre Mützen auf und die Schals um. Sie kichern nur.

»Na prima«, sagt Vater. »Das scheint ja recht vergnüglich gewesen zu sein. Wenn wir zu Hause sind, müsst ihr alles haarklein erzählen.« Er dreht am Lenkrad und gibt Gas. Das Auto fährt langsam los, biegt ab und verschwindet im Schneegestöber.

ACHTUNDDREISSIG

Es ist totenstill in der Ägyptischen Abteilung. Die Schüler sehen den Reiseleiter erwartungsvoll an, als er mit Vorlesen aufhört. Julia hat die ganze Zeit mit gesenktem Kopf dagesessen und zugehört. Jetzt schaut sie wieder auf. Alles in Ordnung, das Gesicht ist weg. Also muss die Geschichte zu Ende sein, so ist es jedes Mal. Das ist alles nur meine Phantasie, denkt Julia. Meine Phantasie gibt Herrn Jakob einfach ein anderes Gesicht, wenn er eine Geschichte erzählt. Das ist die Lösung.

»Stimmt nicht!«, sagt eine Stimme in ihr. Sie klingt wie die des Arztes, der sie untersucht hat. »Jetzt redest du dir etwas ein. Herrn Jakob Gesicht verändert sich wirklich, aber du hast Angst, dass du verrückt bist, weil nur du es siehst!« Julia schüttelt den Kopf, sie will die Stimme nicht hören.

»Und?«, ruft Sonny, als der Reiseleiter weiterhin schweigt.

»Was und?«, fragt Herr Jakob.

»Wie geht's weiter? Was ist mit den zwei Mädchen passiert? Und was ist geschehen, als Karins Vater mit den zwei Mumien im Auto nach Hause kam?«

Der Reiseleiter zuckt mit den Schultern. »Das weiß ich doch nicht! Die Geschichte ist zu Ende. Was weiter passiert, musst du dir selbst ausdenken.«

»Das ist aber schwach«, sagt Wouter. »So ein blödes Ende. Jetzt liege ich bestimmt die ganze Nacht wach und frage mich, was wohl passiert ist.«

Herr Jakob lächelt fein. »Tja, so ist das bei Geschichten nun mal. Irgendwo fangen sie an und irgendwo hören sie auf.«

»Geh'n wir jetzt?«, fragt Esteban. »Ich hab genug von diesen öden Mumien. Schließlich seh ich Ilse jeden Tag, die ist auch 'ne Art Mumie.«

Ein paar Kinder lachen, aber Ilse läuft rot an.

»Öde Mumien? Vorhin fandest du sie noch toll«, sagt der Reiseleiter.

»Na und? Jetzt find ich sie eben öde.«

Plötzlich hinkt Herr Jakob auf Esteban zu. »Aber du würdest ohne weiteres eine Nacht bei diesen öden Mumien schlafen. Das hast du selbst gesagt!«

Esteban erschrickt über den wilden Blick seines Lehrers. Seine Augen scheinen feuerrot zu glühen.

Das kann nicht sein, denkt Esteban. Ich muss mich täuschen.

»Schau dich um!«, befiehlt Herr Jakob.

Estebans Augen flitzen hin und her. Überall sieht er ausgetrocknete Gesichter in gläsernen Särgen, gekrümmte magere Hände, offene Münder, dunkle Augenhöhlen. Auch die anderen Kinder sehen sich um. Die Stille im Saal wirkt auf einmal bedrückend. Wenn nun die Mumien plötzlich aufstehen würden!?

»Nun?«, fragt Herr Jakob. »Nun?« Die anderen Schüler sehen den Reiseleiter erstaunt an. Warum drängt er auf einmal so?

»Antworte!« Herr Jakobs Stimme hat einen unangenehmen Klang. Er ballt die Hand zur Faust und streckt die Finger dann wieder, als müsse er sich zusammenreißen, um nicht auf Esteban loszugehen.

»Na ja, äh . . . lieber doch nicht. Ich meine, man weiß ja nie, bei Mumien.«

»Genau. Und woher kommt es, dass du so denkst?«

»Von . . . von Ihrer Geschichte.« Estebans Stimme klingt dünn, als würde er sich schämen.

»Genau!« Ein zufriedenes Lächeln erscheint auf dem Gesicht des Reiseleiters. »Das wollte ich hören. Denn das bedeutet, dass meine

Geschichte lebendig geworden ist. Sogar für dich. Glaubst du es jetzt endlich, du Besserwisser?«

Esteban ist bleich geworden. Seine Unterlippe zittert und auf einmal kann er sich nicht mehr beherrschen. »Ich glaub gar nichts!«, schreit er. »Sie wollen uns alles Mögliche weismachen, aber das ist alles Unsinn. Und obendrein auch noch geklaut!«

Tödliche Stille. Herrn Jakobs Gesicht erstarrt.

»Na schön«, sagt er fast flüsternd, mit einer Stimme, die Julia kalte Schauder über den Rücken jagt. »Dann bist du heute zum letzten Mal dabei gewesen. Morgen brauchst du nicht mitkommen. Du darfst in der Schule bleiben und Bruchrechnen üben. Mit dir ist ja doch nichts anzufangen.«

Ruckartig dreht sich der Reiseleiter um. Ganz eindeutig ist die Sache für ihn erledigt. »Kommt, wir gehen. Für heute reicht's. Morgen gehen wir zum letzten Mal auf Gruseltour. Seht zu, dass ihr alle da seid, denn morgen ist der wichtigste Tag. Eure letzte Fahrt mit mir als Reiseleiter. Die allerletzte.«

»Und danach sind sie wieder Herr Jakob, unser Lehrer?«, fragt Joyce vorsichtig.

»Was!?«

Der Reiseleiter bleibt wie angenagelt stehen. »Euer Lehrer existiert in diesem Augenblick nicht, also kein Wort über ihn, verstanden?«

In seiner Stimme klingt Eiseskälte, sodass niemand mehr etwas zu sagen wagt. Joyce ist fürchterlich erschrocken. Schon zum zweiten Mal hat Herr Jakob sie so grob angefahren. Sie kann nichts dagegen tun, ihr schießen die Tränen in die Augen.

»Mir gefällt's nicht mehr«, schluchzt sie. »Ich will mich nicht mehr gruseln.«

Der Reiseleiter seufzt genervt. »Gut«, sagt er plötzlich. »Ausgezeichnet. Du kannst morgen auch in der Schule bleiben. Ganz offensichtlich bist du nicht geeignet für eine Gruseltour. Noch mehr, die die letzte Fahrt nicht mitmachen wollen? Wer sich nicht traut, soll es bitte gleich sagen!«

Niemand hebt die Hand. Niemand möchte sich blamieren. Außerdem will niemand Herrn Jakobs Wut auf sich ziehen. Schweigend schleicht die Gruppe hinter dem Reiseleiter her aus dem Museum.

»Herr Jakob wird immer komischer«, flüstert Ilse Julia zu, als sie wieder im Freien sind. »Er scheint vergessen zu haben, dass er unser Lehrer ist. Ich meine, es ist fast so, als ob er wirklich glaubt, ein anderer zu sein.«

Julia sieht Ilse nachdenklich an. Jetzt muss ich es sagen, denkt sie. Ilse merkt es also auch. Sie wird mir glauben.

»Ilse, er *ist* wirklich ein anderer! Jedes Mal, wenn er anfängt zu erzählen, bekommt er ein ganz bleiches, teuflisches Gesicht und ab und zu fängt er mit seiner grässlichen, langen Zunge Fliegen.«

Ilse prustet hinter vorgehaltener Hand los. »Nun mach mal halblang! So schlimm ist's nun auch wieder nicht. Ich meine doch nur, dass er seine Rolle als Reiseleiter so ernst nimmt, dass er gar nicht mehr weiß, dass er unser Lehrer ist.«

Julia seufzt enttäuscht. Ilse glaubt ihr also doch nicht. Natürlich nicht.

»Ja, genau das habe ich auch gemeint«, sagt sie schnell. »Irgendwie verrückt, was?«

Ilse nickt. »Ehrlich gesagt, ich finde es nicht schlimm, dass Esteban morgen nicht mitdarf – und Sonny könnte meinetwegen auch wegbleiben. Die zwei ärgern mich ständig. Erst sagen sie, ich sei ein Gespenst und jetzt auch noch eine Mumie.« Sie seufzt. »Ich wollte, ich wäre so hübsch wie du, dann würden sie mich in Ruhe lassen. Oder wenn es mir gelingen würde mal was ganz Tolles zu machen; etwas, für das mich alle bewundern!«

Julia sieht Ilse erstaunt an, als sie den traurigen Klang in ihrer Stimme bemerkt. Sie weiß, dass Ilse ab und zu gehänselt wird, aber dass sie so darunter leidet, war ihr nie bewusst. Ilse tut meist so, als mache ihr das Ganze nichts aus, aber offenbar ist das nicht der Fall.

Ich lebe viel zu sehr in meiner eigenen Welt, denkt Julia. Dadurch merke ich gar nicht, was um mich herum passiert. Die arme Ilse, sie ist zwar keine Schönheit, aber dafür riesig nett. Ich verstehe die Jungs nicht.

Ilse lacht schon wieder. »Was soll's, übermorgen ist der Reiseleiter ja wieder unser Lehrer Herr Jakob.«

Typisch Ilse. Sie kann nie lange traurig sein. »Hoffentlich«, antwortet Julia leise.

Wouter klettert als Erster in den Bus. Herr Gutblut liegt quer über dem Fahrersitz. Sein Kopf hängt nach unten, die Haare berühren den Boden. Über seinen Hals verläuft ein blutiger roter Streifen und seine Augen sind verdreht, sodass man nur das Weiße sieht. Auf dem Sitz hinter Herrn Gutblut hockt das Skelett mit der Fahrermütze auf dem Totenkopf. Die Knochenhände sind rot verfärbt.

»Okay, Herr Gutblut, das war was«, sagt Wouter. »Aber jetzt wollen wir nach Hause.«

Der Fahrer blinzelt, während die anderen Kinder einsteigen und uninteressiert an ihm vorbeigehen. »Ihr könnt ruhig Dolf zu mir sagen.«

Langsam richtet er sich auf. »War das was oder war das nichts?«, dröhnt er. Mit dem Taschentuch wischt er sich den roten Streifen vom Hals. »Ich wollte euch noch 'ne Sondervorstellung geben, bevor's nach Haus geht.« Fröhlich pfeifend wischt er dem Skelett die Hände ab, setzt sich die Mütze auf den Kopf und stimmt die nächste Schnulze an: »Ganz in Weiß, mit einem Blumenstrauß, so siehst du in meinen schönsten Träumen aus . . .«

»Pfff, der Mann ist 'ne echte Nervensäge«, seufzt Mourad. »Morgen hat er bestimmt wieder neue Überraschungen für uns. Manche Leute wissen einfach nicht, wann Schluss ist.«

»Mal sehen«, sagt Anouk. »Ich wundere mich jedenfalls über nichts mehr. Einen Tag halte ich noch durch. Aber dann habe ich genug von diesem Reiseleiterzirkus. Dann muss er wieder unser Lehrer sein!«

Unterwegs beginnt es zu regnen. Im Bus ist es dunkel. Die Plastikskelette und -fledermäuse baumeln von der Decke und werfen seltsame Schatten, wenn das Scheinwerferlicht entgegenkommender Autos durch die Windschutzscheibe fällt. Esteban hat sich in eine Ecke zurückgezogen und den Mützenschirm über die Augen geklappt. Seit dem Anpfiff von Herrn Jakob hat er kein Wort mehr gesagt.

»Nun komm schon, Esteban«, flüstert Wouter. »Herr Jakob hat's nicht so gemeint. Ist doch alles nur ein Spiel.«

Esteban klappt den Mützenschirm hoch und sieht Wouter an. »Der hat jedes Wort so gemeint. Ich hab seine Augen gesehen. Es war ihm todernst!«

Wouter bemerkt etwas vollkommen Ungewohntes in Estebans Blick: Angst. Das gibt's doch gar nicht, denkt er. Esteban hat immer die größte Klappe und fürchtet sich normalerweise vor gar nichts. Esteban zieht sich die Mütze wieder über die Augen und sagt nichts mehr. Wenn er tatsächlich Angst hat, will er sich jedenfalls nichts anmerken lassen. Wouter beschließt ihn in Ruhe zu lassen und fängt an abwesend in der Nase zu bohren.

Der Reiseleiter sitzt schweigend vorn im Bus neben dem Skelett. Er starrt durch die nasse Windschutzscheibe nach draußen.

»Morgen ist der große Tag«, sagt eine Stimme in Herrn Jakobs Kopf.

He, wer ist das?, denkt Herr Jakob. Allmählich kommen seine Erinnerungen wieder. Wie Felsblöcke rollen sie durch seinen Kopf. Das Gesicht auf dem Bildschirm. Das Buch, in dem er jede Nacht liest.

Die Geschichten!, denkt Herr Jakob. Die Geschichten stammen aus diesem Buch! Ich habe sie gar nicht selbst geschrieben!

Er dreht sich um und sieht die Schüler der Klasse sechs hinter sich im Bus sitzen. Gefahr! Sie sind in Gefahr! Sie dürfen morgen auf keinen Fall in die Schule kommen. Sie dürfen die letzte Fahrt nicht mitmachen. Sie befinden sich in Lebensgefahr! Er will aufstehen und seine Schüler warnen. Flieht, will er sagen. Ich bin nicht der, für den ihr mich haltet. Ich bin . . .

»Mund halten und sitzen bleiben, Schulmeisterlein!«, befiehlt die Stimme in seinem Kopf. Automatisch plumpst Herr Jakob auf seinen Sitz zurück. Seine Arme und Beine gehorchen ihm nicht.

»Du glaubst doch nicht, dass ich mir im letzten Moment alles verderben lasse? Du stehst in meiner Macht. Und die Kinder auch – fast. Dank dir, Schulmeisterlein, beginnen sie an meine Geschichten zu glauben. Das eine Mädchen, diese Julia, könnte Schwierigkeiten machen. Sie kann hinter die Wirklichkeit blicken, aber sie fürchtet sich davor. Also kein ernsthaftes Problem. Und dir rate ich dich nicht zu widersetzen. Mach mir keinen Ärger, sonst blüht dir Fürchterliches.«

KLANG! Ein Fallgatter senkt sich vor Herrn Jakobs Erinnerungen und in seinem Kopf herrscht nur noch Dunkelheit.

NEUNUNDDREISSIG

Am nächsten Morgen stehen die Schüler von Klasse sechs verwundert vor dem Bus.

»Wow!«, sagt Sonny. »Die haben sich aber Mühe gegeben.«

Der Bus vom Busunternehmen Fröhlich sieht heute vollkommen anders aus. An den Seiten ist er mit Skeletten, Werwölfen und Vampiren bemalt. Sogar der Schriftzug ist anders. Statt Busunternehmen Fröhlich steht dort mit großen Buchstaben: GRUSELBUS.

Staunend gehen die Kinder um den Bus herum und betrachten ihn von allen Seiten.

»Ist das überhaupt derselbe Bus?«, sagt Anouk zu Tabita. »Der sieht viel eher aus wie 'ne Geisterbahn auf Rädern.«

»Klar doch, die haben ihn nur übermalt. Guck mal, der dämliche Gutblut sitzt schon hinterm Steuer. Diesmal hat er schwarze Handschuhe an. Und seinen Totenkopf hat er auch wieder auf.«

»Der meint wohl, er kann uns wieder einen Schrecken einjagen«, sagt Wouter und hüpft vor dem Bus auf und ab, rollt mit den Augen und streckt die Zunge raus.

»Juhu, Dolfi, bist aber bleich heute!«

Anouk stößt ihn an. »Sei nicht so albern, Mann. Gleich wird er wütend.« Aber der Fahrer reagiert überhaupt nicht, sondern bleibt reglos sitzen, mit den Händen am Steuer.

»War das was oder war das nichts?«, brüllt Wouter. Dann steigt er schnell in den Bus, denn in der Ferne wird der Reiseleiter sichtbar, deutlich erkennbar an seinem Hinken.

Niemand beachtet den Busfahrer, der stumm hinterm Lenkrand

sitzt. Herr Gutblut spielt seine Rolle als Skelett ganz vorzüglich. Er sieht nicht auf und grüßt auch nicht, als die Kinder ihre Plätze aufsuchen.

»Zu blöd, dass Esteban und Joyce heute nicht dabei sind«, sagt Mourad. »Herr Jakob war gestern reichlich streng.«

»Ach, Joyce hat es ohnehin nicht gefallen«, sagt Anouk. »Sie kriegt nun mal schnell Angst. Und Esteban findet ja sowieso, dass das alles Schwindel ist.«

»Du etwa nicht?«

Anouk zuckt mit den Schultern. »Ich weiß nicht. Wenn Herr Jakob seine Geschichten liest, sehe ich alles vor mir. Dann könnte es tatsächlich echt sein.«

»Stimmt«, sagt Joris. »Das Gefühl habe ich auch.«

Ilse hält nach Julia Ausschau, kann sie aber nirgends entdecken. Komisch. Julia ist nicht da. Ob sie wohl krank ist? Suchend sieht sich Ilse im Bus um. Die Fenster sind noch immer mit schwarzem Kunststoff abgeklebt. Der Bus ist dunkel, voller Schatten. An der Decke hängen Netze, die wie riesige Spinnweben aussehen. In den Netzen liegen dunkle Gegenstände, aber vielleicht sind es auch nur Schatten. Ilse spürt plötzlich, wie es ihr kalt den Rücken hinabläuft. Schnell setzt sie sich auf ihren Platz.

»Ist das eigentlich noch derselbe Bus?«, fragt sie Sonny, der sich auf der anderen Seite des Ganges neben Joris niedergelassen hat.

»Wie meinst du das?«

»Na ja, es sieht zwar alles wie vorher aus, aber irgendwie doch ein wenig anders. Die Netze an der Decke waren gestern ganz sicher noch nicht da.«

Sonny zuckt mit den Schultern. »Was soll's? Sie haben den Bus außen angemalt und bei der Gelegenheit eben gleich ein paar Netze reingehängt. Damit's noch gruseliger aussieht, verstehst du.«

Ilse nickt. So wird es sein. Sonny hat Recht, was soll's? Ihr fällt auf, dass er auf einmal gar nicht mehr garstig zu ihr ist, jetzt, da Esteban fehlt. Vielleicht sind die beiden nur so ekelhaft, wenn sie zusammen sind. Dann wird es heute auf jeden Fall ruhiger – dennoch hat Ilse eine unerklärliche Vorahnung. Sie legt die Hand auf den leeren Sitz neben sich. Warum ist Julia nicht da? Vielleicht hat sie einfach keine Lust mehr. Irgendwie war sie komisch in den letzten Tagen. Wie sie im Kino losgeschrien hat! Und wie sie Herrn Jakob angesehen hat, den Blick voller . . . Angst. Ja, das ist es! Julia hat zwischendurch immer wieder fürchterliche Angst gehabt. Ganz klar, deshalb bleibt sie heute natürlich weg. Sie traut sich nicht mehr.

In diesem Augenblick steigt der Reiseleiter ein. Alle heben verwundert den Blick. Er trägt wieder seinen schwarzen Hut und das Cape. Um seinen Hals hängt eine Kette aus Zähnen. Außerdem hat er eine große schwarze Sonnenbrille auf und an seinem Ohr glitzert ein goldener Ring. Er sieht sich im Bus um und grinst.

»Willkommen, liebe Kinder, zur letzten Fahrt unserer Gruseltour. Ich hoffe, meine Geschichten haben euch zu wunderschönen Alpträumen verholfen.«

»Mir schon«, flüstert Anouk. »Aber wunderschön waren die nicht.« Tabita nickt. »Ich glaube, ich habe gestern Nacht überhaupt nicht geschlafen. Die ganze Zeit über hatte ich Angst, dass unter meinem Bett eine Mumie liegt.«

»Ich habe geträumt, meine Mutter wäre ein Vampir«, sagt Sanne. »Als sie mir einen Gutenachtkuss geben wollte, habe ich losgebrüllt.«

»Mein Vater war ein Zombie, in meinem Traum«, flüstert Joris. »Er wollte mich und meine Schwester unter die Erde ziehen. Gruselig, kann ich euch sagen!«

Mourad steht auf. »Und ich hab von Ihnen geträumt. Sie waren total verändert. Sie waren jemand ganz anderes, als wir dachten.«

Der Reiseleiter sieht Mourad mit schräg gelegtem Kopf aufmerksam an. »Ach ja? Klingt interessant. Wer war ich denn?«

»Sie standen vor der Klasse und wurden plötzlich ein Werwolf, der uns alle aufgefressen hat.«

Manche der Kinder fangen an zu lachen. »Oh Mann, Mourad. Immer musst du übertreiben.«

Der Reiseleiter hört mit einem dünnen Lächeln auf den Lippen zu. »Nein, ein Werwolf bin ich nicht.« Einen kurzen Moment lang grinst er, als amüsiere er sich insgeheim. »Aber ich freue mich, dass meine Geschichten für euch so lebendig geworden sind. Dann seid ihr wohl bereit für die letzte Fahrt. Wie ihr gesehen habt, ist unser Bus aus diesem Anlass zu einem echten Gruselbus umdekoriert worden.«

»Ja, und Sie zu einer echten Gruselfigur!«, ruft Joris.

»Findest du? Danke für das Kompliment!« Der Reiseleiter verbeugt sich.

Er klingt sogar anders, denkt Ilse. Heiser. Vielleicht hat er sich erkältet oder so. Und er hinkt noch stärker als gestern.

»Herr Jakob legt sich mächtig ins Zeug«, sagt Wouter. »Jetzt sieht er wie ein echter Gruseltour-Reiseleiter aus. Man erkennt ihn kaum mehr.«

Joris lässt einen leisen Pfiff hören. »Guck dir mal die Kette an. Cool! Als hätte er bei 'nem Zahnarzt eingebrochen. Und dann noch der Ring im Ohr, irre!«

Wouter nickt. »Aber was hat er da für komisches grünes Glibberzeug am Cape? Schau doch mal, es sieht aus wie Schleim. Und auf seinen Schuhen ist es auch.«

»Keine Ahnung. Vielleicht hat er ein Schleimbad genommen, bevor er ...«

In diesem Moment werden alle gegen die Rückenlehnen ihrer Sitze gepresst. Der Fahrer hat das Gaspedal durchgetreten und der Bus rast los, mit röhrendem Motor.

Als Ilse sich wieder gerade hinsetzt, sieht sie, wie jemand den Schulhof betritt. Julia. Aber sie kommt zu spät. Der Bus rast in voller Fahrt an ihr vorbei. Seltsamerweise versucht Julia gar nicht sich bemerkbar zu machen. Sie winkt nicht, sondern sieht dem Bus nur nach.

Vielleicht ist sie mit Absicht zu spät gekommen, denkt Ilse. Der Reiseleiter steht ungerührt vorn im Bus, mit einem Lächeln auf dem halb hinter der dunklen Brille verborgenen Gesicht.

»Es ist so weit. Heute macht ihr eure letzte Fahrt. Und auf dem Weg zu unserem letzten Ziel werde ich euch eine wunderbar gruselige Geschichte erzählen.«

Während des Sprechens nimmt Herr Jakob den Hut ab. Überraschungsschreie im Bus. Alle rufen durcheinander.

»Er hat 'ne Glatze!«

»Ein Kopf wie 'ne Billardkugel!«

»Wahnsinn!«

Nie im Leben hätte ich gedacht, dass er sich so in diese Gruselideen reinsteigert, denkt Ilse. Erst rasiert er sich den Bart ab und jetzt auch noch die Haare.

Herr Jakob hat sich innerhalb weniger Tage komplett verändert. Er sieht höchst merkwürdig aus, wie eine echte Gruselfigur.

»Ich wusste gar nicht, dass er so spitze Ohren hat«, sagt Joris.

»Die konnte man auch nicht sehen, als er noch Haare hatte«, grinst Sonny. Er lächelt Ilse zu. Es ist kein unfreundliches Lächeln.

Der Reiseleiter wartet, bis das Gejohle abgeflaut ist. Er fährt sich mit der Hand über den kahlen Kopf.

»Nun? Was sagt ihr zu meinem neuen Aussehen? Das ist das wahre Gesicht eures Reiseleiters. Und das ist nur eine der Überraschungen, die euch heute erwarten.«

»Wohin fahren wir denn, Herr Reiseleiter?«, fragt Kevin.

Der Reiseleiter lächelt. Ganz kurz blitzen weiße Zähne auf. Über der

Sonnenbrille krümmen sich die Augenbrauen zu Bogen. »Unser heutiges Reiseziel ist ... die AW.«

»Was soll denn das sein?«, fragt Anouk. Der Reiseleiter beugt sich nach vorn, bis sein Gesicht ganz nahe vor Anouk ist. Erschrocken weicht sie vor den schwarzen Brillengläsern zurück. Ein kalter Windhauch streift ihr Gesicht. Sie sieht, dass dem Reiseleiter grüner Glibber aus den Ohren tropft.

»Das wirst du schon noch sehen.« Mit einem Ruck dreht er sich um und hinkt nach vorn. »Vollgas, Knochenhauer!«

»Knochenhauer?«, sagt Sonny zu Joris. »Haben wir heute einen anderen Fahrer?«

»Ach was, das ist doch Herr Gutblut in seinem Skelett-Kostüm.«

Als hätte er Joris gehört, wendet der Fahrer sich kurz um. Zwei tiefe dunkle Augenhöhlen starren Joris unter der Mütze hervor an.

»Dieser Schädel sieht verteufelt echt aus«, sagt Joris. »Wenn ich nicht genau wüsste, dass Herr Gutblut druntersteckt, könnte ich schwören, dass es ein echtes Skelett ist.«

Erschrocken sieht er auf, als der Reiseleiter plötzlich zu kichern anfängt.

Julia schlendert auf das Schulgebäude zu. Fast wäre sie im Bus mitgefahren. Aber dann hat eine seltsame Vorahnung sie davon abgehalten. Unbewusst war sie immer langsamer gegangen, sodass sie zu spät an der Schule ankam. Erleichtert hatte sie den Bus davonfahren sehen. Einen Augenblick lang hat sie hinter der Windschutzscheibe das Gesicht des Reiseleiters ausmachen können. Julia war der Schreck in die Glieder gefahren. Er trug zwar eine Sonnenbrille, aber dennoch hatte sie das bleiche Gesicht sofort erkannt, das sie nun schon seit Tagen verfolgt. Sogar in ihren Träumen ist es immer wieder aufgetaucht.

Wenn Herr Jakob wüsste, dass er ihr Alpträume verursacht!

Julia betritt das Gebäude und geht zu ihrem Klassenzimmer. Dort sitzen Esteban und Joyce, beide haben sie ein Heft vor sich auf dem Tisch liegen. Esteban räkelt sich auf seinem Stuhl und legt die Beine auf den Tisch.

»Was machst du denn hier?«, sagt er. »Hast du etwa auch nicht mitgedurft?«

Julia schüttelt den Kopf. »Ich hatte keine Lust.« Sie zögert einen Augenblick. »Ehrlich gesagt, ich habe mich nicht mehr getraut.«

»Du auch nicht?«, sagt Joyce. »Wieso denn?«

»Der Lehrer«, sagt Julia. Sie seufzt, setzt sich auf einen Stuhl und starrt ihre Hände an. »Ich meine, der Reiseleiter. Er . . .«

In diesem Augenblick wird die Tür des Klassenzimmers aufgerissen. Jemand stürmt herein, im Morgenmantel, mit Badeschlappen an den Füßen und verstrubbeltem Haar. Er sieht sich verwirrt in der Klasse um.

Esteban, Julia und Joyce sehen die Gestalt fassungslos an.

»Meine Klasse! Wo sind die anderen Schüler aus meiner Klasse?«

Er hastet an den Bänken entlang und schiebt Stühle und Tische beiseite, als hoffte er, die übrigen Schüler hätten sich darunter versteckt.

Die drei Kinder sind noch immer sprachlos. Sie verstehen nur Bahnhof.

»Herr Reiseleiter! Sie . . . Sie sind doch vorhin weggefahren, mit den anderen im Bus!«, stammelt Joyce.

»Nenn mich nicht ›Herr Reiseleiter‹! Ich bin euer Lehrer und sonst gar nichts und . . .« Plötzlich bleibt Herr Jakob wie erstarrt stehen.

»Sind sie etwa schon weg?« Mit beiden Händen fasst er sich an den Kopf. »Sind sie schon abgefahren? Das ist ja eine Katastrophe!«

Julia sieht Esteban und Joyce an, dann den Lehrer.

»Aber . . . wenn Sie nicht im Bus sind, wer ist dann mit unserer Klasse unterwegs?«

Herr Jakob schwankt und lässt sich auf einen Stuhl sacken. »Der

Reiseleiter«, sagt er mit gebrochener Stimme. »Er hat meine Klasse entführt . . .«

»Macht's euch gemütlich«, sagt der Reiseleiter. »Bevor wir in die AW fahren, will ich euch noch eine Geschichte erzählen.«

»Ich kann mir denken, was die AW ist«, sagt Wouter. »Bestimmt ist das so 'ne Art McDonald's, wo wir zum Abschluss unserer Gruseltour 'ne Portion Pommes kriegen.«

»Auja. Für mich bitte mit ganz viel Ketschup«, sagt Joris.

Ilse schaudert. Es ist kalt im Bus. Kälter als gestern und auch dunkler. Als der Reiseleiter durch den Gang an ihr vorbeigeht, spürt sie einen eisigen Luftstrom.

Die Kälte geht von Herrn Jakob aus!, denkt Ilse. Es ist, als ob sich die Tür eines Gefrierschranks öffnet, wenn er an mir vorbeigeht.

Der Reiseleiter geht wieder nach vorn. Er zieht das Bein nach und verursacht dabei ein scharrendes Geräusch. Ilse fällt jetzt auch auf, wie bleich er ist. Unheimlich bleich. Nicht zu glauben, dass Herr Jakob sich innerhalb weniger Tage so sehr verändert hat. In Gedanken klebt Ilse dem Reiseleiter Bart und Haare an. Es funktioniert nicht. Selbst dann sieht er ganz anders aus als Herr Jakob. Ein fürchterlicher Verdacht keimt in Ilse. Ist der Reiseleiter überhaupt Herr Jakob? Sofort kommt ihr der Gedanke lächerlich vor. Wer sollte es denn sein, wenn nicht der Lehrer?

Zu ihrem Schrecken bemerkt sie plötzlich, dass der Reiseleiter sie unverwandt ansieht. Die Gläser seiner Sonnenbrille sind zwei schwarze Spiegel, in denen sie nur ihr eigenes Gesicht sieht. Seine dünnen Lippen bilden eine gebogene Linie.

»In der nächsten Geschichte geht es um einen Schriftsteller«, sagt er. »Jeder fragt sich hin und wieder, wo ein Schriftsteller eigentlich seine Ideen hernimmt. So auch Ton, der Held unserer nächsten Geschichte. Aber manchmal ist es besser, wenn man gewisse Dinge nicht weiß . . .«

Das Haus des Schriftstellers

*H*übsches Dorf, findest du nicht auch, Ton?«, sagt Mutter. »Diese prachtvollen Bäume an den Straßen. Herrlich! So müssten wir's zu Hause auch haben.«

Ton kaut uninteressiert auf seinem Kaugummi herum. Er hatte sich die Weihnachtsferien ganz anders vorgestellt, aber Mama wollte unbedingt ein Ferienhäuschen auf dem Land mieten. Wegen der Ruhe. Ton kennt sämtliche Argumente auswendig: das ganze Jahr Stress, hart gearbeitet, allein erziehende Mutter. Außerdem reicht das Geld nur für einen Wochenendurlaub.

Das alles ist leider nur zu wahr, deshalb hat Ton auch nicht gemurrt. Trotzdem wäre er viel lieber zwei Wochen in einen Nobelskiort gefahren wie manche seiner Klassenkameraden. Oder in ein Hotel mit Erlebnisschwimmbad in der Großstadt.

Missmutig schaut er zu den Bauernhöfen hinüber, an denen sie vorbeifahren. Die verschneiten Dächer heben sich gegen den dunklen Abendhimmel ab.

»Wie im Märchen.« Mutter betrachtet verzückt die Umgebung, während die Scheibenwischer den Schnee von der Windschutzscheibe fegen. Dann wendet sie sich kurz zu ihm um. »Findest du nicht auch?«

Ton lächelt. Mama hat früher, als sie klein war, in solch einem Dorf gewohnt und darum wollte sie gern hierher. Eigentlich komisch, dass man sich als Erwachsener wieder nach der Kindheit zurücksehnt. Nach der guten alten Zeit. Plötzlich sieht er im Scheinwerferlicht, wie eine in weiße Lappen gewickelte Gestalt direkt vor dem Auto über die Straße geht.

»Vorsicht!«, ruft er. Mutter dreht sich blitzschnell nach vorn und reißt das Lenkrad herum. Im letzten Moment kann sie der Gestalt ausweichen, die – ohne aufzusehen – schwerfällig über die Straße wankt.

»Idiot!«, ruft Mutter. »Hast du keine Augen im Kopf?«

Ton sagt nichts. Er wendet sich um und sieht durch die Heckscheibe, wie die Gestalt zwischen den Bäumen verschwindet.

»Hast du den gesehen?«, fragt Mutter. »So ein Trottel! Latscht einfach mir nichts, dir nichts weiter.«

»Das war eine Mumie.«

»Was sagst du?«

»Eine Mumie.«

Einen Augenblick ist es ganz still, dann bricht Mutter in Lachen aus. »Ach so, eine Mumie. Kein Wunder, dass er nichts gesehen hat. Dann war wohl sein Kopf zugewickelt.«

»Das ist kein Witz. Er war von oben bis unten in weiße Binden gewickelt.«

Mutter lenkt das Auto in eine schmale Straße. »Ton, ich weiß, dass du gern Gruselbücher liest. Ich finde das auch okay, aber in diesem Dorf wohnen garantiert keine Mumien.«

»Ich hab's doch gesehen!«

Mutter seufzt. »Vielleicht war er vom Schnee so weiß. Wahrscheinlich hat er noch gar nicht gemerkt, dass es schneit.«

»Das war kein Schnee.«

»Dann war es vielleicht jemand mit Gipsverbänden, der aus einem Krankenhaus davongelaufen ist, oder ein Spaßvogel auf dem Weg zu einem Kostümfest. Jedenfalls gibt es keine wandelnden Mumien.«

Das Auto hält vor einem kleinen Haus mit Reetdach. »Ich hab dir schon öfter gesagt: Du kannst Gruselbücher lesen, so viele du willst, aber du musst dir darüber im Klaren sein, dass das alles erfunden ist. Unser Nachbar ist kein Werwolf und deine Lehrerin ist kein Vampir.

Und Mumien spazieren nicht in der Gegend herum! So! Und hier ist unser Ferienhäuschen.«

Ton sagt nichts mehr. Vielleicht hat Mama ja Recht. Vielleicht gibt es das alles nur in seinem Kopf.

Sie holen die Koffer aus dem Auto. Ton schaut sich um, während Mutter in ihrer Tasche nach dem Schlüssel sucht. Die Straße ist leer und still.

»Nett vom Vermieter, dass er den Schlüssel im Voraus geschickt hat. So können wir gleich rein.«

Das Häuschen hat ein winziges Wohnzimmer mit Korbsesseln, einem offenen Kamin und Fliesenboden. Die Küche ist eine vom Wohnzimmer abgegrenzte Nische.

»Ach, wie hübsch«, sagt Mutter. »So klein und gemütlich.«

Grässlich, denkt Ton. Wie ein Puppenhaus. Wetten, hier gibt's nicht mal Kabelfernsehen?

Als er sich umschaut, stellt er fest, dass überhaupt kein Fernseher da ist. Auch das noch!

»Bringst du deinen Koffer schon mal nach oben, Ton? Dann schließe ich das Auto ab.«

Ton nickt. Er macht in dem schmalen Flur Licht und schleppt seinen Koffer die Treppe hinauf. Die Stufen knarren unter seinen Füßen.

»Hoffentlich gibt's in diesem Hühnerstall wenigstens anständige Betten«, murmelt er.

Oben befinden sich zwei Schlafzimmer. Ton entscheidet sich für das rechte. In dem Augenblick, als er die Hand auf die Klinke legt, kommt ein Geräusch aus dem Zimmer. Eine Art Jaulen.

Ton stutzt. Was war das? Er hält den Atem an und lauscht. Stille. Er muss sich getäuscht haben. Aber da ist das Geräusch wieder; es klingt, als wäre hinter der Tür ein Hund.

Unmöglich, denkt Ton. Wir haben doch kein Haus mit Hund gemietet.

Noch immer liegt seine Hand auf der Klinke, aber er wagt es nicht die Tür zu öffnen. Jetzt scheint sich etwas innen an der Tür zu schubben. Ein Wesen mit rauem Fell. Nägel kratzen über Holz. Ton weicht zurück.

»Mama!«, ruft er mit verhaltener Stimme. Keine Antwort. Mutter ist draußen beim Auto. Ton geht rückwärts die Treppe hinunter, ohne die Zimmertür aus den Augen zu lassen. Er hört etwas schnüffeln und hecheln.

»Ma. . .« Ton erschrickt sich fast zu Tode, als er gegen seine Mutter stößt. Sie steht im Flur und klopft sich den Schnee vom Mantel.

»Und? Wie sind die Schlafzimmer?«

Ton sieht sie verwirrt an. »Ich . . . ich war noch gar nicht drin. Da war nämlich was . . . ich hab Geräusche gehört.«

»Geräusche? Ach, die kommen bestimmt von draußen. Vielleicht sind die Schlafzimmerfenster offen.«

Ton schaut nach oben. »Nein, da ist was im Zimmer. Gleich hinter der Tür. Ich hab so ein schauriges Heulen gehört.«

Mutter schüttelt den Kopf. »Fängst du schon wieder damit an? Ich sage dir, das kommt alles nur von diesen Gruselbüchern. Jeden Abend glaubst du, dass sich etwas unter deinem Bett versteckt hat, oder im Schrank, oder hinter der Toilettentür. Ich hatte gehofft, du würdest dir diesen Unsinn aus dem Kopf schlagen, wenn wir erst einmal in so einem hübschen, friedlichen Dorf Urlaub machen.«

»Ich hab's aber doch gehört!«, sagt Ton beleidigt.

»Gut, dann sehen wir eben nach. Komm mit.« Entschlossen geht Mutter die Treppe hinauf. Sie macht die linke Tür auf und anschließend die rechte.

»Schau, zwei gemütliche Schlafzimmer mit prima Betten. Siehst du noch was anderes?«

Ton schüttelt den Kopf.

»Aber die Fenster stehen einen Spalt offen, siehst du?«

Ton nickt.

»Wenn du also ein Geräusch gehört hast, dann ist das von draußen gekommen.«

»Kann schon sein«, sagt Ton. Wie blöd, dass er sich so angestellt hat. Gleich nach der Mama rufen, wie ein kleines Kind. Das darf ihm nicht noch einmal passieren!

»Warum haben wir kein Fernsehen?«, fragt Ton. Er sitzt mit seiner Mutter im Wohnzimmer des »Hühnerstalls« und starrt ins Kaminfeuer.

»Ich habe extra ein Häuschen ohne Fernsehen gemietet«, sagt Mutter. »Wir können ja andere schöne Sachen machen. Das Gänsespiel oder lesen.«

»Dann lese ich lieber«, murmelt Ton. »Das Gänsespiel finde ich ungefähr so spaßig wie sich vor einen fahrenden Zug zu legen.«

»Wirklich? Gut, dann lies eben. Ziehst du bitte noch die Vorhänge zu? Dann mache ich uns rasch eine Erbsensuppe.«

Ton geht zum Fenster und greift nach dem Vorhang. Schneeflocken wirbeln am Fenster vorbei. Auf der anderen Straßenseite steht eine Laterne, die gelbes Licht ausstrahlt. Tons Hand krallt sich in den Vorhangstoff. Unter der Laterne steht die Mumie, die sie vorhin beinahe überfahren hätten. Und neben ihr hockt ein Wolf im Jogginganzug. Ein Werwolf. Seine gelben Augen funkeln bösartig im Laternenlicht. Panisch dreht sich Ton nach seiner Mutter um: »Mama . . .« Dann fällt ihm ein, was er sich vorgenommen hat: nicht mehr nach seiner Mutter zu rufen, was auch geschieht.

»Was ist denn, mein Junge?«, fragt Mutter und gießt dabei kochendes Wasser in zwei Suppentassen. Ton schaut wieder durchs Fenster. Unter dem Laternenpfahl steht niemand, nur Schneeflocken fallen im gelben Lichtschein zu Boden.

»Ach nichts, Mama. Ist die Suppe schon fertig?« Mit einem Ruck zieht Ton den Vorhang zu. Was immer er auch gesehen hat, jetzt ist es nicht mehr da. Und wahrscheinlich war da auch gar nichts.

»Gleich, mein Schatz. Haben wir zwei es nicht gemütlich, hier in unserem Ferienhäuschen?«

»Ja, urgemütlich«, murmelt Ton. Er lümmelt sich mit einem Buch von O. N. Paluva, seinem Lieblingsschriftsteller, in einen der Korbsessel. Bücher von O. N. Paluva findet Ton fast so gut wie Fernsehen und manchmal sogar besser. *Ein Zombie spielt falsch* heißt das Buch, das er gerade liest. Das vorige Buch *Beißen die Nachbarn?* hat ihm ein paar schlaflose Nächte beschert. Aber das ist noch lange kein Grund Paluvas Bücher nicht mehr zu lesen. Im Gegenteil: Ton kann gar nicht genug davon kriegen. Einmal hat er dem Autor sogar einen Brief geschrieben, aber leider nie Antwort bekommen. Ton versteht das. Ein Buch macht eine Menge Arbeit und wahrscheinlich hat O. N. Paluva zu viel zu tun, um seinen Brief zu beantworten.

»Der Zombie ging den Gartenweg entlang, während der Schneesturm immer heftiger wütete«, liest er. »Auf dem Gesicht des Zombies breitete sich ein Grinsen aus. Er streckte die Hand nach der Türglocke aus und . . .«

Im selben Moment schrillt die Türklingel durch das Häuschen. Ton zuckt erschrocken zusammen.

»Wie nett, wir kriegen Besuch«, sagt Mutter. »Machst du bitte auf, Ton?«

Für kein Geld der Welt, denkt Ton. Dann geht mir der Zombie an die Gurgel. Er tut, als hätte er seine Mutter nicht gehört, und blättert eine Buchseite um.

»Na gut, geh ich eben selbst.« Mutter geht in Richtung Haustür.

»Nicht aufmachen, Mama!«

»Wie bitte? Sei nicht albern, Ton! Bei diesem Wetter lässt man doch keinen Menschen vor der Tür stehen.«

»Vielleicht ist es gar kein Mensch. Vielleicht ist es ein Zom. . .«

»Ein was?«

»Ein . . . äh . . . Sonderling«, beeilt sich Ton zu sagen. »Das weiß man nie, so spät am Abend.«

»Ach Junge, was du für Ideen hast! In diesem Dörfchen wohnen keine Sonderlinge, sondern nur freundliche Menschen.« Mit diesen Worten geht Mutter durch den Flur und öffnet die Tür. Ton krallt sich an den Sessellehnen fest.

»Guten Abend.« In der Türöffnung steht ein Mädchen, etwa zwölf Jahre alt. Mütze, Schal, munterer Blick.

»Ich wohne nebenan. Meine Mutter lässt Ihnen ausrichten, dass Sie gern bei uns klingeln können, wenn Sie etwas brauchen. Wir helfen öfter den Feriengästen aus, die in diesem Häuschen wohnen.«

Mutter lächelt erfreut. »Das ist aber nett! Komm doch rein, mein Kind. Wie heißt du denn?«

»Charlotte.«

Das Mädchen folgt Mutter ins Wohnzimmer.

»Hab ich dir nicht gesagt, dass in diesem Dorf nur freundliche Menschen wohnen, Ton? Das hier ist Charlotte. Charlotte, das ist mein Sohn Ton.«

Charlotte nimmt ihre Mütze ab und lacht Ton zu. Sie hat langes rotblondes Haar, Sommersprossen und eine Zahnspange.

»Hallo«, sagt Ton und nimmt sein Buch wieder zur Hand. Er ist zwar erleichtert, dass kein Zombie vor der Tür stand, aber er hat wenig Lust mit einem unbekannten Mädchen zu plaudern.

»Magst du auch eine Tasse Erbsensuppe, Charlotte?«, fragt Mutter.

»Nein, vielen Dank. Wir haben gerade gegessen.«

Charlotte betrachtet neugierig den Umschlag von Tons Buch.

»Liest du O. N. Paluva?«

Ton sieht von seinem Buch auf. »Kennst du seine Bücher auch?«

Charlotte nickt. »Natürlich. Jeder in unserem Dorf kennt seine Bücher. Er wohnt nämlich hier.«

»Wirklich?« Mit einem Mal wächst Tons Interesse an Charlotte ins Unermessliche. »Weißt du denn, in welchem Haus er wohnt?«

»Klar, ich kann's dir gern mal zeigen, wenn du willst.«

Ton traut seinen Ohren nicht. Rein zufällig sind sie ausgerechnet in dem Dorf gelandet, in dem sein Lieblingsschriftsteller wohnt. Das hätte er sich nicht träumen lassen. Kein Gedanke mehr an ein Zimmer im Luxushotel mit Kabelfernsehen. Vielleicht ergibt sich sogar eine Gelegenheit O. N. Paluva persönlich zu treffen und ihn um ein Autogramm zu bitten. Und ihn zu fragen, woher er seine Ideen hat.

»Wie wär's mit morgen?« Ton versucht sich cool zu geben.

Charlotte überlegt kurz. »Das ginge. Allerdings sind wir morgen bis um sechs Uhr weg. Aber danach zeige ich dir sein Haus gern, wenn es deine Mutter erlaubt.«

»Natürlich erlaube ich das. Vielleicht kannst du Ton auch gleich mal das ganze Dorf zeigen. Er glaubt nämlich, es sei ein langweiliges, ausgestorbenes Nest.«

»Ausgestorben?«, wiederholt Charlotte verblüfft. »Ganz und gar nicht. Hier wird allerhand geboten. Auf dem Marktplatz ist an Winterabenden immer etwas los. Überall hängen Lichterketten und außerdem gibt es Stände mit Krapfen und all so was.«

»Na, das hört sich doch gut an«, sagt Mutter. »Was meinst du, Ton?«

Der Marktplatz und die Krapfen interessieren Ton nicht die Bohne, aber wenn Charlotte ihn zu O. N. Paluvas Haus bringt, ist ihm das auch einen Bummel über den Marktplatz wert.

»Also, dann bis morgen«, sagt Charlotte und setzt ihre Mütze wieder auf.

»Was für ein nettes Mädchen«, sagt Mutter, als Charlotte gegangen ist. »Und so höflich. Du wirst dich morgen bestimmt nicht langweilen, mit deiner Freundin. Und dann siehst du auch, dass hier keine Mumien und Zombies und was weiß ich für unheimliche Wesen herumschleichen.«

»Sie ist nicht meine Freundin. Ich kenne sie ja überhaupt nicht.«

Ton nimmt sein Buch und beginnt wieder zu lesen.

»Jedenfalls hast du Glück, dass sie dir das Haus dieses Schriftstellers zeigt. Ist das der Mann mit den unheimlichen Büchern?«

Ton nuschelt eine unverständliche Antwort. Er hat sich bereits wieder in sein Buch vertieft.

Mutter stellt zwei Tassen Erbsensuppe auf den kleinen Tisch vor dem Kamin. »Leg das Buch jetzt weg, junger Mann, sonst kannst du heute Nacht wieder nicht schlafen. Iss jetzt besser deine Suppe auf, morgen früh kannst du dich dann weitergruseln.«

Ton steht am Fenster seines Schlafzimmers und betrachtet die schneebedeckten Häuser des Dorfs. Ganz still ist es in den Straßen. Die Szene wirkt wie ein Winterbild aus einem Buch. Und in einem dieser Häuser wohnt O. N. Paluva. Vielleicht ist er gerade in diesem Augenblick dabei, ein neues Buch zu schreiben. Ton öffnet das Fenster und atmet die klare Nachtluft ein. Auf der Fensterbank liegt Schnee, der Himmel ist wolkenlos und voller Sterne. Es friert, aber Ton spürt die Kälte nicht. Er glüht regelrecht vor Aufregung. Er beugt den Kopf aus dem Fenster und lauscht. Es ist totenstill. Auf einmal kommt ihm ein Gedanke: Wenn er genau hinhört, kann er vielleicht O. N. Paluvas Schreibmaschine klappern hören. Irgendwo hat er gelesen, dass der Autor seine Geschichten noch immer auf einer altmodischen Schreibmaschine zu Papier bringt.

Plötzlich bemerkt Ton schwarze Abdrücke im Schnee auf der Fensterbank. Abdrücke von Händen. Aber nicht von gewöhnlichen, sondern von missgebildeten Händen mit enorm langen Nägeln. Allmählich wird Ton bewusst, dass dies Abdrücke von Klauen sein müssen. Aus der Ferne hört er ein leises Rattern. Nicht gleichmäßig, wie das Ticken einer Uhr, sondern unregelmäßig, als ob jemand auf einer Schreibmaschine tippt. Das Rattern wird immer lauter, es wird von den Hauswänden zurückgeworfen, bis sein Echo alle Straßen erfüllt. Ticke-ticke-ticke-tick. Fassungslos sieht Ton sich um: Von oben, unten, links, rechts – von überall her kommt das Rattern. Er hält sich die Ohren zu. Der Schnee auf der Fensterbank schmilzt, die Abdrücke verschwinden, der Sims ist blank. Ticke-ticke-ticke-tick! Mit einem Schrei schlägt Ton das Fenster zu. Stille. Vorsichtig öffnet er es einen kleinen Spalt. Nicht das geringste Geräusch ist zu hören.

Ich glaube, meine Phantasie geht mit mir durch, denkt Ton, wütend auf sich selbst. Er schließt das Fenster wieder, zieht die Vorhänge zu und schlüpft ins Bett. Als er das Licht ausknipsen will, fällt ihm ein, dass er vergessen hat unters Bett zu schauen. Zu Hause macht er das immer. Wenn er kontrolliert hat, dass darunter nichts ist, kann er ruhig schlafen. Er beugt sich über die Bettkante, schlägt den Überwurf zurück und riskiert einen Blick. Unter dem Bett ist es stockdunkel. Ein schwarzes Loch, ein endloser Schacht. Ton spürt, wie ihm das Blut in den nach unten hängenden Kopf steigt. Unter dem Bett bewegt sich etwas. Etwas scheint ihn anzuschauen, aus der undurchdringlichen Dunkelheit. War da nicht eben ein Trippeln, wie von kleinen Füßen? Stimmengemurmel, Knurren, Raunen? Noch immer starrt Ton angestrengt in das schwarze Loch. Funkelnde Augen werfen ihm böse Blicke zu. Man hat ihn entdeckt! Langsam kommt etwas aus dem tiefen dunklen Schacht auf ihn zu . . .

Mit einem Ruck setzt sich Ton wieder auf und lässt den Überwurf fallen. Das Blut rauscht ihm in den Ohren und sein Herz klopft wie wild. Aber sonst ist im Zimmer kein Laut zu hören, weder Gemurmel noch Geknurr. »Da ist nichts«, sagt er leise zu sich selbst. »Ich muss an etwas Schönes denken. Morgen werde ich das Haus von O. N. Paluva sehen. Das ist absolut super! Vielleicht werde ich sogar klingeln und er selbst macht die Tür auf. Die anderen werden grün vor Neid, wenn ich in der Schule davon erzähle!«

Ton dreht sich auf die Seite. Zur Sicherheit lässt er das Licht brennen. Der Tag war anstrengend und innerhalb weniger Minuten ist er eingeschlafen.

Ton wacht auf, gut gelaunt und voller Tatendrang. Heute wird Charlotte ihm das Haus von O. N. Paluva zeigen. Das wird spannend. Die merkwürdigen Erlebnisse vom Vortag fallen ihm wieder ein. Er schlüpft aus dem Bett, schlägt den Überwurf hoch und legt sich bäuchlings auf den Boden. Unter dem Bett ist nichts zu sehen. Lediglich ein paar Wollmäuse und ein Knopf liegen auf dem Linoleum. Er sieht das Blumenmuster der Tapete an der Wand hinter seinem Bett. Da ist kein schwarzer Schacht.

Mit einem Seufzer richtet er sich wieder auf. Tagsüber ist alles so einfach und klar – nur nachts scheinen die Dinge manchmal anders zu sein als in der Wirklichkeit. Er denkt an das merkwürdige Rattern. Bestimmt gibt es auch dafür eine Erklärung.

»Hat es in der Nacht gehagelt, Mama?«, fragt Ton, als sie beim Frühstück sitzen.

»Schon möglich«, antwortet Mutter. »Allerdings habe ich nichts davon mitbekommen, ich habe geschlafen wie ein Stein.« Sie runzelt leicht die Stirn. »Nein, warte. Einmal bin ich wach geworden, von einem Geräusch. Es klang wie ein alter Dampfzug. Tschucke-tschucke-tschucke-tschuck.«

»Das habe ich auch gehört, Mama. Es war unheimlich laut.«

Mutter zuckt mit den Schultern. »Bestimmt war es ein Zug. Wahrscheinlich verläuft hier in der Nähe eine Eisenbahnlinie.«

»Ja, wahrscheinlich«, sagt Ton. Dennoch findet er es merkwürdig.

Um sich auf den Besuch bei O. N. Paluva vorzubereiten, bleibt Ton den ganzen Tag im Haus und liest sein Zombie-Buch zu Ende. Wenn nun der Schriftsteller zufällig aus dem Haus käme, könnte Ton ihm erzählen, dass er gerade heute sein neuestes Buch ausgelesen hat. Zwischendurch schaut er immer wieder auf die Uhr. Hoffentlich hält sich Charlotte an ihr Versprechen und kommt um sechs. Die Stunden kriechen unendlich langsam dahin, deshalb entschließt sich Ton *Beißen die Nachbarn?* noch ein zweites Mal zu lesen.

Um Punkt sechs steht Charlotte vor der Tür.

»Kommst du mit?«, fragt sie munter. »Dann zeige ich dir das Dorf.«

»Und O. N. Paluvas Haus. Das hast du versprochen.«

Charlotte kichert. »Klar. Du bist wohl ein richtiger Fan, was? Wir haben uns an ihn gewöhnt. Wir sehen ihn öfter mal im Dorf.«

Ton wirft sich die Jacke über. »Mama, wir gehen.«

»Okay, viel Spaß.«

Draußen ist es bereits dunkel, doch der Schnee lässt das Dorf weiß glitzern.

»Wir gehen über den Marktplatz«, sagt Charlotte. »Paluvas Haus liegt ein Stück dahinter.«

Ton nickt. Er stellt fest, dass er ein bisschen nervös ist.

Lautlos gehen sie den verschneiten Bürgersteig entlang. Es ist ein klarer, kalter Abend. Die Straßen wirken vollkommen verlassen.

»Ist es hier abends immer so ruhig? Gehen die Dorfbewohner denn so früh ins Bett?«

»Nein, um diese Zeit sind die meisten auf dem Marktplatz.«

»Wohnst du eigentlich schon lange hier?«

»Schon immer.«

»Also kennst du O. N. Paluva schon dein ganzes Leben lang?« In Tons Stimme klingt ein Anflug von Neid.

»Ich glaube schon. Allerdings kenne ich ihn nicht wirklich, denn er ist kein sehr geselliger Typ. Aber soviel ich weiß, ist er schon immer hier gewesen. Wie die Sonne und der Mond.«

Ton wirft Charlotte einen kurzen Seitenblick zu. Was für eine sonderbare Antwort. Aber Charlotte lacht ihn fröhlich an, nicht spöttisch.

Am Ende der Straße kommt ihnen jemand entgegen. Ein großer Mann. Ton sieht, dass er in Lumpen gekleidet ist. Seine Hose und seine Schuhe sind voller Löcher und der Ärmel seiner Jacke hängt in Fetzen. Der Mann schleppt sich mühsam dahin. Ton erschrickt, als er sein Gesicht sieht. Es ist ausgetrocknet, rissig, wie ein altes Gemälde. Um die glanzlosen Augen zieht sich ein Netz aus hunderten von Falten. Sein Haar sieht aus, als hätte er sich seit mindestens zehn Jahren nicht mehr gekämmt. Ein Landstreicher? Wortlos schlurft der Mann an ihnen vorbei. Irgendwie kommt er Ton bekannt vor, aber er weiß nicht, wo er ihn schon einmal gesehen hat. Ein durchdringender Geruch nach Fäulnis steigt Ton in die Nase. Er muss sich beherrschen, um nicht zu würgen.

»Der Typ sieht ja aus wie ein Zombie«, flüstert er, als der Mann außer Hörweite ist.

Charlotte sieht sich kurz um. »Der wohnt auch schon seit Ewigkeiten hier. Manchmal darf er einen Abend lang raus. Schau, da ist bereits der Marktplatz.«

Am Ende der Straße liegt ein Platz, umgeben von hohen Bäumen, zwischen denen bunte Lichterketten aufgespannt sind.

»Komm«, sagt Charlotte. Überrascht sieht Ton sich um. Kein Wunder, dass die Straßen so ausgestorben wirken. Alle Dorfbewohner sind hier versammelt – auf dem Platz herrscht ein reges Treiben. Die Leute stehen in Grüppchen beisammen und unterhalten sich. Von den Ständen mit Krapfen, Popcorn und Waffeln ziehen appetitliche Düfte herüber und steigen Ton in die Nase.

»Willst du einen Krapfen, mein Junge?«

Ton dreht sich um. Weiße Dampfwolken quellen aus dem Stand hinter ihm. Dazwischen sieht er ein Paar grüne Augen funkeln. Und eine gelb-grüne Mütze. Ein Gesicht lacht ihm zu und Ton erkennt zwei spitze Eckzähne.

»Krapfen?« Durch die Dampfschwaden kommt eine Hand und reicht ihm einen Krapfen. Einen Krapfen, aus dem ihn zwei stechende Augen anblicken. Ton prallt zurück. Die Hand mit dem Krapfen verschwindet wieder und auch das lachende Gesicht hinter dem aufwallenden Dampf ist nicht mehr zu sehen.

»Hast du das mitgekriegt? Hast du die . . .«

Ton merkt, dass Charlotte bereits weitergegangen ist. Schnell läuft er hinter ihr her. Da waren keine Augen. Krapfen mit Augen, so was gibt's doch nicht, denkt Ton. Es müssen Rosinen gewesen sein.

»Schön hier, nicht wahr?«

»Äh, ja«, murmelt Ton. Ein Mann im Jogginganzug kommt genau auf ihn zu und macht keine Anstalten auszuweichen. Er hat einen vorstehenden Unterkiefer und wirft Ton grimmige Blicke zu. Seine Augenbrauen sind ein einziger struppiger Streifen.

Ton kann eben noch beiseite springen, sonst hätte der Mann ihn über den Haufen gerannt. Ohne ein Wort der Entschuldigung stapft er weiter. Wütend schaut Ton ihm nach. Er runzelt die Stirn. Wo habe ich diesen Jogginganzug schon mal gesehen, denkt er. Es will und will ihm nicht einfallen. Nun ja, egal. Der Mann ist inzwischen wieder in der Menge verschwunden.

Charlotte winkt drei Jungen zu, die an einem der nächsten Stände stehen. »Das sind Freunde von mir, ich sag ihnen eben mal Guten Tag.«

Ton hat eigentlich keine Lust sich mit wildfremden Jungen zu unterhalten. Er will jetzt das Haus von O. N. Paluva sehen. Aber Charlotte geht schon auf den Stand zu und zieht Ton am Ärmel mit sich.

»Das ist Ton«, sagt sie zu den drei Jungen. »Er macht hier Ferien und ich zeige ihm nachher Paluvas Haus.«

Die drei mustern Ton von Kopf bis Fuß und grinsen. Ton fühlt sich unbehaglich. Vor allem, weil er ihre Augen nicht sehen kann. Die Jungen haben nämlich Sonnenbrillen auf. Sie tragen Lederjacken und Stiefel mit hohen Absätzen. Wieder beschleicht Ton dieses merkwürdige Gefühl: Ihm ist, als würde er die Jungen von irgendwoher kennen, obwohl er weiß, dass er sie nie zuvor gesehen hat.

»Hat Paluva noch was mit euch vor?«, fragt Charlotte.

Der mittlere, der eine hochstehende Punkfrisur hat, zuckt mit den Schultern. »Keine Ahnung. Vorläufig nicht, glaube ich.«

»Also, wir geh'n dann mal weiter. Tschüss.«

»Tschö«, sagt der Junge mit der Punkfrisur und grinst. »Sieh zu, dass du ihn nicht störst, das kann er nicht leiden.« Ton sieht zwischen den Lippen des Jungen etwas Spitzes, Weißes aufblitzen.

»Wird gemacht«, antwortet Charlotte.

»Wer sind denn die Typen?«, fragt Ton, als sie weitergehen. »Arbeiten die für O. N. Paluva?«

»So was Ähnliches.«

»Und was meinen sie mit: Sieh zu, dass du ihn nicht störst?«

»Na ja, manchmal klingeln Leute an seiner Tür. Das kann er nicht ausstehen.«

Charlotte sieht Ton an und lächelt. »Aber das willst du doch nicht, oder? Du willst doch nur sein Haus sehen?«

Ton nickt. Er merkt, dass er rot anläuft. Eigentlich hatte er gehofft ein Autogramm von O. N. Paluva zu ergattern. Und den ganzen Weg über hat er sich überlegt, ob er es wohl wagen kann zu klingeln.

Inzwischen haben sie den Marktplatz hinter sich gelassen.

»Schau, das ist sein Haus.« Charlotte zeigt auf ein großes Haus mit spitzem Dach inmitten von hohen Tannenbäumen. Hinter einem Fenster unter dem Dachfirst brennt Licht.

»Da wohnt er also«, sagt Charlotte. Ton starrt das erleuchtete Fenster an. Er bemerkt einen Schatten hinter dem Glas. Eine Gestalt, leicht vornübergebeugt. O. N. Paluva höchstpersönlich! Wahrscheinlich bei der Arbeit an seiner Schreibmaschine. Noch während Ton diesen Gedanken hat, ertönt ein leises Rattern.

»Hörst du das?«

»Was?«

»Das Rattern. Hört sich an wie 'ne Schreibmaschine.«

Charlotte hält den Kopf leicht schräg und lauscht. Ton hört das Geräusch immer deutlicher; nicht sehr laut, aber es ist ständig da. Ticke-ticke-ticke-tick.

»Hörst du es jetzt? Vielleicht ist es ja ein Zug.«

Charlotte schüttelt den Kopf und sieht ihn verwundert an. »Ich weiß nicht, was du meinst. Ich höre nichts. Und hier in der Gegend gibt es nirgendwo eine Eisenbahnlinie.«

Ton sagt nichts und starrt weiter das Fenster an. Vielleicht kommt es daher, dass er sich in unmittelbarer Nähe des Schriftstellers befindet und deshalb seine Schreibmaschine zu hören glaubt.

»Ich will noch ein wenig näher ran. Nachsehen, ob er an der Tür ein Namensschild hat. Kommst du mit?«

Charlotte schüttelt den Kopf. »Geh du nur.«

Sie hat das Haus natürlich schon tausendmal von nahem gesehen, denkt Ton. Er geht an den Tannen vorbei bis zu dem eisernen Zaun, der das Haus umgibt. Auf dem Bogen über dem Gartentor ist eine schwarze gusseiserne Fledermaus angebracht, die ihn drohend ansieht. Kopf und Flügel der Figur sind mit Schnee bedeckt.

Der Zaun ist kein Problem, denkt Ton. Da klettere ich mit Leichtigkeit drüber. Aber nicht, wenn Charlotte dabei ist. Ich kenne ja nun den Weg zu Paluvas Haus. Morgen komme ich noch mal allein hierher.

Plötzlich fällt ihm auf, dass es merkwürdig still ist. Das Rattern hat aufgehört. Ton hebt den Blick zum Fenster und sieht eine dunkle Gestalt hinter der Scheibe stehen, mit den Händen in den Hosentaschen.

Er sieht mich, denkt Ton und wird auf einmal ganz nervös. O. N. Paluva sieht mich hier vor seinem Gartentor stehen. Ein Rascheln lässt ihn zusammenzucken. Die gusseiserne Fledermaus hat ihre Flügel ausgebreitet und Schnee rieselt zu Boden. In ihrem Kopf glühen rote Augen auf. Sie sieht so echt aus, dass Ton unwillkürlich zurückweicht. Die Fledermaus wird natürlich von innen ferngesteuert. Zweifellos ein Trick, mit dessen Hilfe O. N. Paluva ungebetene Besucher abschrecken will.

Schnell dreht Ton sich um. Mit den Händen in den Hosentaschen geht er auf Charlotte zu, die geduldig auf ihn wartet.

»Alles gesehen?«

Ton nickt. »Gehen wir?« Er will jetzt am liebsten so schnell wie möglich zurück zum Ferienhäuschen. Und morgen früh wird er dann mit einer Tasche voll Bücher hierher zurückkommen, um sie von O. N. Paluva signieren zu lassen.

Hoffentlich steht er zeitig auf, denkt Ton, denn um die Mittagszeit fahren wir schon wieder nach Hause.

Als sie auf dem Rückweg über den Marktplatz kommen, sind dort nur noch wenige Leute. Es ist acht Uhr, anscheinend ist das bunte Treiben jetzt zu Ende. Die Lämpchen an den Bäumen gehen aus. Ton stellt fest, dass es wesentlich kälter geworden ist. Heute Nacht wird es wohl wieder Schnee geben.

»Hast du viele Bücher von Paluva gelesen?«, fragt er Charlotte, als sie den Platz überquert haben.

Sie nickt. »Klar. Hier im Dorf kennt jeder alle seine Geschichten.«

»Welches Buch gefällt dir am besten?«

Charlotte zuckt mit den Schultern. »Weiß nicht.«

»Erinnerst du dich an *Das Mädchen mit den Krallenhänden*?«, fragt Ton. »Die Hauptfigur ist ein Mädchen, das Charlotte heißt, genau wie du. Diese Charlotte war ein Werwolf.«

»Klar, das weiß ich noch«, antwortet Charlotte. »Alle Dorfbewohner kommen irgendwo in seinen Büchern vor.«

Ton seufzt. »Das muss toll sein. Ich wollte, er würde meinen Namen auch mal in einem Buch verwenden. Darum habe ich ihn in dem Brief gebeten, den ich ihm geschrieben habe. Am liebsten wäre ich ein Werwolf oder ein Vampir.«

»Wer weiß. Wenn du viel Geduld hast, macht er das vielleicht irgendwann einmal.«

»Na, ich bin mir nicht so sicher. Wahrscheinlich hat er meinen Brief nicht einmal gelesen.«

Als sie weitergehen, hört Ton plötzlich wieder das Geräusch. Erst ganz leise, wie eine unregelmäßig tickende Uhr, dann immer lauter.

»Da ist es wieder. Hörst du es jetzt?«

Charlotte lauscht angestrengt.

Sie *muss* es doch hören, denkt Ton. Aber Charlotte schüttelt den Kopf. »Tut mir Leid, ich höre nichts.«

Ton ist verblüfft.

Dennoch: Charlotte scheint ihn nicht auf die Schippe nehmen zu wollen. Sie hört es einfach nicht. Nun ja. Eigentlich ist das Geräusch auch nicht unbedingt störend. Es klingt sogar irgendwie beruhigend, wie eine Pendeluhr im Wohnzimmer, die man ja auch den ganzen Tag hört.

In einiger Entfernung sieht Ton den blauen Fiat Zombie seiner Mutter vor dem Ferienhäuschen stehen. »Also, vielen Dank für die Führung. Morgen werde ich dann selbst noch ein wenig das Dorf erkunden, bevor wir wieder nach Hause fahren.«

»Gern geschehen. Wenn ich noch mal mitkommen soll, dann klingle einfach bei uns. Tschüss.« Charlotte geht an Mutters Auto vorbei zu ihrem Haus. Ton winkt ihr nach und schaut dann über die Schulter zurück. Ihm war, als hätte er eilige Schritte hinter sich gehört. Und flüsternde Stimmen. Aber es ist nichts zu sehen. Die Straße ist leer. Die Bäume heben sich schwarz vom Schnee ab.

»Wird wohl der Wind gewesen sein«, murmelt Ton. Er klingelt. Gleich darauf öffnet Mutter die Tür.

»Was ist denn mit dir los?«, fragt Ton verdutzt. Mutter steht in der Türöffnung und hält sich beide Hände an die Stirn. Sie wirkt erschöpft, ihre Augen sind schmale Schlitze.

»Kopfschmerzen. Den ganzen Abend schon hämmert es in meinem Kopf. Es ist zum Verrücktwerden. Ich glaube, hier donnern den ganzen Tag Züge vorbei.«

»Du hörst es also auch? Ich dachte schon, ich sei der Einzige. Charlotte hört es nicht, aber ich habe die ganze Zeit dieses Rattern im Ohr. Manchmal laut, dann wieder leise und zwischendurch hört es ganz auf. Aber Charlotte sagt, hier gebe es keine Eisenbahnlinie, also können es auch keine Züge sein.«

»Wie auch immer. Ich jedenfalls gehe jetzt schlafen. Morgen muss ich eine lange Strecke fahren. Was für ein Jammer, dass ich ausgerechnet an diesem Wochenende solche scheußlichen Kopfschmerzen bekommen muss.«

Ton geht ins Haus. »Bevor wir morgen abfahren, möchte ich noch mal ins Dorf, Mama.«

»Meinetwegen. Hauptsache, du bist rechtzeitig zurück. Um elf müssen wir aufbrechen.« Mutter schließt die Tür.

Am nächsten Morgen wird Ton um halb neun wach. Sein Traum ist ihm noch ganz frisch in Erinnerung. Ein irrer Traum. Er hat doch tatsächlich in einer der Geschichten von O. N. Paluva mitgespielt. Nur schade, dass der Traum so schnell zu Ende war. Andererseits war er auch ziemlich gruselig. Wenn nun dieser Werwolf durchs Fenster zu ihm hereingeklettert wäre – was wäre dann wohl passiert? Das wird er nie erfahren. Ton steigt aus dem Bett und zieht sich an.

Mama lass ich besser schlafen, denkt er. Schnell verdrückt er zwei Butterbrote. Um neun Uhr ist er fertig. Seinen Rucksack hat er mit Büchern voll gestopft und sicherheitshalber auch einen Füller eingesteckt. Man kann nie wissen. Schriftsteller haben zwar eine Menge Füller, aber was ist, wenn ausgerechnet heute kein einziger funktioniert. Leise zieht er die Tür hinter sich zu. Unterwegs begegnet Ton keinem Menschen. Das ganze Dorf scheint noch in tiefem Schlaf zu liegen. Nicht einmal ein Vogel ist zu hören. Auch der Marktplatz ist still und verlassen. Das einzige Geräusch ist der knirschende Schnee.

In der Ferne sieht er das Spitzdach von O. N. Paluvas Haus. Kurz darauf steht er vor dem Tor mit der Fledermaus. Sie hat die Flügel wieder angelegt und ihre Augen glänzen mattschwarz.

»Hallo, Kumpel! Ich hoffe, dein Boss ist schon wach.«

Ton schaut auf seine Armbanduhr. Viertel nach neun. Noch reichlich früh, aber O. N. Paluva wird es bestimmt verstehen, wenn ich ihm erzähle, dass ich sein größter Fan bin und wir um elf schon wieder wegfahren.

Ton klettert über den Zaun. Kinderleicht. Sein Herz klopft schneller.

Ich stehe hier tatsächlich im Garten von O. N. Paluva, schießt es ihm durch den Kopf. Stark! Er geht über den Rasen zur Haustür. »O. N. Paluva« steht in verschnörkelten Buchstaben auf dem hölzernen Türschild. Einen Moment lang zögert Ton. Dann streckt er den Arm aus und drückt auf den Klingelknopf. Das Klingeln ist deutlich zu hören. Jetzt heißt es warten. Nervös trippelt Ton von einem Fuß auf den anderen. Nach einiger Zeit hört er Schritte hinter der Tür. Im nächsten Augenblick knackt das Schloss und die Tür geht auf.

»Aha, da bist du ja. Ich habe dich bereits erwartet.«

Ton starrt den Schriftsteller mit großen Augen an. Er will so viel auf einmal sagen, aber die Worte bleiben ihm im Hals stecken.

»Ich . . . ich hätte gern ein Autogramm von Ihnen«, stammelt er schließlich mit hochrotem Kopf. Ungeschickt kramt er in seinem Rucksack und zieht einen kleinen Stapel Bücher heraus. »Ich . . . äh . . . bin ein sehr großer Fan von Ihnen. Würden Sie wohl . . .?«

Zu seiner Erleichterung lächelt der Schriftsteller und nimmt einen Füller aus seiner Brusttasche. »Selbstverständlich, gib nur her.«

Flüchtig kritzelt er etwas in die Bücher, die ihm Ton nacheinander reicht.

»Für Ton, von O. N. Paluva«, liest Ton. Überglücklich packt er die Bücher wieder in seinen Rucksack.

»Ich möchte Sie gern noch was fragen«, sagt er vorsichtig. »Wenn ich darf.«

»Frag nur, Ton.«

Woher kennt er eigentlich meinen Namen?, denkt Ton. Gerade hat er ihn auch in meine Bücher geschrieben. Aber ich habe ihm doch gar nicht gesagt, wie ich heiße. Oder doch? Nun ja, das spielt jetzt keine Rolle. Viel wichtiger ist, dass ich endlich die Frage stellen kann, die mich schon so lange beschäftigt.

»Woher nehmen Sie eigentlich Ihre Ideen?«

O. N. Paluva sieht Ton lange an. »Hab ich mir's doch gedacht. Das möchten alle gern wissen. Na, dann komm mal mit.«

Mit klopfendem Herzen folgt Ton dem Schriftsteller durch den Garten. Unglaublich! O. N. Paluva enthüllt ihm so mir nichts, dir nichts sein größtes Geheimnis. Über einen schmalen Pfad gehen sie hinters Haus. Der Garten dort ist eine Wildnis aus Gestrüpp, ins Kraut geschossenen Wildpflanzen und Bäumen mit seltsam geformten Zweigen. Und über allem liegt eine Schneedecke.

»Schau, Ton«, sagt der Schriftsteller und deutet auf einen baufälligen Schuppen ganz hinten im Garten. »Hier hole ich mir meine Ideen.«

Ton betrachtet den Schuppen. Er sieht aus, als wäre er in aller Eile zusammengezimmert worden, und zwar von einem Schreinerlehrling, der von Tuten und Blasen keine Ahnung hat.

»Aus diesem Schuppen kommen Ihre Geschichten?«

O. N. Paluva amüsiert sich über Tons zweifelnde Stimme.

»Lass dich nicht durch Äußerlichkeiten täuschen, Ton. Es geht darum, was hinter der Tür ist.«

»Und was ist hinter dieser Tür?«

»Die Andere Wirklichkeit.«

Langsam beschleicht Ton das Gefühl, dass O. N. Paluva ihn zum Besten halten will. Ideen findet man doch nicht einfach in einem Schuppen. Dennoch ist seine Neugier geweckt.

»Darf ich mal sehen, wie sie aussieht, diese Andere Wirklichkeit?«

Der Schriftsteller nickt bedächtig. »Tja, du wirst sie sogar sehen *müssen*. So habe ich mir das jedenfalls ausgedacht.«

Ausgedacht? Wie ausgedacht?, denkt Ton. Aber O. N. Paluva geht bereits auf den Schuppen zu und legt die Hand auf die Türklinke.

»Du willst es also wirklich wissen?«

Ton nickt. Plötzlich merkt er, dass das Rattern wieder da ist. Leise und unregelmäßig, aber wenn er sich's recht überlegt, begleitet es ihn schon seit dem Aufwachen. Selbst auf dem stillen Marktplatz war es da. Es hatte sich in der Stille versteckt, aber es war die ganze Zeit da, wie Ton sich jetzt erinnert.

O. N. Paluva öffnet die Schuppentür. »Hier hole ich mir meine Ideen, Ton.«

Sekundenlang glaubt Ton ein großes Gemälde vor sich zu sehen. Ein Bild von einer Landschaft mit Felsen, sandigen Wegen, wild wuchernden Sträuchern und dunklen Wäldern im Hintergrund. Dann sieht er, dass es sogar ein bewegtes Bild ist. Die Landschaft verändert sich. Die Schatten werden länger. Ein dunkler Schleier überzieht den rötlichen Himmel und im Nu ist es auf dem Gemälde Nacht geworden. Sterne sausen zischend durch die Luft und hinter den Wäldern steigt wie ein Luftballon ein bleicher Mond auf.

»Das . . . das ist ja gar kein Bild.«

O. N. Paluva nickt. »Stimmt. Das ist die Wirklichkeit, nur eben anders. Die Andere Wirklichkeit. Kommst du mit?«

Ton bleibt reglos stehen. Er will nicht. Auf einmal will er nur noch fort. Was er durch die Türöffnung sieht, kann nicht echt sein. Dort drinnen ist es Nacht und hier draußen taghell. Eisige Kälte weht von jenseits der Türschwelle auf ihn zu. O. N. Paluva streckt seine Hand aus. »Du musst mitkommen, Ton, deshalb bist du doch hier.«

Angsterfüllt sieht Ton den Schriftsteller an. Dann merkt er, wie sich seine Füße langsam in Bewegung setzen. Schritt für Schritt nähert er sich der Tür. Plötzlich ergreift O. N. Paluva seine Hand und zieht ihn mit sich über die Schwelle, in die Andere Wirklichkeit.

Erschrocken sieht Ton sich um. Über ihm wirbeln Millionen Sterne am dunklen Himmel, um ihn herum zischen Stimmen, die nichts Menschliches haben. Der Wind fegt zwischen den Felsblöcken hindurch und geht in ein Furcht erregendes Heulen über. Schattenwesen

springen von Fels zu Fels und spähen mit glühenden Augen zu Ton herüber. Direkt vor seinen Füßen entsteht plötzlich ein See. Das schwarze Wasser blubbert und brodelt, eine triefende Gestalt im schwarzen Cape entsteigt den Fluten und streckt eine schuppige Kralle nach Tons Fußknöchel aus.

Mit einem Schrei springt Ton zurück und stößt gegen O. N. Paluva. Der Schriftsteller hält ihn an den Schultern fest. »Jetzt weißt du Bescheid, Ton. Von hier kommen meine Ideen. Willst du noch mehr sehen? Hier ist alles anders.« Die Augen des Schriftstellers scheinen aus reinem Silber zu sein.

»Nein«, schreit Ton. »Ich will hier weg!« In diesem Moment spürt er, wie der Boden unter seinen Füßen zu zittern beginnt. Irgendwo aus der weiten Landschaft kommt etwas Riesengroßes mit dröhnenden Schritten auf ihn zu. Die Erde bebt. Ein Schatten verdunkelt den Mond. Flügelschlagen. Ton versucht sich loszureißen, aber der Schriftsteller hält ihn eisern fest.

»Bist du sicher, dass du nicht mehr sehen willst, Ton? Allzu oft kommt es nicht vor, dass ich jemandem die Andere Wirklichkeit zeige. Schließlich will ich mir meine Ideen nicht klauen lassen.«

Ton sieht, wie der Boden vor seinen Füßen auf einmal verschwindet. Er steht am Rand eines Abgrunds, eines unendlichen schwarzen Lochs voller umherschwirrender Sterne und einem Mond. Unter Tons Füßen liegt ein Weltall. Weiße knochige Arme strecken sich aus dem Abgrund nach ihm aus, Totenköpfe starren ihn grinsend aus leeren Augenhöhlen an. Immer mehr schimmernde weiße Schädel tauchen auf. Das Knacken und Klappern der Knochen schwillt an. Hunderte von Gerippen klettern langsam an den Sternen vorbei zu ihm empor. Hohe kreischende Stimmen erfüllen seine Ohren. Ton schwankt, umringt von dröhnenden Alpträumen. Ihm wird schwindlig. Über ihm dehnt sich das Weltall aus, aber zugleich auch unter seinen Füßen, in dem Abgrund, aus dem die Skelette auf ihn zukommen. Innerlich schreit er vor Angst, aber er hat keine Gewalt mehr über seine Stimme.

»Ich hab genug gesehen. Ich will nicht mehr!«, flüstert er kaum hörbar.

»In Ordnung.« O. N. Paluvas Stimme ist vollkommen ruhig.

Ton spürt einen leichten Ruck an den Schultern. Er meint nach hinten zu fallen, doch im nächsten Moment steht er jenseits der Türschwelle, im verschneiten Garten, neben O. N. Paluva. Aus dem Schuppen kommt kein Laut mehr. Die nächtliche Landschaft ist verschwunden. Stattdessen sieht er sich selbst dort stehen, neben dem Schriftsteller. Die Andere Wirklichkeit ist plötzlich zum Spiegel geworden.

»Das war's, Ton«, sagt O. N. Paluva. Er macht die Schuppentür zu und schließt sie ab. Freundlich lächelnd sieht er Ton an. »Im Grunde genommen befindest du dich schon eine ganze Weile in der Anderen Wirklichkeit, ohne dass du es weißt.«

Fassungslos starrt Ton den Schriftsteller an. Er merkt nicht einmal, dass sein Mund offen steht.

»Du wolltest doch gern in einer meiner Geschichten mitspielen«, fährt Paluva fort. »In meiner Welt. Weißt du das nicht mehr? Du hattest es mir in deinem Brief geschrieben.«

»Mein Brief«, wiederholt Ton flüsternd.

»Genau. Dein Brief. Er hat mich auf eine Idee für eine neue Geschichte gebracht. Diese Geschichte. Deshalb habe ich dich hierher geholt, in meine Welt. Ich habe beschlossen dir deinen Wunsch zu erfüllen, Ton.«

Quietschend geht das Gartentor auf und Ton sieht etwas aufsteigen. Es ist die gusseiserne Fledermaus. Sie flattert über ihre Köpfe hinweg und landet auf dem Schuppendach. Eine mit verschlissenen weißen Binden umwickelte Gestalt schwankt den Gartenweg entlang.

»Dein Wunsch hat sich erfüllt, Ton. Du befindest dich in einer Geschichte von O. N. Paluva.«

Mit stierem Blick sieht Ton, wie immer mehr Gestalten in den Garten strömen und sich hinter O. N. Paluva aufstellen. Die Mumie, der Werwolf im Jogginganzug, der Zombie, Vampire, Monster mit Insektenköpfen und Bocksbeinen. Die Wesen aus seinen Träumen, die Wesen, über die er gar nicht genug Geschichten hat lesen können.

»Aber . . . die sind doch nicht echt«, murmelt Ton. »Die sind . . .«

»Stimmt, sie sind nicht echt, ich habe sie erfunden. Sie sind Wesen aus der Anderen Wirklichkeit. Geschichtenfiguren hören auf zu existieren, sobald die Geschichte aus ist. Oder aber sie dürfen hier in meiner Welt weiterleben, wenn sie ihre Rolle in meinen Büchern zu Ende gespielt haben. Hier ist alles möglich. Hier können gusseiserne Fledermäuse fliegen. Hier haben Krapfen Augen oder es sitzen Monster unter deinem Bett, weil ich das so will. Kapiert? *Weil ich das so will!*«

Ton starrt den Schriftsteller verstört an. »Aber Sie? Sind Sie . . .?«

O. N. Paluva nickt. »Ja, auch ich bin nur ausgedacht. Von mir selbst allerdings. In diesem Augenblick schreibe ich diese Geschichte und habe mir selbst auch eine Rolle darin gegeben. Hörst du nicht, wie meine Schreibmaschine rattert?«

Das Geräusch wird auf einmal viel lauter.

»Alles, was hier geschieht, habe ich mir ausgedacht. Jedes Wort, das gesprochen wird, jeden Seufzer, jeden Pups, der gelassen wird.«

Der Schriftsteller zwinkert Ton zu. »Jeden Gedanken, den du hast, habe ich bereits aufgeschrieben. Dieses ganze Dorf ist aus meiner Schreibmaschine gekommen. Und du bist der Erste, den ich aus der Wirklichkeit hierher geholt habe.«

Ton wird bleich. Ihm ist, als würde sein Kopf in einen eiskalten Schraubstock gezwängt.

»Das mit dem Schraubstock ist auch von mir«, schmunzelt O. N. Paluva.

»Nein!«, schreit Ton. »Das geht nicht. Ich bin doch echt. Ich bin keine von Ihren Geschichtenfiguren!« Das Rattern der Schreibmaschine hämmert Ton gegen die Schläfen. Er hält sich die Ohren zu. Dann macht er einen Satz nach vorn, stürmt an O. N. Paluva vorbei, kann gerade noch den Klauen der Monster ausweichen und rennt aus dem Garten. Seine Augen sind tränenblind. »Nein, das ist alles nicht wahr«, stammelt er immer wieder. Die Häuser mit ihren weißen Dächern flitzen an ihm vorbei. Der Himmel ist grau. Schneeverhangen. Ohne anzuhalten rast Ton weiter. Die Bäume neigen sich über ihn und strecken ihre schneebedeckten Äste nach ihm aus. An einer Straßenecke rennt er beinahe Charlotte über den Haufen.

»Ton, wo läufst du denn hin?«, fragt sie. Sie streicht sich das Haar aus dem Gesicht und er sieht ihre gelben Pupillen. Auf Charlottes Händen sprießen Fellhaare. Lange krumme Nägel wachsen aus ihren Fingern. Ton stößt einen verzweifelten Schrei aus und rennt weiter, die Straße entlang. Endlich sieht er das Ferienhäuschen. Seine Mutter kommt grade aus der Tür. Sie verstaut das Gepäck im Kofferraum.

»Hallo, da bist du ja endlich, Ton. Ich hab schon alles eingepackt. Wir müssen los. Gleich wird es zu schneien anfangen: Ich will so schnell wie möglich nach Hause.«

Ton ist völlig außer Atem, er kann nur noch nicken.

Sein Rücken ist schweißnass. Schnell steigt er ein. Mutter macht den Kofferraum zu und setzt sich ans Lenkrad. Sie lässt den Motor an und wirft dann einen Seitenblick auf Ton.

»Was um Himmels willen hast du gemacht? Du bist ja kreidebleich und völlig nass geschwitzt.«

»Fahr los, Mama, wir müssen hier weg!«

»Haben wir auch nichts vergessen? Deine Bücher. Wo sind eigentlich deine Bücher geblieben?«

»Weiß nicht. Ist mir egal. Fahr los!«

»Aber . . .«

»FAHR LOS!«

»Schon gut, reg dich nicht auf«, sagt Mutter erschrocken. »Ich wusste ja nicht, dass du es hier so grässlich fandest.«

Das Auto beschleunigt. Noch während sie die Straße entlangfahren, fallen die ersten Schneeflocken. Mutter stellt den Scheibenwischer an.

Ton sieht sich gehetzt nach allen Seiten um. Er rechnet damit, dass jeden Moment eines der von O. N. Paluva erfundenen Wesen auf die Motorhaube springt und mit seinen Krallen durch die Windschutzscheibe nach ihm greift.

»Kannst du nicht schneller fahren, Mama?«

Mutter hält mit beiden Händen das Lenkrad umklammert. Angestrengt späht sie durch die Windschutzscheibe und den dichten Schneevorhang.

»Schneller? Willst du etwa, dass wir im Straßengraben landen? Bei Schnee muss man vorsichtig fahren.«

Ton schweigt.

»Dieses nervtötende Rattern«, sagt Mutter. »Ich höre es sogar hier im Auto.«

»Nicht darauf achten, Mama. Das hört von selbst auf, sobald wir aus diesem Dorf weg sind.«

Eine Zeit lang fahren sie schweigend weiter. Immer dichter wird das Schneetreiben.

»Mama, wie bist du eigentlich an die Adresse von diesem Ferienhäuschen gekommen?«, fragt Ton plötzlich.

»Wie? Ach so, da kam ein Brief von jemandem, der Ferienhäuschen vermietet. Er muss da im Handschuhfach liegen.«

Ton öffnet die Klappe und sieht einen Briefumschlag. Mit zitternden Fingern nimmt er den Brief heraus. Den Text liest er gar nicht erst, sein Blick wandert sofort zur Unterschrift. Es ist dieselbe, mit der der Schriftsteller höchstpersönlich seine Bücher signiert hat.

»Er hat uns hierher gelockt«, stöhnt Ton. »Er kannte meine Adresse. Sie stand in dem Brief, den ich ihm geschrieben habe.«

»Wer? Von wem redest du?« Mutter sieht Ton besorgt an.

»O. N. Paluva. Er hat dir das Häuschen vermietet. Hast du das nicht gewusst?«

Mutter schüttelt den Kopf. »Ist das nicht dein Schriftsteller? Das habe ich überhaupt nicht gemerkt. Ich habe nicht auf den Namen geachtet, nur auf die Telefonnummer.«

Ton zerknüllt den Brief. Na ja, macht nichts, denkt er. Es ist ja vorbei, wir fahren nach Hause. Außerdem ist das Ganze alles Unsinn. O. N. Paluva hat mir einen tüchtigen Schrecken eingejagt. Aber ich bin keine Figur aus seinen Büchern. Und dies hier ist keine Geschichte. Wir fahren jetzt zurück nach Hause.

»Ich verstehe das nicht«, murmelt Mutter. Sie hat sich weit vorgebeugt und ihre Nase berührt schon fast die Windschutzscheibe, während sie nach links und rechts schaut. »Eigentlich müssten wir schon längst auf der Autobahn sein.«

Urplötzlich hört das Schneetreiben auf. Ton späht erst nach vorn und dann durch die Seitenfenster. Nirgendwo sind mehr Häuser zu sehen. Auch keine Bäume. Keine Laternenpfähle, keine Straßenschilder. Kein einziger Orientierungspunkt. Nichts. Um sie herum ist alles weiß. Das Auto fährt durch eine blendend weiße Landschaft: Nirgends ist eine Horizontlinie zu sehen. Selbst der Himmel ist weiß. Als würden sie über ein riesiges Bettlaken fahren. Plötzlich hört Ton wieder ganz deutlich das Rattern der Schreibmaschine. Es wird lauter und schneller, klingt fast spöttisch, wie ein wild gewordener Specht. Auch Mutter hört das Geräusch. Sie stöhnt leise.

»Wo sind wir, Ton? Wo fahren wir hin?«

Ton betrachtet die endlose weiße Weite. Sein Magen krampft sich zusammen. Was wird aus O. N. Paluvas Geschichtenfiguren, wenn sie ihre Rolle ausgespielt haben? Sie hören auf zu existieren! Oder sie dürfen in dem Dorf wohnen, in der Welt des Schriftstellers. Das ist immer noch besser als ganz zu verschwinden!

»Stopp, Mama. Du musst wenden. Wir müssen zurück.« Die Anschläge der Schreibmaschine klingen jetzt wie Hammerschläge. Ohrenbetäubend laut.

»Wenden, Mama! Wir müssen zurück! Es ist . . .« Ton verstummt. Seine Mutter beginnt langsam zu verschwinden. Plötzlich fehlen Teile ihres Gesichts. Keine Nase mehr, kein Mund. Nur noch Augen, die ihn hilflos ansehen. Dann verschwinden auch die Augen und Ton blickt in ein leeres Gesicht. Nicht lange, denn nun löst sich der ganze Kopf auf, als würde er ausradiert. In Mutters Körper bilden sich große Löcher. Stück für Stück verschwinden ihre Arme, dann die Beine. Schließlich ist sie ganz weg. Sie existiert nicht mehr.

»Mama«, flüstert Ton. Er will seine Hand nach dem leeren Sitz ausstrecken, aber er hat keine Arme mehr. Und keine Beine. Keinen Mund mehr, um zu schreien. Er besteht nur noch aus Augen, die von der gleißenden Helligkeit geblendet werden. Weiß, weiß – alles ist weiß. Dann hören auch Tons Augen auf zu existieren.

Die Schreibmaschine tippt die letzten Anschläge. Drei Punkte. Die Geschichte ist zu Ende. Der Rest der Seite bleibt weiß. Weiß wie Schnee . . .

Vierzig

Ilse blinzelt. In ihrem Kopf hat sie die leere weiße Seite gesehen, in der Ton verschwunden ist. Auch jetzt, als sie sich im Bus umschaut, hat sie noch eine Zeit lang weiße Flecke vor Augen. Sie schaudert. Nie im Leben werde ich einen Schriftsteller bitten meinen Namen in einer Geschichte zu verwenden, denkt sie. Viel zu gefährlich! Sie merkt, dass ihr noch immer kalt ist. Plötzlich hält ihr eine Hand einen Schal hin. »Hier, bind dir den um, Spuky«, sagt Sonny. »Du zitterst ja.«

Vor Erstaunen ist Ilse sprachlos. Sonny hat sich schon wieder weggedreht.

»So, das war die letzte Geschichte unserer Gruseltour«, sagt der Reiseleiter. »Damit seid ihr reif für die AW.«

»Dann gibt's endlich was zu essen«, sagt Wouter. Im gleichen Moment ertönt hinten im Bus ein Schrei. Es ist Anouk. Sie starrt zur Decke empor.

»Da liegt was im Netz! Es hat sich bewegt!«

Alle sehen nach oben. Die Netze, die an der Decke aufgespannt sind, wogen auf und ab. Dunkle Umrisse bewegen sich hinter dem Geflecht.

»Pass auf!«, schreit Mourad. Aus dem Netz über Sanne schiebt sich ein Arm und eine weiße Hand mit Krallenfingern greift nach ihrem Kopf. Mit einem Schrei springt Sanne von ihrem Sitz und stolpert in den Gang. Alle sehen erschrocken nach oben. Der Arm baumelt aus dem Netz wie eine Schlange an einem Ast.

»Das wird wieder einer von Herrn Gutbluts Spezialscherzen sein«, sagt Joris. »Der hat so 'ne Armattrappe aus dem Scherzartikelladen ins Netz gelegt.«

Der Fahrer schaut über die Schulter nach hinten und bricht in knarzendes Gelächter aus. Sanne steht noch immer im Gang und blickt angstvoll zur Decke.

»Herr Jakob, die Hand hat nach mir gegriffen!«

»Reg dich ab«, sagt der Reiseleiter. »Wir sind auf dem Weg in die AW. Und dabei leisten uns ein paar von mir erfundene Gestalten Gesellschaft. Ja, und eins noch . . .«

Mit ausladender Gebärde setzt er die Sonnenbrille ab. Sofort kommt eine weitere Hand aus dem Netz und nimmt die Brille.

»Ich bin nicht euer Lehrer. Das solltet ihr doch inzwischen wissen! Ich bin der Reiseleiter!« Er macht eine tiefe Verbeugung. Die meisten Kinder sehen ihn verständnislos an.

»Herr Jakob hätte zum Theater gehen sollen«, sagt Sonny zögernd. »Echt stark, die Tricks.« Mit hochgezogener Augenbraue schaut er schräg nach oben. Das Netz über ihm hängt gefährlich durch.

»Das ist kein Theater«, sagt Ilse mit zitternder Stimme. »Und das sind auch keine Tricks. Julia hatte Recht. Das ist gar nicht Herr Jakob. Er ist jemand anderes.«

»Du hast es kapiert, mein Kind«, sagt der Reiseleiter, während er sich aus seiner Verbeugung aufrichtet.

In seinem kalkweißen Gesicht glühen blutrote Augen. Grinsend blickt er in die Runde; hinter seinen schmalen roten Lippen blitzen scharfe weiße Zähne. »Onnoval ist mein Name. P. Onnoval.« Hinter ihm fallen zwei dunkle Gestalten von der Decke.

»Aber wer ist dann dieser Reiseleiter?«, fragt Esteban. Er sitzt neben Julia und Joyce auf der Rückbank von Herrn Jakobs altem Volkswagen. Der Lehrer sitzt hinterm Steuer und drückt das Gaspedal durch. In halsbrecherischem Tempo rast er durch die Straßen. Rote Ampeln und von rechts kommende Wagen ignoriert er. Autofahrer bremsen mit quiet-

schenden Reifen und drohen mit der Faust. Herr Jakob achtet nicht darauf.

»Der Reiseleiter heißt eigentlich P. Onnoval. Er ist Schriftsteller, aber kein gewöhnlicher. Früher war er ein Werwolf und dann ein Vampir. Jetzt ist er ein Geist, der bisher in einer fremden Welt gefangen war: in der Anderen Wirklichkeit.«

»Ein Geist«, sagt Julia leise. »Dann bin ich doch nicht verrückt. Es war also alles echt.«

»Wovon sprichst du, Julia?«

»Ich wusste es. Ich habe es von Anfang an gemerkt. Ab und zu habe ich sein unheimliches Gesicht durch Ihres hindurchschimmern sehen.«

Herr Jakob nickt und schneidet währenddessen drei Radfahrern den Weg ab. Im Rückspiegel sieht er, wie sie stürzen und übereinander purzeln.

»Sorry«, murmelt er, ohne zu bremsen. Esteban klammert sich an die Rückenlehne des Fahrersitzes, als sie im dritten Gang um eine Kurve preschen. »Aber Herr Jakob. Wie konnte dieser Typ, ich meine, dieser Onnoval, aus der Anderen Wirklichkeit entkommen?«

»Daran bin ich schuld«, sagt Herr Jakob gepresst.

»Sie?«

Herr Jakob fährt mit zwei Rädern auf dem Bürgersteig, schneidet eine Kurve und mäht dabei einen Gartenzaun nieder.

»Ich habe sein Buch in meinem Besitz: *Der Gruselbus*, das original handgeschriebene Exemplar. Solange es in meinem Regal stand, war das kein Problem. Aber eines Abends schlug ich es auf und begann darin zu lesen.«

»Warum haben Sie das getan?«

»Ich habe es nicht freiwillig getan. Onnoval zwang mich dazu, von der Anderen Wirklichkeit aus.«

»Und dann?«, fragt Joyce.

»Dann habe ich ihm den Weg in unsere Wirklichkeit bereitet. Onnoval existiert durch sein Buch. Je öfter seine Geschichten gelesen oder vorgelesen werden, desto stärker wird er. Durch meinen Computer konnte er aus der Anderen Wirklichkeit entwischen.«

Herr Jakob tritt so kräftig auf die Bremse, dass die Kinder fast über die Sitze geschleudert werden.

»So, hier wären wir. Los, rein mit euch. Wir müssen sehen, ob noch etwas zu retten ist.« Er springt aus dem Auto und lässt die Kinder aussteigen. Neugierig betrachten sie das Haus; noch niemand von ihnen ist bisher bei Herrn Jakob zu Hause gewesen. Es ist ein gewöhnliches Reihenhaus mit einem ungepflegten Rasen voller Unkraut.

»Ab diesem Zeitpunkt stand ich in seiner Macht«, fährt der Lehrer fort, während sie den Gartenweg entlanghasten. Der Morgenmantel flattert ihm um die nackten, behaarten Beine. »Ich war besessen, könnte man sagen. Er hatte sich in mir eingenistet und benutzte meinen Körper.«

Joyce sieht ihn mitleidig an. »Hat das weh getan, Herr Jakob, als er sich bei Ihnen eingenistet hat?«

Herr Jakob steckt den Schlüssel ins Schloss. »Nein, ich habe es kaum gemerkt. Er hat meinen Geist übernommen. Ich selbst war sozusagen abgeschaltet und mein Körper gehorchte nur noch ihm. Als wäre plötzlich ein fremder Bewohner in einem Haus, während der echte Bewohner im Schrank eingesperrt ist. Ich war eine Art Roboter. Aber ein paar Mal kam mein Bewusstsein zurück und ich habe mich daran erinnert, was geschehen war.«

»Jetzt begreife ich«, sagt Julia. »Deshalb mussten Sie Ihren Bart abrasieren. Ihr Aussehen sollte sich allmählich verändern, damit heute niemand merkt, dass in Wirklichkeit Onnoval der Reiseleiter ist.«

»Dieser Onnoval hat aber ein Hinkebein«, sagt Esteban.

Herr Jakob nickt. »Stimmt. Aus diesem Grund musste ich hinken. Ich wurde er.«

Einen Moment lang sieht der Lehrer die Kinder an. Die Fältchen um seine Augen treten deutlicher hervor. »Ich wollte euch nichts antun. Ganz bestimmt nicht. Aber er fing meinen Geist immer wieder ein, bevor ich etwas unternehmen konnte.«

»Sie können nichts dafür, Herr Jakob«, sagt Joyce. Sie klopft ihrem Lehrer beruhigend auf die Schulter.

»Ich wusste es«, murmelt Julia. »Ich wusste es, aber ich habe mich nicht getraut etwas zu sagen. Ich hätte den Mund aufmachen müssen. So lange, bis alle mir geglaubt hätten. Aber ich hatte Angst, dass mich alle für verrückt halten.«

Herr Jakob sieht Julia mitleidig an. »Du hast schon richtig gesehen, Julia. Onnoval wurde jeden Tag stärker. Und am Ende war er so stark, dass er seine eigene Gestalt annehmen konnte. Er brauchte mich nicht mehr, um in der Wirklichkeit zu existieren.«

»Ich versteh nur Bahnhof«, sagt Esteban. »Wie hat er das denn hingekriegt?«

Herr Jakob macht die Haustür auf. »Kommt mit, dann werdet ihr es sehen.«

Er geht den Kindern voran, die Treppe hoch. Mit wachsendem Staunen sehen sie eine merkwürdige grüne Schleimspur, die von der Haustür über den Treppenläufer nach oben führt.

»Wohin gehen wir, Herr Jakob?«, fragt Esteban. Er stapft breitbeinig die Treppe hinauf und versucht, nicht in das grüne Glibberzeug zu treten. Julia und Joyce gehen vorsichtig hintereinander am Rand der Treppe.

»In mein Arbeitszimmer. Aber erschreckt nicht, wenn ihr reinkommt.«

Herr Jakob macht die Tür zu seinem Arbeitszimmer weit auf. Die Kinder halten den Atem an.

Mitten im Zimmer auf Herrn Jakobs Schreibtisch steht der Computer. Der Bildschirm strahlt eine flackernde blaue Glut aus, die das ganze Zimmer erleuchtet.

Joyce muss fast würgen, aber nicht wegen des Computers. Im Zimmer hängt ein säuerlicher Geruch nach Verdorbenem. Der Schreibtisch ist mit einer Schicht aus zähem grünem Schleim bedeckt, der über die Kanten herabtropft. Die Bücher und Papierstapel darunter sind kaum zu sehen. Klebrige Fäden haben sich um die Beine des Schreibtischs gewickelt.

»Shit, was ist denn das für ekliges Zeug?«, fragt Esteban. »Sieht aus, als hätte 'ne Riesenschnecke Ihren Schreibtisch eingeschleimt.«

»Das Zeug kommt aus der Anderen Wirklichkeit«, sagt Herr Jakob. »Es ist aus meinem Bildschirm getropft, jede Nacht. Als Onnoval schließlich stark genug war, bildete sich aus dem grünen AW-Schleim seine wahre Gestalt.«

»Der Typ ist also ein Schleimer«, ruft Esteban.

»Ja, aber . . .« Herr Jakob verstummt. Schnell geht er auf den Computer zu.

»Seht nur!«, stammelt er. »Das Buch schreibt sich selbst weiter! Die Kinder sitzen im Gruselbus und Onnoval hat sich ihnen gerade zu erkennen gegeben. Das steht alles hier auf dem Bildschirm. Meine Klasse ist auf dem Weg in die Andere Wirklichkeit. Was für eine Katastrophe!«

Julia, Joyce und Esteban kommen rasch näher und schauen gemeinsam mit Herrn Jakob auf den Bildschirm. Buchstaben, Wörter, Sätze erscheinen, als würde jemand Unsichtbares sie eingeben.

Esteban deutet auf den Monitor. »He, guck doch mal! Da steht dein Name, Julia! Und Ilse kommt auch vor. Wie kann das sein, Herr Jakob? Was ist das für ein Buch, das sich selbst schreibt?«

»Onnovals Buch«, flüstert Herr Jakob. *»Der Gruselbus.* Daraus habe ich die Geschichten abgetippt, die ich euch in den letzten Tagen vorgelesen habe.«

»Aha, also doch geklaut«, sagt Esteban.

»Mann, das spielt doch jetzt keine Rolle«, sagt Julia ärgerlich. »Siehst du denn nicht, was da passiert?«

»Was denn?«

»Onnoval hat unsere Klasse in seine Geschichte hineingezogen«, sagt Herr Jakob mit schwacher Stimme. »Das bedeutet, dass sie in der Anderen Wirklichkeit verschwinden werden. Und auf dem Bildschirm könnt ihr lesen, wie es weitergeht.«

Alle drei lesen wie hypnotisiert die neuen Sätze, die jetzt auf dem Monitor erscheinen:

Die Kinder im Bus starren den Reiseleiter ungläubig an. Plötzlich ist ihnen klar, dass da etwas gründlich schief gelaufen ist. Hinter Onnoval stehen zwei düstere Gestalten . . .

EINUNDVIERZIG

»Shit«, keucht Sonny. Über Onnovals rechte Schulter hängt ein flacher schlangenähnlicher Kopf, aus dessen Maul mit hunderten kleiner messerscharfer Zähne eine gespaltene Zunge flitzt. Über die andere Schulter des Reiseleiters glotzt ein Rattenkopf die Kinder an.

»Die sind ja echt«, flüstert Ilse.

»Natürlich sind sie echt«, sagt Onnoval, während er den Schlangenkopf liebevoll streichelt. »Dies hier ist mein liebes Jahrmarktmonster.« Die gespaltene Zunge leckt ihm die Wange. Staksige Beine bewegen sich hinter dem Reiseleiter und kraulen ihm die Glatze. »Alle meine Figuren sind echt. Sie sind meine Kinder. Meine Geschichten müssen in euren Köpfen lebendig werden, das habe ich doch gesagt. Auf diese Weise werden meine Geschichtenfiguren mit der Zeit auch lebendig. Wie diese hier. Über sie habe ich auch Geschichten geschrieben.«

An mehreren Stellen im Bus kommen seltsame Wesen von der Decke herab. Ein Vampir mit einer Schaffnermütze, ein Zombie mit Schultern wie ein Kleiderschrank, ein Mann mit gebrochenem Genick, blutunterlaufenen Augen und einem Beil über der Schulter. Es ist unwirklich, ein Alptraum, aber Ilse weiß, dass sie nicht träumt. Dies hier ist eine Geschichte, denkt sie, eine lebendig gewordene Geschichte. Oder sind wir etwa in einer Geschichte *gelandet*, so wie dieser Ton? Rasch wendet sie den Blick zur Seite und zieht die schwarze Plastikfolie am Fenster ein Stück hoch. Hinter der Scheibe ist nichts als dichter grauer Nebel.

Wo sind wir?, denkt Ilse. Und wohin fahren wir? Hinter ihr beginnen ein paar Mitschüler zu schreien. Manche kauern sich zusammen und stecken den Kopf zwischen die Knie, um die Schreckgestalten nicht sehen zu müssen. Der Reiseleiter breitet die Arme aus.

»Freut euch, Kinder. Ihr dürft mit mir in die Andere Wirklichkeit, um dort meine Geschichten zu hören. Um sie zu erleben und selbst darin mitzumachen. Für immer.« Er schnippt mit den Fingern und plötzlich flattern Fledermäuse durch den Bus. Die Plastikfledermäuse sind lebendig geworden. Und über die Lehnen der Sitze krabbeln dicke haarige Spinnen.

»Anhalten, Herr Gutblut, ich will raus!«, schreit Joris, der gleich hinter dem Fahrer sitzt. Er springt auf und zerrt heftig am Arm des Fahrers. Sofort zieht er erschrocken die Hand wieder zurück. Unter der Jacke spürt er keinen Arm aus Fleisch und Blut, sondern harte Knochen. Der Fahrer dreht sich zu ihm um. Joris blickt in zwei leere schwarze Augenhöhlen. Auf dem Totenkopf liegt ein teuflisches Grinsen. »Was das was oder war das nichts?«, sagt eine knarzende Stimme. Joris weicht zurück und lässt sich auf seinen Sitz fallen. »Das . . . das ist ja gar nicht Herr Gutblut!« Mit einem Schrei springt er wieder auf und schlägt eine fette Spinne von seinem Ärmel.

»Vollgas, Knochenhauer!«, schreit Onnoval jetzt. »Unsere Fahrgäste können es kaum erwarten. Sie sind vor lauter Vorfreude auf die Andere Wirklichkeit schon ganz zapplig.«

»Ay ay, Sir«, knarzt der Busfahrer. Mit dem Tempo eines aufsteigenden Flugzeugs schießt das Fahrzeug nach vorn. Vor der Windschutzscheibe wirbeln graue Nebelschwaden. Der Bus scheint tatsächlich durch die Wolken zu fliegen.

»Ich will hier weg!«, ruft Sonny. Er steht im Gang und zieht Ilse von ihrem Platz. »Steh auf, Spuky. Wir müssen hier weg! Notfalls springen wir aus dem fahrenden Bus!«

Vor und hinter ihnen springen auch die anderen in Panik auf. Man hört Gepolter und Angstschreie.

»Wo ist der Ausgang?«

»Ich will nach Hause!«

»Wartet, ich will auch mit!«

Sonny streckt die Hand nach dem roten Knopf neben der hinteren Bustür aus, doch eine blau geäderte Hand von einer Farbe wie verwester Fisch schließt sich um sein Handgelenk.

»Hinsetzen!«, kommandiert der Zombie. Er drängt Sonny auf seinen Platz zurück und bläst Ilse seinen Grabesatem ins Gesicht. Stöhnend lässt sich Sonny auf seinen Sitz fallen und Ilse wird fast ohnmächtig. Inzwischen werden auch die anderen Kinder von den Monsterwesen auf ihre Plätze zurückgejagt. Der Mann mit dem Beil rennt auf Anouk und Tabita zu. Joris weicht vor den zuschnappenden Kiefern des Rattenmanns zurück. Der Vampir mit der Schaffnermütze zerrt an Sannes Haaren. »Wolltest du etwa aussteigen? So einfach geht das nicht. Du bist wohl eine Schwarzfahrerin!«, zischt er. »Zeig sofort deinen Fahrschein her. Oder willst du lieber zwei Löcher in deinem zarten Hälschen haben?« Spucke tropft von seinen blitzenden Eckzähnen. Mit einem Schrei reißt Sanne sich los und rennt zu ihrem Platz zurück. Innerhalb weniger Sekunden sitzen alle wieder. Die unheimlichen Geschichtenfiguren gehen knurrend und schnaubend im Gang auf und ab. Onnoval steht ungerührt vorn im Bus und stützt sich auf die Schulter des Fahrers.

»Ich hoffe, alle Fahrgäste fühlen sich wohl. Wenn ihr Probleme habt, dann wendet euch bitte an das Personal. Es sind meine besten Mitarbeiter und sie stehen euch jederzeit zur Verfügung, wie ihr gemerkt habt.«

Niemand macht einen Mucks. Alle sitzen zusammengekrümmt auf ihren Plätzen. Zitternde ängstliche Häufchen Elend, gefangen in einem unvorstellbaren Alptraum. Onnoval lächelt zufrieden. »Keine Probleme? Na prima. In wenigen Minuten werden wir unser Ziel erreichen und dann ist keine Rückkehr mehr möglich.« Er dreht sich um und schaut durch die Windschutzscheibe nach draußen. In der Ferne taucht aus dem Nebel eine quadratische Silhouette auf.

Ein eisernes Gittertor.

»Es folgt eine touristische Information«, sagt Onnoval vergnügt. »Direkt vor uns liegt der ehemalige Friedhof Ruhe Sanft. Vor einigen Jahre haben sich hier dramatische Ereignisse abgespielt, nicht wahr, Knochenhauer?«

Der Fahrer knurrt etwas Unverständliches.

»Genau. Knochenhauer erinnert sich auch noch. Ich selbst bin hier gestorben, durch die Schuld von ein paar garstigen Kindern. Ich wurde in die Andere Wirklichkeit verbannt.«

Knochenhauer knirscht zustimmend mit den Zähnen.

»Vor einem Jahr wurden die Gräber eingeebnet und die Mauer abgerissen. Das Tor, auf das wir gerade in voller Fahrt zurasen, gibt es in eurer Wirklichkeit nicht mehr. Für uns jedoch, meine lieben Freunde, existiert es sehr wohl, denn es ist das Tor zur Anderen Wirklichkeit.« Onnoval spaziert den Gang entlang. Direkt vor Ilse bleibt er stehen und zwinkert ihr zu. Ilse duckt sich. Sie hat so große Angst, dass sie kaum mehr einen Gedanken fassen kann. Sie empfindet nur noch grenzenlosen Ekel vor diesem Mann, dieser Gestalt im schwarzen Cape.

»Ich bin ziemlich sentimental, müsst ihr wissen«, fährt Onnoval ungerührt fort, »und deshalb habe ich aus Nostalgie dieses Tor als Zugang zur Anderen Wirklichkeit neu erstehen lassen.« Stolz blickt er sich um. »Gut, was? Ich wusste, eines Tages würde es mir nützlich sein. Und dieser Tag ist heute. Der Moment ist . . . JETZT!«

Er dreht sich ruckartig um und deutet auf die Windschutzscheibe. Trotz ihrer Angst schauen die Kinder alle nach vorn. Das Tor kommt rasend schnell auf sie zu.

»Vorsicht!«, ruft Joris. Alle schreien auf, doch der Gruselbus saust mitten in das Gittertor hinein. In dem Moment ist es, als ob die Welt in einem rot-violetten Feuerkranz auseinander birst. Der Bus schwebt durch einen bodenlosen schwarzen Raum. Das Dröhnen des Motors ist plötzlich weg, stattdessen hören die Kinder Stimmen. Kreischende

Stimmen, die nichts Menschliches haben. Was sie hören, ist das ohrenbetäubende Kreischen der Anderen Wirklichkeit.

»Es wird Zeit für die nächsten Überraschungen«, sagt Onnoval. »Aufgepasst, liebe Fahrgäste! Schaut jetzt durch die Windschutzscheibe, vielleicht seht ihr etwas Bekanntes.«

Vor dem Bus wird plötzlich ein schwach beleuchteter Raum sichtbar. Ein leeres Klassenzimmer, in dem vorn ein Schreibtisch steht. Die Schublade geht auf und eine Art Fangarm windet sich heraus. Ein Entsetzensschrei gellt durch das Klassenzimmer.

»Das . . . das ist ja genau wie in der Geschichte, die Herr Jakob vorgelesen hat«, stammelt Anouk.

Schon ist das Klassenzimmer wieder verschwunden und der Bus befindet sich auf einmal in einem Parkhaus. Hinter einer Säule steht ein schwarzer Mercedes, der über und über mit Namen voll geschrieben ist. Schwarze Schatten lösen sich von der verwitterten Wand, nehmen menschliche Gestalt an und kommen geradewegs auf den Bus zu. Aber schon im nächsten Augenblick verwandelt sich das Parkhaus in eine menschenleere Bahnhofshalle. Ein Mädchen fährt auf der Rolltreppe hinunter zum Bahnsteig. Auf der Rolltreppe, die nach oben führt, kommt ihr ein Mann entgegen: schwarzer Sakko, grüner Rollkragenpulli. Er wirft dem Mädchen einen kurzen Blick zu. Als er wieder nach vorn schaut, lacht er. Ein blitzendes Gebiss mit zwei spitzen Eckzähnen wird sichtbar.

»Das ist die Geschichte vom Bahnhof«, sagt Sanne. »Genauso habe ich alles vor mir gesehen!«

Aber die Bahnhofshalle ist bereits wieder verschwunden. Durch die Windschutzscheibe sehen die Schüler ein Kino. Drei Werwölfe sitzen nebeneinander und mampfen Popcorn. Sie schauen direkt in den Bus, als wäre er die Leinwand. Der Gruselbus fährt durch eine Tür, über der NOTAUSGANG steht, und landet in einem Museum. Deckel schieben sich von Glasvitrinen, Mumien richten sich auf und spähen grinsend in den Bus. Plötzlich wird alles weiß. Vor dem Fenster wirbeln Schneeflocken. Zwei Gestalten in farbenfrohen Wintermänteln schwanken vorbei.

»Die Mumienmädchen«, flüstert Ilse. Atemlos verfolgen die Kinder die Bilder aus den Geschichten. Einen Moment lang haben sie ihre Angst vergessen.

»Schön, was?«, sagt Onnoval. »Ihr habt meine Geschichten gehört. Dadurch sind sie in der AW lebendig geworden.«

Noch immer treibt Schnee an der Windschutzscheibe vorbei. Der Bus rast auf ein großes Haus mit hohem spitzem Dach zu. Ein Gartentor mit einer gusseisernen Fledermaus darauf flitzt am Fenster vorbei und ein baufälliger Schuppen kommt ins Bild. Die Tür öffnet sich. Im Schuppen sehen die Schüler das Spiegelbild des Busses. Es kommt in rasendem Tempo auf sie zu. Am Steuer sitzt ein Gerippe mit Schirmmütze – Knochenhauers Ebenbild. Laut lachend zieht der Fahrer die Mütze und schwenkt sie wild hin und her. Sein Spiegelbild macht dasselbe. Die Busse müssen jeden Moment ineinander krachen. Die Kinder schreien vor Angst und ducken sich, aber Onnoval bricht in schallendes Gelächter aus. Es kommt nicht zum Zusammenprall. Sekundenlang verschmelzen die beiden Busse, als ob sie durcheinander hindurchfahren würden. Ilse sieht ihr Ebenbild auf sich zukommen, wie in einem Spiegel. Schreiend, mit weit aufgerissenem Mund. Alle Kinder sehen sich selbst in diesem Augenblick. Im nächsten fährt der Gruselbus bereits durch eine nächtliche Landschaft voller Felsblöcke. In der Ferne sind schwarze Wälder zu erkennen. Der Mond, eine bösartig dreinblickende Sichel mit einem Mund voller gezackter Zähne, spiegelt sich in einem dunklen See.

Mit unverminderter Geschwindigkeit rast der Bus weiter, direkt auf einen weißen Felsen zu. Aber es ist gar kein Fels, sondern ein Totenschädel, so groß wie ein Berg. Aus den tief liegenden Augenhöhlen schwirren Fledermäuse hervor. Der Mund voll brüchiger Zähne öffnet sich wie ein Garagentor und der Gruselbus prescht hinein, in eine unendliche Finsternis.

»Willkommen in der AW«, sagt Onnoval. »Hier ist euer neues Zuhause. Für immer und ewig.«

»Hier ist euer neues Zuhause. Für immer und ewig.«

Der letzte Satz bleibt auf dem Computerbildschirm stehen, es kommen keine neuen Zeilen mehr hinzu. Offenbar ist die Geschichte zu Ende. Herr Jakob schlägt sich mit der flachen Hand an die Stirn. »Es ist um sie geschehen«, stöhnt er. »Sie sind verloren und alles ist meine Schuld!«

Esteban, Joyce und Julia starren die letzten Zeilen auf dem Monitor ungläubig an. Alles Blut ist aus ihren Gesichtern gewichen.

»Das gibt's doch gar nicht«, sagt Esteban heiser. »Ich meine, das KANN doch nicht sein! Unsere Klasse kann doch nicht einfach verschwinden!«

Julia sagt nichts. Sie betrachtet den Bildschirm. An seinen Rändern wird etwas Grünes sichtbar. Zäher Schleim presst sich heraus. Er tropft vom Monitor auf den Schreibtisch. Immer mehr grüner Schleim quillt hervor.

»Vorsicht, kommt da weg!«

Rasch zieht Herr Jakob die Kinder vom Computer weg. Das Glibberzeug schiebt sich über den Rand des Schreibtischs und tropft auf den Fußboden. Dort bildet sich ein grüner Klumpen, der langsam anschwillt und zu einem formlosen zitternden Etwas wird. Das Ding wabbelt und wogt, Fangarme stülpen sich aus und verschwinden wieder in der glibberigen Masse.

»Was ist das denn?«, fragt Joyce und versteckt sich hinter Herrn Jakob.

Der Lehrer schluckt. Er wischt sich über die Stirn. »So ist auch Onnoval entstanden. Aber er kann doch nicht noch einmal . . .«

Die zitternde grüne Masse nimmt allmählich Gestalt an. Arme stülpen sich aus, Beine kommen zum Vorschein und ein Kopf formt sich. Atemlos sehen der Lehrer und die drei Kinder zu. Sie stehen fluchtbereit da und doch rühren sie sich nicht vom Fleck. In dem Kopf bilden sich Löcher, ein Mund, Augen. Kleine Ausstülpungen formen sich zu Nase und Ohren. Die Gestalt verfärbt sich allmählich und auf einmal steht ein Junge vor ihnen: Jeans, T-Shirt, Bürstenschnitt, Sonnenbrille.

Herr Jakob stößt einen Schrei des Erstaunens aus.

»Eddy C.!«

Der Junge hält den Kopf schräg und schaut zu ihnen herüber.

»Wer ist das? Kennen Sie den?«, fragt Esteban.

Der Lehrer nickt. »Eddy C. war früher an unserer Schule. Aber er fiel Onnoval zum Opfer. Seit ein paar Jahren lebt er in der Anderen Wirklichkeit. Er . . .«

»Herr Jakob«, sagt der Junge. »Hören Sie zu. Uns bleibt nur wenig Zeit.« Seine Stimme klingt seltsam hohl. Er kommt näher. Herr Jakob schiebt die Kinder nach hinten.

»Vorsicht, ihm ist nicht zu trauen. Er ist ein Wesen aus der Anderen Wirklichkeit.«

Eddy C. schüttelt den Kopf. »Keine Angst, Herr Jakob. Ich will Ihnen helfen, aber ich habe nicht viel Zeit. Ich kann diese Gestalt nicht lange beibehalten.«

Herr Jakob nickt. »Dann schieß los.«

»Die Geschichte ist zu Ende. Mit diesem Ende sind Ihre Schüler verloren, für immer in der Anderen Wirklichkeit gefangen. Aber Sie können sie noch retten.«

»Wie denn?«

Eddy C. sieht sich im Zimmer um. »Wo ist das Buch? Das Original-Exemplar *Der Gruselbus*?«

Herr Jakob geht rückwärts zum Bücherregal. Er behält Eddy C. scharf im Auge, denn er traut dem Jungen noch immer nicht. Julia, Joyce und Esteban stehen in einer Zimmerecke und verfolgen das Ganze schweigend.

»Verstehst du eigentlich, was hier läuft?«, flüstert Esteban Julia ins Ohr. »Wir stehen hier einem Jungen gegenüber, der aus grünem Schleim entstanden ist, einem Schleimer.«

Julia antwortet nicht. Sie sieht Eddy C. an, der seine dunkle Brille auf die Stirn schiebt. Zwei blutrote Augen werden sichtbar. Joyce schreit erschrocken auf.

»Sorry«, murmelt Eddy C. und drückt sich die Brille wieder auf die Nase.

»Hier ist es.« Herr Jakob zieht ein dickes Buch vom untersten Regalbrett. »Und jetzt?« Misstrauisch sieht er Eddy C. an. Er hält das Buch *Der Gruselbus* mit beiden Händen fest. Vielleicht ist Eddy C. nur hier, um das Buch zu stehlen, in Onnovals Auftrag.

»Sie trauen mir nicht«, sagt Eddy C. betrübt. »Das kann ich Ihnen nicht verübeln. Letztes Mal habe ich Sie betrogen. Das tut mir Leid, ganz ehrlich.« Er seufzt tief. »Onnoval hat mich damals in die AW geholt. Und ich kann Ihnen versichern, es ist kein Vergnügen dort für immer und ewig bleiben zu müssen. Es ist eine Welt voller Gekreische und Geschrei, ein Alptraum, der niemals aufhört.« Auf seiner Stirn bilden sich Tropfen. Grüne glänzende Tropfen. Seine Ohren beginnen sich zu verflüssigen.

»Sie müssen mir glauben. Ich will Ihnen helfen und meine Fehler wieder gutmachen. Ich selbst bin nicht mehr zu retten, aber Ihre Klasse schon.«

Julia sieht, dass Herr Jakob noch immer zögert. Aber dafür ist jetzt keine Zeit. Eddy C.'s Gesicht schmilzt wie eine Kerze. Julia macht einen Schritt nach vorn. »Was müssen wir tun?«

Eddy C. deutet auf das Buch. Seine Hand ist bereits ein tropfender Schleimklumpen. »Alles, was mit eurer Klasse in der Anderen Wirklichkeit geschieht, steht im *Gruselbus*. Ihr könnt die Geschichte abändern, das geht, aber ihr müsst schnell sein. Schreibt ein neues Ende. Aber rasch, denn wenn sie länger als eine Stunde in der AW sind, gibt es kein Zurück mehr. Dann sind sie AW-Wesen geworden, genau wie ich. Für mich gibt es kein . . .«

Seine letzten Worte sind nur noch ein unverständliches Röcheln. Wo Eddy C. gestanden hat, ist jetzt eine Pfütze aus grünem Schleim, in der noch sekundenlang ein Gesicht zu sehen ist, den Mund zu einem stummen Schrei geöffnet. Der Schleim läuft über den Fußboden und tropft am Schreibtisch hoch, als würde ein Film rückwärts ablaufen. Er glibbert über die Schreibtischplatte auf den Computer zu, fließt an den Bildschirmrändern entlang und verschwindet im Gerät.

Einen Moment lang starren alle sprachlos den Monitor an, auf dem noch immer der letzte Satz zu lesen ist. Dann geht Julia auf Herrn Jakob zu. »Schnell, wir müssen die letzte Seite der Geschichte über unsere Klasse suchen.«

Herr Jakob schlägt das Buch auf und blättert hektisch. »Hier ist es, glaube ich.« Laut liest er den letzten Satz aus dem Buch vor:

»Willkommen in der AW«, sagt Onnoval. »Dies ist nun euer neues Zuhause. Für immer und ewig.«

Danach kommen nur noch leere Seiten, vielleicht für Geschichten, die noch geschrieben werden müssen.

Wieder schauen sie auf den Bildschirm. Dort steht exakt der gleiche Satz.

»Eddy C. hatte also Recht«, murmelt der Lehrer. »Es steht alles in diesem Buch. Aber was nun? Ich kann mir keine Geschichte ausdenken. Alle meine Geschichten gab es schon, in diesem Buch. Ich habe sie gar nicht selbst erfunden. Dafür fehlt es mir an Phantasie. Wie sollen wir das Ende abändern?« Nervös blickt er auf seine Armbanduhr. »Jetzt sind sie bestimmt schon eine Viertelstunde in der AW. Vielleicht auch schon länger. Also bleibt uns noch eine Dreiviertelstunde, um sie zurückzuholen!« Hilflos sieht er die Kinder an.

»Mir fällt auch nichts ein«, sagt Esteban. »Ich schreibe meine Aufsätze immer heimlich aus Büchern ab, genau wie Sie. Nur haben Sie's noch nie gemerkt.«

Joyce beginnt vor lauter Aufregung zu schluchzen. »Sie sind verloren. Wir können nichts tun.«

Julia nimmt Herrn Jakob das Buch aus den Händen. »Vielleicht doch. Haben Sie einen Füller?«

Herr Jakob reicht ihr mit zitternder Hand einen Füller.

»Meinst du, du kannst . . . Weißt du, wie . . .«

»Pst, ich muss nachdenken«, sagt Julia. Vor ihrem inneren Auge sieht sie, wie aus Wolken eine Berglandschaft wird.

Im Unterricht kann ich mir immer alles Mögliche ausdenken, überlegt sie. Dies hier muss der schnellste und beste Aufsatz meines Lebens werden. Sie liest die letzte Zeile der Geschichte noch einmal.

Julia kaut auf dem Füller herum. In ihrem Kopf sieht sie den Gruselbus und darin ihre verängstigten Klassenkameraden. Und am deutlichsten von allen sieht sie Ilse.

Ilse, denkt Julia. Ilse muss es tun.

Sie setzt die Feder des Füllers auf die nächste leere Seite. Esteban und Joyce schauen ihr über die Schulter und halten den Atem an. Herr Jakob wirft wieder einen Blick auf seine Armbanduhr. Der Schweiß steht ihm auf der Stirn. Noch vierzig Minuten. Es ist mäuschenstill im Zimmer, als Julia hastig zu schreiben beginnt . . .

Julias Geschichte

Plötzlich springt Ilse von ihrem Platz auf.

»Das stimmt nicht!«, ruft sie. »Sie lügen. Sie sind ein Betrüger. Geschichten werden nicht lebendig. Geschichten sind dazu da, erzählt zu werden. Mehr nicht. Wenn man das Buch zuklappt, ist die Geschichte vorbei und man braucht sich nicht zu ängstigen.«

»Was? Was sagst du da?« Onnovals Gesicht schwillt vor Wut an. Äderchen platzen in seinen roten Augen. Seine Nase wölbt sich zu einer hässlichen Schnauze vor.

Es ist totenstill im Bus. Auch die Monsterwesen sehen Ilse sprachlos an, als wären sie schockiert.

»Was wagst du zu mir zu sagen?« Onnovals Stimme ist verzerrt, sie klingt nicht mehr wie die eines Menschen.

Aber Ilse lässt sich nicht einschüchtern. Sie stemmt die Hände in die Hüften.

»Sie sind ein Betrüger! Ein Lügner! Alles ist nur erfunden!«

»Genau!«, schreit Sonny. »Spuky hat Recht. Wenn eine Geschichte zu Ende ist, dann hört sie auf. Das haben Sie selbst gesagt. Eine Geschichte hat einen Anfang und ein Ende. Und nach dem Ende können wir uns selbst ausdenken, wie es weitergeht.«

Onnovals Blick geht zwischen Ilse und Sonny hin und her. Einen Moment lang verschlägt es ihm die Sprache.

»I ... I ... Ihr!« Er erstickt fast vor Wut und findet keine Worte.

»Wir haben Sie durchschaut!«, ruft Sanne und steht nun auch auf. »Ihre Figuren sind nicht lebendig. Nicht, wenn wir es nicht wollen.«

»Jawohl!«, schreit Wouter. »Und wir wollen es nicht! Die Geschichten sind zu Ende und wir wollen nicht, dass sie weitergehen. Jedenfalls nicht so.«

Onnovals Geschichtenfiguren schauen unsicher zu ihrem Herrn hinüber. Der Zombie sieht aus, als würde er gleich losheulen. Der Werwolf heult tatsächlich, mit dem Kopf im Nacken und entblößtem Gebiss. Überall im Bus stehen jetzt die Kinder auf. »Nicht echt! Nicht echt!«, schreien sie im Chor und deuten mit dem Zeigefinger auf Onnoval. Der Reiseleiter weicht zurück, als wären ihre Schreie Schläge in sein Gesicht.

»Aber . . . dies ist die Andere Wirklichkeit! Hier ist alles anders. Hier leben die Geschichten weiter, wenn sie zu Ende sind.«

»Aber nicht so, wie Sie das wollen!«, ruft Ilse. »Wir wollen ein ganz anderes Ende.« Auf ihrem Gesicht erscheint ein listiges Grinsen. »Und mir fällt gerade etwas Schönes ein. Wenn hier alles anders ist, dann können auch wir anders sein! Ich weiß, wie diese Geschichte weitergeht.«

Ilse streckt die Hand nach dem Reiseleiter aus. Ihre Nägel wachsen, sie werden gut zwanzig Zentimeter lang. Ihre Haut ist plötzlich mit Schuppen bedeckt. Der Mund wird breiter, zwischen den Lippen schießt eine lange spitze Zunge hervor. Ein scheußlicher Echsenkopf mit gelben Chamäleonaugen starrt Onnoval hinterhältig an.

»Was sagen Sie nun!«, zischt Ilse.

Onnoval schnappt nach Luft. »Das . . . das geht doch gar nicht«, keucht er. »So habe ich mir das nicht ausgedacht!«

»Genau«, knurrt Sonny, der inzwischen so groß geworden ist, dass sein Kopf an die Decke stößt. Er hat einen schwarzen Fledermauskopf und zwischen seinen Armen und Beinen spannen sich Flügel. Eine gigantische Vampirfledermaus.

»Das haben WIR uns ausgedacht!« Mit einem mächtigen Flügelschlag befördert er den heulenden Werwolf in die hintere Ecke des Busses.

Onnoval brüllt zornig: »Steh auf, du Schlappschwanz!« Aber der Werwolf bleibt in seiner dunklen Ecke hocken und jault leise.

»Mir reicht es jetzt! Diesen Kindern werde ich eine Lektion erteilen!«, schnaubt Onnoval. »Undankbare Fahrgäste, die ihr seid! Alles habt ihr von mir bekommen: eine Rundreise mit Führung, schöne Geschichten, Zugang zur Anderen Wirklichkeit. Und was bekomme ich? Undank, nichts als Undank – es stinkt zum Himmel!«

»Können Sie haben . . .« Wouter tritt in den Mittelgang und lässt einen donnernden Pups, der von den Kindern laut bejubelt wird. Aus Wouters Rücken sind Drachenflügel gewachsen. In seinem Krokodilsmaul blinken hunderte von spitzen Zähnen. Der Vampir mit der Schaffnermütze springt mit einem Aufschrei beiseite. Hinter ihm richtet sich Mourad auf, eine lange Gestalt mit Quadratschädel und Schraubenbolzen im Hals. »Ich bin Dr. Mourad Frankenstein«, brummt er mit tiefer Stimme. Er legt dem Vampir seine schwere Hand ins Genick.

»Meister!«, kreischt der Vampir. Aber Onnoval steht vollkommen fassungslos da. Die Andere Wirklichkeit ist auf einmal ganz anders, als er es geplant hatte. Überall sieht er Klauen, Hufe, Schwänze, Haare, Reißzähne, Hörner. Der Gruselbus hat sich in einen Monsterbus verwandelt. Das war nicht vorgesehen.

Alle Fahrgäste haben sich, je nach Geschmack, in knurrende, schnaubende, behaarte oder schuppige Ungeheuer verwandelt. Sie klettern über die Sitze, zerfetzen die Bezüge, beißen in die Rückenlehnen, verbiegen Stangen, reißen Sitze aus ihren Halterungen am Boden und werfen sie nach Onnovals Geschichtenfiguren.

»Lasst's euch schmecken«, knurrt Joris, der sich in einen Gorilla mit Tigerkopf verwandelt hat. »So wollte ich schon immer mal aussehen. Stark!« Mit einem wuchtigen Prankenhieb erledigt er das Wesen mit dem Schlangenkopf.

»Mein Bus«, heult Onnoval. »Ihr macht ja meinen Gruselbus kaputt. Und meine Kinder!«

»Das ist nicht Ihr Bus«, sagt Ilse und grinst fröhlich mit ihrem breiten Echsenmaul. »Das glauben Sie nur. Der Bus gehört dem Busunternehmen Fröhlich. Und Ihre Kinder existieren in Wirklichkeit gar nicht. Sie sind Hirngespinste auf Papier, sehen Sie doch.« Sie packt den Vampir mit der Schaffnermütze, der schreiend und zappelnd zu entwischen versucht.

»Ganz ruhig. Du bist doch nur aus Papier«, knurrt Ilse und – ritsch-ratsch – hat sie ihn mit ihren Klauen in schmale Streifen gerissen. Am Ende sind nur noch Schnipsel von ihm übrig, die auf den Boden herabschweben.

»Wie ist das möglich?«, kreischt Onnoval.

»Weil wir es wollen«, sagt Ilse.

»Gut gemacht, Spuky!« Sonny verpasst Ilse mit seiner Fledermausschnauze einen nassen Schmatz.

Ilses Kichern hört sich an wie ein Zahnarztbohrer. »Jetzt traust du dich wohl, wo ich einen Echsenkopf habe.«

»Ach, vorher hast du mir eigentlich auch schon gut gefallen«, grinst Sonny.

Erschüttert starrt Onnoval die Horde Kindermonster an, die sich einen Spaß daraus macht, seinen Bus auseinander zu nehmen. Sitzlehnen brechen ab. Knochen krachen. Hinten im Bus stürzen sich drei Monsterkinder auf den Werwolf.

»Ich hab ihn, fang!«, ruft Dr. Mourad Frankenstein und wirft den Werwolf wie einen Basketball durch die Luft. Wouters Krokodilmaul fährt hoch und er fängt den Werwolfball zwischen den Kiefern auf.

»Das stimmt nicht!«, ruft Onnoval verzweifelt. »Das läuft alles ganz anders, als ich es mir ausgedacht habe.«

»Das stimmt schon!«, zischt Sanne. Sie sieht aus wie ein übergroßes

Gebiss mit Armen und Beinen und einer Zahnspange wie ein Jägerzaun. »Alles läuft genauso, wie *wir* das wollen«. Der Mann mit dem gebrochenen Genick hat die ganze Zeit reglos neben dem Fahrer gestanden. Jetzt hebt er das Beil über den Kopf und stürmt mit einem wüsten Schrei auf Ilse zu.

»Pardon, ich darf doch?«, sagt Sanne.

»Genehmigt«, antwortet Ilse.

Sannes Riesenzähne klappen auf und zu. Happ! Der Mann mit dem Beil besteht plötzlich aus zwei Teilen. Sein Oberkörper fliegt durch die Luft, während die Beine weiterrennen. Nach wenigen Sekunden zerfallen die beiden Hälften in kleine Schnipsel.

»Papier«, brummt Wouter. »Alles nur Papier.« Er zerkaut die Überreste des Werwolfs und spuckt dann die feuchte Papierkugel aus. Onnovals Kinder sind alle ausgeschaltet und verschwunden.

»Und jetzt zu Ihnen, Herr Reiseleiter!«, sagt Ilse. »Jetzt wollen wir doch mal sehen, ob auch Sie nur ein Hirngespinst aus Papier sind.« Das Knurren und Schnauben der Kindermonster verstummt plötzlich. Es wird unheimlich still im Bus. Der Reiseleiter weicht zurück, als die Monster langsam auf ihn zukommen.

»Nein!«, schreit er. »Das geht nicht! Das darf nicht sein. So steht es nicht in meinem Buch! Ich habe ein Publikum für meine Geschichten gebraucht. *So* war es vorgesehen.«

»Tja, ist leider nicht«, schnauft Wouter. Er bohrt mit der Pfote in seiner Krokodilnase. »Dann wollen wir die Sache doch mal zu Ende bringen.« Fröhlich schnippt er eine Kugel Krokodilrotz in Richtung Reiseleiter. Onnoval wird voll im Gesicht getroffen.

»Tor!«, jubelt Wouter.

Der Reiseleiter wischt sich die Augen und schaut panisch auf die Monster, die langsam auf ihn zuschwanken, -wackeln und -stolpern.

»Das war dumm von Ihnen«, zischt Ilse. »Wussten Sie denn nicht, dass man Kinder nie unterschätzen sollte?«

Entsetzen tritt in Onnovals Blick. Er weiß nicht mehr weiter. Alle seine Ideen sind aufgebraucht. Seine Schnauze schrumpft und wird wieder eine gewöhnliche Nase.

»Misslungen!«, jammert er. »Wieder ist es misslungen! Ich hasse Kinder! Sie sind alle Monster!« Im nächsten Moment beginnt er zu schmelzen. So sieht es jedenfalls aus. Sein Gesicht verfärbt sich grün und sein Kopf sackt in den Hals. Arme und Beine werden in den Körper hineingezogen, der zu einem grünen, durchsichtigen Schleimklumpen wird. Einen Augenblick lang zeichnet sich in dem Klumpen ein von Wut entstelltes Gesicht ab. Der Schleim stößt einen markerschütternden Schrei aus und schießt dann als fädige Schlieren durch die Ritzen des Busses, in die Andere Wirklichkeit.

»So, den wären wir los«, knurrt Ilse. »Jetzt zu Ihnen.« Sie legt eine schwere Pfote auf die Schulter des Fahrers.

»Was meinen Sie, Knochenhauer? Kehren wir um oder wollen Sie lieber Knochen spielen für Clint?«

Der Bus dröhnt, als ein schwerfälliger schwarzer Hund, ein Rottweiler von der Größe eines jungen Nashorns, mit einem Satz neben dem Fahrer landet. Seine große rosa Zunge fährt wie ein Wischlappen über Knochenhauers Totenschädel. »Hm, leckere Knochen, Hunger«, brummt er mit tiefer Bassstimme.

Der Fahrer fasst sich nervös an die Mütze. Seine Zähne klappern und all seine Knochen rasseln vor Schreck.

»Ay ay, Sir. Wir fahren, wohin Sie wollen.« Er kurbelt am Lenkrad. Langsam wendet der Bus . . .

ZWEIUNDVIERZIG

Das war's«, sagt Julia. Sie legt den Füller weg und streicht sich das Haar aus dem Gesicht. Herr Jakob, Esteban und Joyce haben ihr die ganze Zeit über die Schulter gesehen und mitgelesen, was sie geschrieben hat.

»Phantastisch«, sagt Herr Jakob. »Fünfunddreißig Minuten hast du gebraucht. Unglaublich, Julia. Was dir nur alles einfällt!«

Julia lacht verlegen. »Es kam ganz von selbst, Herr Jakob. Manchmal ist es, als ob in meinem Kopf eine Klappe aufgeht, durch die alle möglichen Bilder hereinkommen. Daraus mache ich dann eine Geschichte. Aber hin und wieder geraten die echten und die erfundenen Dinge durcheinander. Das ist dann weniger schön.«

»In diesem Fall wollen wir hoffen, dass deine erfundene Geschichte wahr geworden ist«, sagt der Lehrer.

»Toll«, seufzt Esteban. »Ich wär auch so gern ein Monster gewesen. Schade, dass ich nicht dabei war.«

»Glaubt ihr, dass es tatsächlich funktioniert hat?«, fragt Herr Jakob. »Bekomme ich durch deine Geschichte meine Klasse wieder zurück, Julia?«

Julia reibt sich die Augen. »Ich hoffe es, Herr Jakob. Ich hoffe, dass Eddy C. Recht hatte.«

»Aber wie finden wir das heraus?«, fragt Esteban. »Wohin müssen wir jetzt?«

Julia überlegt kurz. »Zum ehemaligen Friedhof Ruhe Sanft, glaube ich. An dieser Stelle sind sie in der Anderen Wirklichkeit verschwunden. Das haben wir auf dem Bildschirm gelesen. Also müssten sie durch das Friedhofstor auch wieder zurückkommen.«

»Bist du sicher?«, fragt Joyce.

Julia betrachtet nachdenklich das Buch *Der Gruselbus*. Mit beiden Händen klappt sie es zu und legt es auf den Schreibtisch. »Sicher ist gar nichts. Aber meine Geschichte ist zu Ende und ich vermute, dass sie jetzt dort sind.«

»Dann nichts wie hin!« Herr Jakob knöpft seinen Morgenmantel fest zu. Den ganzen Tag hat er noch keine Zeit gefunden sich anzuziehen und jetzt müssen sie schon wieder weg.

»Hopp, alle in mein Auto.«

Die Kinder laufen schnell aus dem Zimmer. Auf der Schwelle dreht Herr Jakob sich um.

»Moment, Kinder.« Rasch geht er zum Computer und zieht den Hauptstecker heraus. Blitzartig verschwindet das Bild. Der Lehrer reißt alle Kabel aus dem Gerät. »Der kommt auf den Schrott. So ein Ding will ich nicht im Hause haben. Man weiß nie, was da eines Tages rauskommen kann.« Mit beiden Händen packt er den Computer, schleppt ihn die Treppe hinab und wirft ihn im Freien neben den Müllcontainer.

»Morgen wird der Sperrmüll abgeholt.«

Draußen wird es bereits dunkel. Die Straßenlaternen brennen und am Himmel funkeln die ersten Sterne. Der Tag ist wie im Flug vergangen, denkt Herr Jakob. Als würde die Andere Wirklichkeit die Zeit beschleunigen.

»Jetzt aber rasch zum Friedhof.« Herr Jakob tritt das Gaspedal bis zum Anschlag durch und das Auto rast mit quietschenden Reifen los.

Der ehemalige Friedhof Ruhe Sanft ist ein ödes Baugelände. Die Gräber sind alle eingeebnet, die Bäume gefällt und die Friedhofsmauer abgetragen. Der Boden ist mit einer Sandschicht bedeckt, aus der bereits wieder Gräser und Unkräuter hervorlugen. Herr Jakob bringt sein Auto am Rand des Geländes in einer Sandwolke zum Stehen. Die Türen gehen auf, der Lehrer und die Kinder springen heraus und suchen mit den Augen die Umgebung ab.

»Nichts!«, ruft Esteban. »Niemand zu sehen.«

Joyce rennt auf die Sandfläche. »Tabita, Wouter, Sanne, seid ihr hier?« Ihre Stimme verliert sich in der Weite. Nur der Wind gibt säuselnd Antwort.

»Vielleicht verstecken sie sich vor uns«, sagt Esteban. »Vielleicht wollen sie uns auf den Arm nehmen?« Er beginnt ebenfalls zu rufen: »Sonny, wo steckst zu? Mourad, Clint, Joris, Ilse, zeigt euch!« Seine Stimme verklingt, der Wind scheint ihn auszulachen. Esteban lässt die Schultern hängen. Alle vier stehen da und fühlen sich elend. Vor ihnen das verlassene Gelände. Nirgendwo ein Klassenkamerad zu sehen.

Herr Jakob schüttelt den Kopf. Seine Augen hinter den Brillengläsern werden feucht. »Es hat nicht geklappt. Schade, Julia. Du hast dein Bestes getan. Ich hatte so sehr gehofft, dass meine Schüler . . .«

Esteban sieht ganz niedergeschlagen aus. Seine Unterlippe zittert. »Dieser blöde Eddy C. hat uns was vorgelogen. Wenn ich den jemals zu fassen . . .«

»Sei still«, sagt Julia leise. »Hört doch mal, was ist das für ein Geräusch?« Sie lauschen. Von irgendwoher kommt leises Motorengebrumm, das sich langsam nähert.

»Das ist ein normaler Stadtbus«, sagt Esteban.

Julia schüttelt den Kopf. »Ich glaube nicht!« Ihre Stimme klingt so, dass die anderen aufhorchen. Julia starrt auf eine bestimmte Stelle auf dem Baugelände.

»Schaut«, flüstert sie. Das Motorengeräusch wird lauter und lauter. Plötzlich weht überall Sand auf. Der Wind heult über die Sandfläche hinweg. Ein Stück von ihnen entfernt, an der Stelle, die Julia ununterbrochen fixiert, erscheinen aus dem Nichts zwei Steinsäulen im aufwir-

belnden Sand. Staunend und mit offenen Mündern sehen Herr Jakob und die Kinder, wie ein bogenförmiges Tor entsteht. Ein Tor mit eisernen Gitterstäben. An den Stäben hängt ein viereckiges Schild.

»Friedhof Ruhe Sanft.
Geöffnet von Sonnenaufgang bis Sonnenuntergang.«

»Shit!«, sagt Esteban.

»Unglaublich!«, sagt Herr Jakob. Die Brille hängt ihm schief auf der Nase. Unter dem hochwehenden Morgenmantel schauen seine nackten Beine hervor, als der Wind sich verstärkt und zum Sturm wird. Das Motorengeräusch ist nun ohrenbetäubend laut. Es übertönt sogar das Brüllen des Sturms. Esteban hält seine Schirmmütze mit beiden Händen fest. Er kann kaum glauben, was er vor sich sieht. Wie gebannt starrt er das Tor an. Zwischen den Eisenstäben beginnt die Luft zu flirren. Die Finsternis hinter dem Gitter reißt auf. Plötzlich wird die Front eines Busses sichtbar. Mit enormem Tempo rast er aus einem Flammenkranz hervor. Er fährt quer durch die Gitterstäbe hindurch, ohne sie zu beschädigen. Mit röhrendem Motor kommt er vor Herrn Jakob und den drei Kindern zum Stehen. Ein Zittern durchläuft das Gefährt. Es ist über und über schwarz versengt und um die Stoßstange tanzen knisternd blaue Funken. Dann verstummt der Motor. Im gleichen Augenblick legt sich der Wind. Es wirbelt kein Sand mehr auf. Das Eisentor ist in dem Moment verschwunden, als der Bus hindurchgefahren war. Stille.

»Sind sie das?«, flüstert Joyce. Die Türen des Busses sind noch immer zu. Esteban versucht hineinzuspähen, aber die Fenster sind mit schwarzer Plastikfolie abgeklebt.

»Hoffentlich ist es kein Bus voller Monster, Julia.«

Julia schüttelt den Kopf. »Monster waren sie nur in der Anderen Wirklichkeit. Jetzt sind sie wieder hier, bei uns.«

»Warum kommen sie dann nicht raus?«

»Das werden wir gleich wissen«, sagt Herr Jakob. Er geht auf den Bus zu und hämmert gegen die Tür. »Hallo, seid ihr da drin?«

Die Sekunden gehen langsam vorbei. Esteban, Joyce und Julia stehen unruhig neben Herrn Jakob. Ist überhaupt jemand im Bus? Und wenn ja, haben sie die Reise aus der Anderen Wirklichkeit heil überstanden? Und sind sie wieder ganz normale Menschen geworden?

Als Herr Jakob die Hand hebt, um noch einmal zu klopfen, öffnet sich mit lautem Zischen die Doppeltür.

Aus der dunklen Türöffnung springen Gestalten mit ausgestreckten Armen nach draußen. Erschrocken weichen Herr Jakob, Joyce und Esteban zurück. Julia bleibt stehen, sie lächelt.

»Überraschung!«, rufen Ilse und Sonny, die als Erste aus dem Bus springen. Julia, Esteban und Joyce jubeln. Mit viel Radau steigen nun auch die anderen Kinder aus dem Bus. Herr Jakob hat Tränen in den Augen, als er seine Schüler einen nach dem anderen gesund und munter aus dem Bus klettern sieht. »Wie könnt ihr mich nur so erschrecken!« Er bemüht sich um einen strengen Tonfall, aber sein Herz führt währenddessen einen Freudentanz auf.

»Kleiner Scherz, Herr Jakob, war das was oder war das nichts?«, sagt Wouter. »Wie bei ’ner Klassenfahrt: Da verstecken wir uns doch auch immer hinter den Sitzen vor unseren Eltern. Jetzt wollten wir Ihnen auch mal ’nen Schrecken einjagen.«

»Aber diese Fahrt war viel cooler als jede Klassenfahrt, Herr Jakob«, ruft Sonny.

»Ultracool war die, genau wie Ihre Geschichten. Irre! Gruselig!«, schreit Joris.

Herr Jakob hüstelt. »Die Geschichten waren gar nicht von mir, Joris. Sie standen alle bereits in Onnovals Buch.«

»Macht nichts. Was wir erlebt haben, war noch tausendmal besser als die Geschichten, denn diesmal waren wir die Monster. Das war einfach super!«

Die Schüler bilden einen Kreis um Herrn Jakob. Alle rufen durcheinander.

»Herr Jakob, stellen Sie sich vor: Ich war ein großer schwarzer Rottweiler!«

»Und ich ein Gorilla mit Tigerkopf!«

»Und mich hätten Sie erst mal sehen sollen ...«

»Mann, hatte der Schiss vor uns, dieser Reiseleiter.«

Herr Jakob hebt beide Hände.

»Ruhe, Kinder. Seid bitte einen Moment still. Ich bin so unglaublich froh, dass ihr alle wieder heil zurück seid.«

»Ja, das haben wir Spuky zu verdanken, ich meine natürlich Ilse«, ruft Sonny. »Sie hat plötzlich kapiert, was es mit dieser Anderen Wirklichkeit auf sich hat. Und ab dem Moment hatten wir das Sagen.«

Ilse lacht verlegen. »Ich verstehe es selbst nicht. Es war, als ob mir eine Stimme plötzlich einflüsterte, was ich zu tun habe.«

Herr Jakob schaut kurz zur Seite und zwinkert Julia zu. Sie lächelt stolz.

»Was für ein Glück für euch, dass Ilse heute nicht zufällig krank war.« Herr Jakob steigt das Treppchen hinauf und späht in den Bus. »Ich will mich nur rasch vergewissern, dass niemand dringeblieben ist.«

Im Bus ist niemand mehr, außer dem Skelett, das er selbst am Vortag mitgebracht hat. Reglos sitzt es hinterm Steuer – eine lebensgroße Skelettattrappe in einer zerknitterten Fahreruniform.

»Du warst also Knochenhauer«, murmelt Herr Jakob.

An der Decke hängen Plastikfledermäuse. Alles ist wieder wie vorher. Der Gruselbus ist wieder ein ganz normaler Bus vom Busunternehmen Fröhlich. Herr Jakob steigt aus und geht nachdenklich um den Bus herum, während die Kinder einander ihre Erlebnisse erzählen. Der Bus ist von seiner Fahrt durch die Andere Wirklichkeit schwarz versengt. Aber unter der Rußschicht sieht der Lehrer den Schriftzug des Busunternehmens hervorblinken.

»Komisch, nicht wahr«, sagt Ilse, die auf einmal neben Herrn Jakob steht. »Als wir heute Morgen eingestiegen sind, stand hier was anderes. Da hieß es GRUSELBUS. Das weiß ich ganz genau. Und es waren unheimliche Gestalten draufgemalt. Und innen war der Bus auch anders, mit lebenden Fledermäusen und all so was.«

Der Lehrer nickt. »Das war Onnovals Werk. Ich glaube, jeder normale Bus kann sich in einen Gruselbus verwandeln, wenn fremde Mächte aus der Anderen Wirklichkeit in unsere Welt eindringen.«

Er sieht Ilse lächelnd an. »Aber jetzt ist der Spuk vorbei. Ihr seid wieder da und wir können nach Hause gehen.«

Plötzlich hören sie lautes Klopfen. Eine Stimme. Die Laute kommen aus dem Bauch des Busses, von irgendwoher an der Seite.

» . . . asst . . . ich . . . aus!«

»Wer ist das?« Erschrocken sieht Ilse Herrn Jakob an. Der Lehrer zieht eine Augenbraue hoch.

»Keine Ahnung. Onnoval wird doch wohl nicht . . .«

Wieder wird heftig von innen ans Blech geklopft. Vorsichtig legt Herr Jakob das Ohr an den Bus.

»Es kommt aus dem Gepäckraum. Da ist jemand drin . . .«

Aus?

Was gibt's denn?« Esteban und Sonny kommen gerannt, auch die anderen Schüler drängeln sich jetzt um den Bus.

Herr Jakob zeigt auf den Gepäckraum. »Da ist jemand drin. Wir müssen die Klappe aufmachen.«

»Aber vielleicht ist es Onnoval«, sagt Ilse. »Wenn er entwischt, dann . . .«

Erneut heftiges Klopfen.

»Raus!«, ruft eine zornige Stimme. »Lasst mich raus!«

»Esteban, hol mal die Schlüssel«, sagt Herr Jakob.

»Aber wenn . . .«

»Mach schon.«

»Okay.« Esteban zuckt mit den Schultern, klettert in den Bus und kommt gleich darauf mit dem Schlüsselbund zurück, der noch im Zündschloss steckte.

»Mal sehen, welcher es sein könnte.« Herr Jakob sucht nach dem Schlüssel für den Gepäckraum.

»Ah ja, dieser müsste passen.« Er steckt den Schlüssel ins Schloss und dreht ihn um. Die Klappe geht auf und eine kalkweiße Gestalt purzelt fluchend und schimpfend heraus. Die Kinder springen ängstlich beiseite.

»He«, sagt Wouter. »Das ist doch . . .« Er bricht in Gelächter aus. Auch die anderen Schüler fangen an zu kichern. Selbst Herr Jakob kann sich das Lachen nicht verbeißen. Es ist Herr Gutblut, der da stöhnend im Sand sitzt, in weißer Unterwäsche und mit käsebleichen Armen und Beinen.

»Das ist ja unser Dolf!«, ruft Esteban, der den Scherz mit der abgehackten Hand noch nicht vergessen hat. »War das was oder war das nichts?«

»Herr Gutblut«, sagt Herr Jakob und bemüht sich dabei um eine ernste Miene. »Was machen Sie denn im Gepäckraum?«

Der Fahrer blickt verwirrt um sich. »Das war . . . das war dieser Mistkerl. Der mit dem unheimlichen weißen Gesicht und den roten Augen. Heute Morgen, an der Schule, bevor die Kinder gekommen sind. Ich dachte erst, Sie wären das . . .« Herr Gutblut sieht Herrn Jakob an. »Aber Sie waren's nicht. Ein ganz grässlicher Bursche war's! Sah aus wie 'ne lebende Leiche. Eingesperrt hat er mich und . . .«

Plötzlich bemerkt er seine nackten Arme und Beine. »Mein Anzug!«, ruft er. »Der Kerl hat mir meinen Anzug geklaut!«

»Immer mit der Ruhe«, sagt Herr Jakob beschwichtigend. »Ihr Anzug ist im Bus. Im Moment steckt zwar ein Gerippe drin, aber das lebt nicht mehr. Wenn Sie sich jetzt rasch anziehen, können Sie die Kinder nach Hause fahren.«

Kopfschüttelnd steigt Herr Gutblut in den Bus. »Nicht zu fassen«, murmelt er. »Noch nie hab ich so was erlebt. Muss den ganzen Tag gepennt haben, da drin. Aber mir kommt's vor, wie wenn ich am anderen Ende der Welt gewesen wär.«

»Sie waren sogar noch viel weiter weg«, sagt Herr Jakob. »Aber das werden Ihnen meine Schüler unterwegs erzählen.«

Er wirft einen Blick in die Runde. »So, Kinder. Wir haben einen langen Tag hinter uns. Steigt jetzt rasch ein. Morgen sehen wir einander in der Schule.«

»Und Sie, Herr Jakob?«, fragt Julia.

»Ich fahre mit meinem Auto hinter euch her und danach gehe ich gleich schlafen.« Er kneift Julia leicht in die Wange. »Du bist ein Ass, mein Kind. Ohne dich . . .« Der Lehrer schluckt. Julia lächelt ihm zu und steigt dann als Letzte in den Bus. Herr Gutblut ist bereits wieder in seinen Anzug geschlüpft und lässt den Motor an.

Im letzten Moment springt Herr Jakob aufs Trittbrett und steckt seinen Kopf durch die Tür.

»Ich hab 'ne prima Idee für morgen, Kinder.«

»Ach nein, bitte nicht schon wieder«, stöhnt Esteban.

»Doch. Morgen dürft ihr alle einen Aufsatz schreiben, über das, was ihr heute erlebt habt. Nur Julia muss nicht mitschreiben.«

»Das ist aber ungerecht. Warum Julia nicht?«, ruft Wouter.

Herr Jakob sieht Julia an. »Weil sie schon einen geschrieben hat.« Er zwinkert ihr zu. »Und für den bekommt sie von mir eine Eins plus mit Stern!«

Herr Jakob parkt das Auto vor seinem Haus. Er ist beruhigt, alle Kinder sind sicher zu Hause abgeliefert worden. Während der Fahrt haben sie Herrn Gutblut die ganze Geschichte erzählt. Dieser ist daraufhin mit glasigem Blick zum Busunternehmen zurückgefahren. »Ich glaub, ich bin urlaubsreif«, hat er gemurmelt, bevor er davonfuhr. »Vielleicht sollte ich mich nach 'nem anderen Job umsehen. Schlagersänger, das wär doch was! Als Busfahrer lebt man heutzutage viel zu gefährlich.«

Herr Jakob seufzt und lässt die Hände noch einen Moment auf dem Lenkrad liegen. Was für ein Tag!

Nie hätte ich mir träumen lassen, dass ich noch einmal so etwas erleben würde, denkt er. Vor zwei Jahren im Automuseum dachte ich, alles sei vorbei. Hätte ich damals das Buch nicht mitgenommen, wäre dieser Alptraum nicht passiert.

Erschrocken fährt er hoch. Das Buch! Das handgeschriebene Exemplar *Der Gruselbus*. Total vergessen! Es liegt noch immer in seinem Arbeitszimmer. Dort darf es auf keinen Fall bleiben!

Ich muss es vernichten, denkt Herr Jakob. Keine Minute länger darf ich dieses Buch im Hause haben. Es ist lebensgefährlich. Schnell springt er aus dem Auto und rennt den Gartenweg entlang. Unterwegs verliert er einen seiner Badeschlappen. Als er sich nach ihm bückt, hält ein knallroter Fiat Zombie neben dem Bürgersteig. Ein Fenster wird heruntergekurbelt und ein junger Mann mit einer Rolling-Stones-Mütze streckt den Kopf heraus.

»Hallo, Sie da!«, ruft er. »Der Computer, der da beim Sperrmüll liegt, werfen Sie den weg?«

»Wie bitte?« Herr Jakob sieht zum Müllcontainer hinüber, neben den er den Computer hingeworfen hat. Er nickt.

»Kann ich ihn haben? Ich bastle gern mit alten Computern.«

Auf Herrn Jakobs Gesicht erscheint ein Lächeln. »Aber gern. Je eher das Ding von hier verschwindet, desto besser.«

»Wahnsinn! Danke schön.« Der junge Mann steigt aus dem Auto und geht auf den Computer zu.

Herr Jakob stürmt ins Haus. Den Badeschlappen lässt er liegen. Den hole ich nachher, denkt er. Erst das Buch.

Am besten verbrenne ich es, überlegt er. Oder sollte ich es mit einem Holzpflock durchbohren, wie man das bei Vampiren macht? Und es danach sicherheitshalber klein hacken? Und anschließend verbrennen. Ja, so ist es wohl am besten.

Er hastet die Treppe hinauf und betritt sein Arbeitszimmer. Dort bleibt er wie angewurzelt stehen. Mit offenem Mund starrt er den Schreibtisch an. Das Buch ist weg! Julia hatte es auf den Schreibtisch gelegt, aber nun ist es weg. Verwirrt schaut Herr Jakob sich im Zimmer um.

»Wie um alles in der Welt . . .«

Dann bemerkt er die grüne Schleimspur auf dem Boden. Eine frische Schleimspur. Als er hereinkam, war sie ihm gar nicht aufgefallen, weil er so in Eile war.

Sein Herz schlägt schneller. Onnoval!, denkt er. Oder vielleicht doch Eddy C.? Einer von den beiden ist zurückgekommen und hat das Buch geholt.

Herr Jakob rennt aus dem Zimmer, zur Treppe. Die Schleimspur zieht sich die Stufen hinab und durch den Flur bis zur Haustür. Sein Herz schlägt noch schneller. Wie ein Polizeihund folgt er der Schleimspur. Er öffnet die Haustür. Die Spur läuft den Gartenweg entlang und dann über den Rasen zum Müllcontainer. Dort endet sie, genau an der Stelle, an der eben noch der Computer gestanden hat.

Aber der Computer ist nicht mehr da. Der junge Mann mit der Rolling-Stones-Mütze hat ihn bereits in sein Auto geladen. Gerade lässt er den Motor an, streckt den Arm aus dem Fenster und winkt. »Danke schön noch mal!«

Einen Moment lang steht Herr Jakob, wie zur Salzsäule erstarrt, auf seinem Gartenweg. Dann schreit er: »Warten Sie! Nicht ... Der Computer ist ...« Aber der junge Mann hört ihn nicht. Er hat das Fenster bereits wieder hochgekurbelt und fährt davon.

»Warten Sie!« Herr Jakob rennt über den Rasen und fuchtelt wild mit den Armen. »Halt!« Im nächsten Moment stolpert er über seinen Badeschlappen und fällt der Länge nach ins Gras. Als er sich wieder aufgerappelt hat, ist das rote Auto schon am Ende der Straße. Hilflos starrt der Lehrer dem Auto nach, bis es um die Ecke verschwindet.

Der junge Mann mit der Rolling-Stones-Mütze sitzt pfeifend hinterm Lenkrad. Nicht zu glauben, heute ist mein Glückstag, denkt er. Wollte dieser Trottel doch tatsächlich den tollen Computer zum Sperrmüll geben. Manche Leute sind nicht ganz dicht! Wenn ich den Monitor sauber mache, sieht das Ding wieder wie neu aus. Was hat der Bursche bloß damit angestellt? Erbsensuppe drübergeschüttet? Hab noch nie so klebriges grünes Zeug auf 'nem Computerbildschirm gesehen.

Er dreht den Lautstärkeregler seines Autoradios zwei Stufen höher. Aus den Lautsprechern schallt ein Oldie. Trotz seiner Rolling-Stones-Mütze singt der junge Mann aus voller Brust mit. Es ist ja niemand in der Nähe, der ihn hört. »Einmal verliebt, immer verliebt . . .«

Auf der Rückbank steht der Computer von Herrn Jakob. Alle Kabel sind herausgerissen. Der Stecker liegt auf dem Boden. Von nirgendwoher kann der Computer Strom bekommen. Dennoch leuchtet das grüne Standby-Lichtchen des Monitors auf. Es flackert, wie ein grellgrünes Auge. An aus, an aus, AUS . . .

DER GRUSELBUS UND ICH

D*er Gruselbus 3* war gerade eine Woche erschienen, als ich bereits Briefe mit der Frage erhielt: Wird es einen *Gruselbus 4* geben? Und wann? Während der letzten zwei Jahre habe ich tausende von Briefen mit immer wieder derselben Frage bekommen. Sehr schmeichelhaft für mich und Onnoval. Trotzdem bedeutete dies nicht automatisch, dass ich das Buch tatsächlich schreiben würde. Ich konnte die Frage deshalb lange Zeit nicht beantworten. Ich war mir noch nicht sicher, ob es eine Nummer 4 geben würde, und wann, das wusste ich schon gar nicht.

Bis ich ein Buch geschrieben habe, vergeht oft viel Zeit. Zuallererst muss es als eine Art Funke in meinem Kopf entstehen: Peng! Idee!

Wenn die Idee da ist, muss ich abwarten, ob sie auch lebendig bleibt. Manche Ideen sterben nämlich wieder ab, verschwinden (vielleicht in die Andere Wirklichkeit) und kommen nie mehr zurück. Ich habe schon einmal erzählt, dass meine Geschichten als Bilder vor meinem inneren Auge erscheinen. In meinem Kopf geht eine Klappe auf und durch diese gelangen Bilder herein, genau wie bei Julia. Ich sehe mir den Film in meinem Kopf an, und wenn ich die Bilder deutlich genug erkennen kann, schreibe ich auf, was ich sehe. So entstehen meine Bücher.

Als der *Gruselbus 3* fertig war, hatte ich eine Art Vorahnung, dass es eine Fortsetzung geben könnte. Ich wusste, dass Herr Jakob das Buch an sich genommen hatte und manchmal, tief in der Nacht, sah ich ihn an seinem Schreibtisch sitzen, vor dem Computer. Wie ein Zombie

Paul van Loon und Clint Foto: Sjaak Ramakers

starrte er den Bildschirm an und ich fragte mich, was er da eigentlich tat. Dieses Bild speicherte ich in meinem Geist und schrieb währenddessen andere Bücher. Ab und zu tauchte das Bild von Herrn Jakob wie eine Art Störsender zwischen den Filmbildern der neuen Bücher in meinem Kopf auf. Das fand ich lästig, deshalb habe ich Herrn Jakob immer wieder verscheucht.

Am Abend des 27. Juli 1997 schließlich schaltete ich meinen Computer an und begann über Herrn Jakob zu schreiben. Ich arbeitete bis tief in die Nacht, und als ich aufhörte, hatte ich fünf Seiten eines Buches geschrieben, das nur *Der Gruselbus 4* heißen konnte. Ab diesem Moment gab es kein Zurück mehr. Ich ließ die Bilder kommen, die ich die ganze Zeit über weggeschoben hatte, und allmählich entdeckte ich, was es mit Herrn Jakob auf sich hatte und dass Onnoval den Gruselbus wieder zum Leben erwecken wollte.

Immer mehr Geschichten kamen aus der Anderen Wirklichkeit herübergeweht. Dennoch kam ich mit dem Buch nur langsam voran, weil ich so viele andere Dinge im Kopf hatte. Da war zunächst der ganze Wirbel um ein Buch, das ich extra zur Kinderbuchwoche geschrieben habe, und dann war ich mit einer Ausstellung beschäftigt, die ab dem 20. September 1997 im Kinderbuchmuseum in Den Haag stattfinden sollte. Sie hieß »Gruselig gut – Paul van Loon und andere Gruselkünstler« (zu den anderen Gruselkünstlern gehörten einige der anderen Grusel & Co.-Autoren). Viele meiner Sachen – Manuskripte, Fotos und Gruselutensilien – wurden viereinhalb Monate lang in Den Haag ausgestellt.

Auch Dorian (mein Hausvampir) war dabei und ich habe ihn sehr vermisst, muss ich gestehen. Überall, wo ich während der Kinderbuchwoche hinkam, in Schulen, Bibliotheken, Kinderbuchläden usw., wurde ich gefragt: Wo ist Dorian? Er begleitet mich nämlich sonst immer auf Reisen.

Wenn ich ein Buch schreibe, liegt Dorian normalerweise in seinem kleinen hölzernen Vampirsarg neben meiner elektrischen Gitarre (und manchmal steigt er kurz heraus und vergewissert sich, dass ich keinen Unsinn schreibe). Aber den *Gruselbus 4* habe ich ohne Dorian in meiner Nähe geschrieben und daran musste ich mich erst einmal gewöhnen. Zum Glück ist er inzwischen wieder da und hat das Manuskript mit Vergnügen gelesen. Übrigens hat er sich riesig über das *Vampirhandbuch* gefreut, das ich zusammen mit Jack Didden geschrieben habe. »Es war höchste Zeit für ein Buch über meine Blutsverwandten«, flüsterte er mit belegter Stimme, als ich ihm das Buch zeigte. Seitdem hat er immer ein Exemplar davon unter seinem Kopfkissen liegen.

Wo war ich stehen geblieben? Ach ja, erst als die Kinderbuchwoche vorbei war, konnte ich mich mit Haut und Haar dem *Gruselbus 4* widmen. Ich wanderte in der Anderen Wirklichkeit herum, sieben Nächte pro Woche, und allmählich entdeckte ich, was in diesem Buch passieren könnte. Mir wurde klar, was Onnoval plante, und ich konnte nur hoffen, dass alles ein gutes Ende nehmen würde. Das klingt vielleicht ein wenig seltsam, aber für mich selbst ist es auch immer wieder spannend, jedes Mal. Ich setze mich hin, betrachte die Bilder in meinem Kopf und schreibe auf, was ich sehe. Erst als ich *Das Haus des Schriftstellers* geschrieben hatte, begriff ich, worauf Onnoval hinauswollte. Und erst da wurde mir auch Julias Rolle in dem Buch klar.

Am 24. März, um zehn vor halb drei in der Nacht, war der *Gruselbus 4* endlich fertig. Ich habe meine Tochter Manisha gebeten wieder einen Vampir zu zeichnen und, wie ihr seht, hat sie es auch getan. Als sie den Vampir für den *Gruselbus 3* zeichnete, war sie sieben Jahre alt, jetzt ist sie neun.

Viele Kinder fragen mich, warum ich vorn in meine Bücher eine

Widmung schreibe, wie ich es auch bei diesem Buch wieder getan habe. Ein Buch zu schreiben kostet eine Menge Zeit. Oft acht oder neun Monate. Während dieser Zeit bin ich mit meinen Gedanken in der Anderen Wirklichkeit. Für meine Familie bin ich dann kaum zu erreichen. Ich bin zwar da, aber oft höre ich sie nicht, wenn sie etwas fragen, oder sehe sie nicht einmal. Das wissen sie und zum Glück haben sie Verständnis dafür. Deshalb widme ich meine Bücher oft meiner Frau und meiner Tochter, als Dankeschön für ihre Geduld und weil sie mich immer wieder freudig begrüßen, wenn ich aus der AW zurückkehre.

Zu den Geschichten muss ich noch etwas sagen. Wie ihr wisst, kommen sie aus der AW zu mir, aber *eine* Geschichte kam aus der Wirklichkeit. Eines Tages bekam ich nämlich einen Brief von einem Gruselkind (so nannte sich das Mädchen selbst) über ein schwarzes Auto, das seit Jahren in einem Parkhaus in Bayonne in Frankreich steht und über und über mit Namen voll geschrieben ist. Danke für den Tipp, Amber. Die Geschichte über das Auto findest du in diesem Buch.

Paul van Loon

Vampir. Gezeichnet von Manisha.